아 이 러 니

토마스 만의 「마의 산」에서

아 이 러 니

토마스 만의 「마의 산」에서

윤 순 식 著

책 머리에

　과학의 발달과 복잡다기한 문명으로 인해 한치 앞을 예측할 수 없는 오늘날엔 현실이 오히려 더 소설 같다는 말을 종종 한다. 소설과 현실의 이러한 경계 넘나들이는, 교양귀족들이 쓰는 시문학(詩文學)에 대하여 민중의 말인 로만어(roman)로 평이하게 씌여진 글을 소설이라고 지칭하는 것과 무관하지 않다. 그럼에도 불구하고 소설의 현실인식 측면에서 가장 중요한 내적형식 중 하나는 여전히 아이러니라 할 수 있다.

　하지만 수많은 문학 비평가들이 아이러니의 개념규정을 시도했지만 아직까지도 명확한 정의를 내리지 못하고 있다. 심지어 "아이러니의 개념을 규정짓는 것 자체가 아이러니" 라고 할 만큼 아이러니는 결코 간단한 현상이 아니며 상당히 복잡하고 미묘하다. 그래서 이 책에서는 아이러니의 개념에 대한 명확한 정의를 내리는 대신에, 루카치가 아이러니의 대가(大家)라고 인정한 토마스 만에게서 아이러니의 실제 형상화를 고찰하고자 한다. 물론 '서사적 아이러니'로 특징 지워지는 토마스 만의 아이러니를 이해하는데 있어서 고대의 수사학적 아이러니와 낭만주의적 아이러니 개념의 발생과 그 전개과정의 역사적 고찰은 필연적 전제조건 이다.

　세기말의 암울한 '데카당스'적 분위기에서 청년기를 보낸 토마스 만의 초기 작품에는 예외 없이 삶과 죽음, '시민성'과 '예술성'의 갈등이라는 오로지 예술적 자아의 문제만이 천착되어 있다. 그러나 후기 시민사회를 바라보는 안목의 차이로 그의 형 하인리히 만과 소위 '형제논쟁'이 벌어졌을 때, 토마스 만은 한때이긴 하지만 분명히 보수적·국수적 입장을 취한 적이 있다. 이러한 정치적 입장이 상당한 변화를 겪은 후인 1924년에 출간된 『마의 산』은 그의 작가적 도정에서 하나의 큰 전환점을 이루는 작품이다. 그리고 『마의 산』은 11년간에 걸친 집필기간 중에 발발하였던 제 1차 세계대전으로 인하여 애초 의도와는 달리 갖가지 명상들로 가득 찬 방대한 장편소설로 발전되는데, 이에 대한 연구동향은 크게 다음 네 가지로 나누어 볼 수 있다.

　데카당스적인 전전(戰前)의 사회묘사와 전쟁을 야기 시킨 원인분석에 주안점을 두는 시대소설로 보는 입장, 탈정치적 해석의 방법으로 장르, 서술태도, 라이트모티프, 몽따주 기법 등과 같은 기술상의 문제에 관심을 가지며, 『마의 산』을 교양소설로 규정짓고 아울러 작품의 상승구조를 강조하며 제 2부 전반부에 위치하는 「눈」의 장을 중요시하는 형식 분석적 입장, 신화와 문학적 모범들을 알렉산드리즘의 정신으로 정교하게 가공한 유희물로 보는 입장, 그리고 쇼펜하우어적인 철학적 소설로 보는 입장 등이 그것이다.

토마스 만은 이 작품이 내적으로 정치적, 철학적, 교육적인 생각으로 점철되어 있다고 하면서 부활을 시도한 교양소설임을 시사한 바 있으며, 또한 주인공 한스 카스토르프가 여러 교육자들로부터 교양을 쌓아가지만 끝내는 죽음을 통해 새로운 삶에 대한 비전을 제시해 줌으로써, 중용의 정신 즉 새로운 인도주의적 이념을 탄생케 한다는 점에서 이 소설을 '성년입문소설'로 보는 학자도 있다. 그리고 '한 단순한 청년' 한스 카스토르프가 '요양원'이라는 마적 폐쇄공간에서 체험하게 되는 것이 쇼펜하우어적 '정지된 현재', 즉 죽음의 체험이라는 점에서 이 이야기는 '시간소설'이 될 수도 있고, 또한 이 작품의 배경인 고지의 호화스런 요양원에는 제 1차 세계대전 전 유럽의 자본주의적 사회가 반영되어 있으며, 아울러 전전(戰前)사회 비판의 배경을 가지고 있는 소설이라는 점에서, 또 제 1차 세계대전을 전후한 작가 자신의 정치적 개안을 반영하고 있다는 점에서는 '시대소설'로 볼 수도 있다.

이처럼 『마의 산』이 여러 가지 각도로 조명되고, 또한 그 해석의 관점에 따라 교양소설, 성년입문소설, 시간 및 시대소설 등으로 분석될 수 있는데, 『마의 산』이 지니는 이와 같은 복합적 양상들이 바로 토마스 만의 아이러니를 잘 설명해 주고 있다. 아이러니는 토마스 만의 주된 관심사이며, 핵심적인 서술 기법이다. 또한 토마스 만 자신도 아이러니야말로 세상에서 비할 바 없는 가장 심오하고 가장 매혹적인 것이라고 말한 바 있다. 『마의 산』에 대한 지금까지의 연구에서는 교양소설적 측면에서의 분석이 그 주류를 이루고 있는데, 토마스 만의 경우 '전형적으로 독일적인' 교양소설적 전통 하에서 전 세계를 다 포괄하고 전 세계를 다 가르치려고 하니까 자연히 작품이 길어졌고, 또 무엇인가를 직접적으로 말하면 진부한 것이 되어 버리므로 필연적으로 철학적 사변이 첨가되어야 했던 것이다. 그 결과 작품 전체가 아이러니적 성격을 띠지 않을 수 없게 된 것이다.

자기부정을 통해 참다운 진리를 깨닫게 하는 교육적인 목적을 띤 역설적인 표현방식인 고대 수사학적 아이러니와 이상과 현실의 메울 수 없는 간극을 극복하기 위한 수단으로 모든 제약적인 것을 떠나 부유(浮遊)하는 낭만주의적 아이러니와는 달리 서사적 아이러니라 일컬어지는 토마스 만의 아이러니는 정신과 삶, 예술성과 시민성이라는 상반된 두 요소를 전제로 하는데, 한마디로 삶을 위한 정신의 자기부정이며 자기배반이라고 할 수 있다. 즉 정신과 삶은 서로 대립적인 성질의 것이지만, 그 양극성이 첨예화되지 않도록 정신과 삶 사이의 대립에 중립적이고 중재자적 입장을 취하는 것이 토마스 만의 아이러니의 근원이다. 따라서 '거리', '객관성', '유보' 등이 토마스 만의 아이러니에 있어서 핵심적인 개념이 된다.

『마의 산』에서 주인공 한스 카스토르프는 그를 교육시키려는 세템브리니, 나프타, 쇼샤부인, 페페르코른 등의 교육자들의 노력과 그 대립으로 인해 전통적인 의미의 교양을 쌓아 나가는 듯하지만, 결국은 어느 쪽에도 치우치지 않고 거리를 유지하는데 이것이 바로 '이것도 아니며 저것도 아니고, 저것도 옳고 이것도 옳은' 전형적인 토마스 만의 아이러니이다. 즉 『마의 산』의 핵심이 되는 장이라고 할 수 있는 「눈」의 장의 꿈속에서, 세템브리니와 나프타 사이에서 그 어느 쪽에도 치우치지 않는 한스 카스토르프의 태도는 일방적인 회정을 내리지 않는 유보로서의 이이러니를 보여주는 경우라 할 수 있다.

결국 『마의 산』에서 주인공 한스 카스토르프는 그의 교육자들의 의견을 곧이곧대로 고스란히 받아들이지 않았다. 즉 그들 교육자들의 의견을 통해 그가 그의 지평을 현저히 확장하긴 하지만, 그에게 그들의 의견은 절대적인 가치가 되지는 않는다. 그래서 토마스 만에게 있어서 이성적 세계관과 낭만적 세계관의 사이에서 인간의 진정한 가능성이 중용에 존재하는 한에는 <마의 산>의 아이러니는 소크라테스적 개념에서의 진실추구의 수단이기도 하다.

목 차

서 론

　　1975년 토마스 만 Thomas Mann(1875-1955) 탄생 100주년을 기념하여 프랑크푸르트 알게마이네 차이퉁 Frankfurter Allgemeine Zeitung 문예란 편집인이자 문학비평가인 마르셀 라이히－라니츠키 Marcel Reich-Ranicki는 당시의 저명한 작가 18명에게 다음과 같은 질문을 하였다. "당신에게 토마스 만은 어떤 의의를 지닙니까? 토마스 만의 어떤 측면이 당신에게 영향을 주었다고 생각합니까?"

　　그 대답들을 프랑크푸르트 알게마이네 차이퉁에 공개하였던 바, "토마스 만은 가장 강력한 언어구사력을 지닌 박식한 사람이다"(Walter Jens), "토마스 만의 작품형식은 비정직성과 비겁성의 화신이다"(Hans Erich Nossack)라는 상반된 주장[1]들이 나왔으며, 그 중 아르투르 쾨스틀러 Arthur Koestler는 토마스 만에게 "부드러운 반어(反語, Ironie)[2]의 태도 eine Haltung zärtlicher Ironie"[3]를 배웠다고 했고, 또 골

---

1) Vgl. Marcel Reich-Ranicki (Hrsg.): Was halten Sie von Thomas Mann?, Frankfurt am Main 1994, S. 20: "Was bedeutet Ihnen Thomas Mann, was verdanken Sie ihm?/ [⋯] er sei der sprachgewaltigste Enzyklopädist [⋯] sein Stil sei der Inbegriff der Unehrlichkeit und der Feighcit..."

2) 반어 Ironie의 번역에는 그 사용 분야에 따라 여러 가지가 있겠지만, 보편적으로 '반어', '비꼼', '말의 복선', '아이러니' 등이 있다. 이 책에서는 '반어'로 쓰기로 한다.

3) Marcel Reich-Ranicki (Hrsg.): Was halten Sie von Thomas Mann?,

로 만 Golo Mann은 "인간에 대한 이해 Menschenkenntnis, 인간에 대한 호의 Menschenfreundschaft"4)를 배웠다고 했다. 어쩌면 이 대답들에서 토마스 만 문학의 핵심을 파악할 수 있지 않을까 하는 생각이 들며 최근까지 그의 소설이론을 규명하기 위해 수많은 저서와 논문들이 발표되었음에도 불구하고 여전히 단편적, 부분적인 연구에 지나지 않는 까닭은 그의 소설이 내포하고 있는 무한한 다의성과 다양성 때문이라 여겨진다.

『마의 산 Der Zauberberg』(1924)은 토마스 만이 49세 때 출간된 소설로 그의 작가적 도정에서 하나의 큰 전환점을 이룬다.『한 비정치인의 고찰 Betrachtungen eines Unpolitischen 』(1918) 이후 공화주의자로 변화한 그의 정치의식과는 달리 『마의 산』에서는 초기 작품들에서 보여준 예술가 및 데카당스의 문제성이 그대로 형상화되어 있다. 토마스 만 스스로 밝히고 있듯이『마의 산』은 본래 『베니스에서의 죽음 Der Tod in Venedig』보다 약간 더 긴 단편소설로 그것과 짝을 이루는 작품으로 구상되었으나,5) 집필기간6) 중에 일어난 1

S. 45.

4) Ebd., S. 109.

5) Vgl. Thomas Mann: Gesammelte Werke in dreizehn Bänden, Bd. XI, Frankfurt am Main 1974, S. 607 (Einführung in den >Zauberberg<) [Im folgenden werden Zitate von den Gesammelten Werken von Thomas Mann nur GW mit der römischen Bandzahl und dem Titel in Klammern angegeben): "[…] und die Erzählung nun, die ich plante, sollte nichts weiter sein als ein humoristisches Gegenstück zum 〉 Tod in Venedig 〈, ein Gegenstück auch dem Umfang nach, also eine nur etwas ausgedehnte short story."

6) Vgl. Hermann Kurzke: Thomas Mann. Epoche-Werk-Wirkung,

차 세계대전으로 인하여 갖가지 명상으로 가득한 방대한 장편소설로 발전되었다.

토마스 만의 소설 『마의 산』에 대한 광범위한 연구들의 대체적 경향들은 쿠르츠케의 다음 네 가지 분류가 거의 정설로 되어있다.[7]

첫째, 시대소설(Zeitroman)로 보는 입장이다. 이러한 입장은 네카당스직인 진진(戰前)의 시회교시외 그 전쟁을 이기시킨 원인분석에 주안점을 둔다. 이러한 연구경향에서는 인물들의 풍자적인 묘사와 몰락의 작품구조를 잘 파악할 수 있으며 또 주인공 한스 카스토르프 Hans Castorp 보다는 인문주의자 세템브리니 Settembrini를 중심점에 놓고 그를 통해 계몽주의적 전망을 평가하고 있다. 소설은 원칙적으로 리얼리즘에 충실하며, 전쟁 발발을 나타내는 마지막 부분의 「청천벽력 Der Donnerschlag」의 장(章)이 가장 중시된다. 대표적인 연구자로 루카치 G. Lukács, 디어젠 I.

München 1985, S. 182: 11년 간에 걸친 『마의 산』의 집필기간은 크게 1913, 7 - 1915, 8월 그리고 1919, 4 - 1924, 9월 두 부분으로 나누어진다. 「히페 *Hippe*」의 장(章)까지 쓴 후, 약 3년 반의 공백기간을 가진 다음에 토마스 만은 1919년 4월에 그 때까지 써 놓았던 원고에 가필을 하기 시작한다. 1921년 5월에 작품의 절반(折半)인 「발푸르기스의 밤 *Walpurgisnacht*」의 장까지 쓰고, 1923년 초에 「눈 *Schnee*」의 장까지 쓴다. 그리고 1923년 말에 「민헤르 페페르코른 *Mynheer Peeperkorn*」의 장까지 쓰고, 1924년 9월 27일에 마침내 『마의 산』을 완성한다 Vgl. Heinz Sauereßig: Die Entstehung des Romans *Der Zauberberg*, in: H. Sauereßig: *Besichtigung des Zauberbergs*, Biberach 1974, S. 5-42.

7) Vgl. ebd., S. 183-186.

Diersen, 그리고 라이프리히 L. Leibrich를 들 수 있다. 그러나 이러한 연구방법은 알레고리적 성격을 띠는 라이트모티프 기법을 파악하는 데에 어려움이 있다. 왜냐하면 토마스 만의 라이트모티프 기법은 현실을 모방하는 것이 아니라 기교적이고 철학적 구성물로 구축되어 있기 때문이다.

둘째, 형식분석적(formanalytisch) 입장이다. 이러한 입장은 50, 60년대에 유행되었던 탈정치적 해석의 방법이며 장르, 서술태도, 라이트모티프, 인용 등과 같은 기술상의 문제에 관심을 갖는다. 대표적인 연구자로 헤르만 마이어 Hermann Meyer와 불호프 F. Bulhof를 들 수 있다. 가장 광범위하게 수용된 이러한 입장은 『마의 산』을 교양소설8)로

---

8) 토마스 만 자신은 『마의 산』이 교양소설임을 여러 곳에서 밝힌 바 있다. 1923년 3월에 베르또 Félix Bertaux에게 보내는 편지에서는 『마의 산』에 대하여 "내적으로 정치적, 철학적, 교육적인 생각을 광범위하게 펼쳤으며, 그리고 그 제목을 『마의 산』이라 하였고, 다시금 '교양소설'을 부활시키는 시도를 하였다"라고 하였다. Vgl. "[…] eine innerlich weitläufige Komposition mit politischen, philosophischen und pädagogischen Einschlägen und betitelt »Der Zauberberg«, einen Versuch darstellt, den »Bildungsroman« zu erneuern." (Hans Wysling (Hrsg.): Dichter und ihre Dichtungen. Thomas Mann, Frankfurt am Main 1975, S. 312); 또 「괴테에 대한 환상」에서는 "빌헬름 마이스터의 전통이 슈티프터와 켈러를 거쳐 『마의 산』에까지 이르고 있다"라고 하였다. Vgl. "Aber eine wie vielfältige literarische Nachkommenschaft dem klassischen deutschen Bildungsromen beschieden war (sie reicht über Stifter und Keller bis zum >Zauberberg<) […] "(GW. IX, S. 748 (Phantasie über Goethe)); 또 「독일공화국에 대하여」에서는 "유기적인 것, 즉 삶에 관심을 지니고 있는 사람은 죽음에 관심을 지니는 것입니다. 그래서 죽음의 체험이 결국은 삶의 체험이 되고 인간애의 길이 된다는 것을 보여주는 것은 한 교양소설의 대상이 될 수 있을 것입니다"라고 하였다. "Wer sich für das

규정짓고 아울러 작품의 상승구조를 강조하며 제 2부 전반부에 위치하는 「눈 Schnee」의 장을 중요시한다. 즉 토마스 만의 낙천적인 자기해석을 근거로 주인공 한스 카스토르프가 눈 속에서 꾸는 꿈을 이 소설의 결론으로 간주하는 것이다. 바이간트 H. Weigand, 헬러 E. Heller, 샤르프슈베르트 J. Scharfschwerdt, 제라 M. Sera, 그리고 코프만 H. Koopmann 등노 이러한 입장에서 『마의 산』을 분석하고 있으나, 이러한 연구방법은 「눈」의 장면에서의 꿈이 곧 잊혀지고 '둔감 Stumpfsinn'과 '병적흥분 Gereiztheit'을 거쳐 종국적으로 전쟁으로 치닫는 몰락의 작품구조를 깔끔하게 해석하지 못하는 단점을 지니고 있다.

셋째, 신화와 문학적 모범들을 알렉산드리즘9)의 정신으로 정교하게 가공한 유희물로 보는 입장이다. 이러한 입장은 예술을 위한 예술을 부각시키며 작품에서 생(生)에 대한 해답이나 결과를 찾는 것이 아니라 인용을 찾고 있다. 대표적인 연구자로는 헤프트리히 E. Heftrich, 프리첸 W. Fritzen 그리고 로티 잔트 Lotti Sandt 등을 들 수 있으며, 이러한 연구방법은 『마의 산』의 철학적인 토대를 소홀히 하고 모든 것을 평면적으로 실증적인 자료에만 의존하는 단점을 지닌다.

Organische, das Leben, interessiert, der interessiert sich namentlich für den Tod; und es könnte Gegenstand eines Bildungsromans sein, zu zeigen, daß das Erlebnis des Todes zuletzt ein Erlebnis des Leben ist, daß es zum Menschen führt."(GW. XI, S. 851 (Von Deutscher Republik).)

9) 알렉산드리즘 Alexandrinismus은 아리스토텔레스의 영혼불멸설에 반대한 사상으로, 『마의 산』에서는 '죽음'의 모티프와 관련된다.

넷째, 쇼펜하우어적인 철학소설로 보는 입장이다. 이러한 입장은 시대소설, 교양소설 입장에 대립하고 있으며 몰락의 작품구조를 강조하고 있다. 대표적인 연구자로는 이 작품이 쇼펜하우어를 전적으로 긍정하고 있다고 보는 크리스치안젠 B. Kristiansen과 그리고 디어크스 M. Dierks 등을 들 수 있다.

이상과 같은 연구동향에서 볼 때, 이미 많은 토마스 만 연구자들에 의해서 자리매김된 교양소설로서의 『마의 산』이 큰 주류를 형성하고 있으나 거기에 따른 다양한 입장들 또한 공존하고 있다. 쿠르츠케의 경우 『마의 산』의 기본구조는 '몰락의 이야기 Verfallgeschichte'이므로 소설의 전체노선이 상승을 가리키는 교양소설이라기 보다는 오히려 '탈교양소설 Entbildungsroman'이라고 주장한다.10) 위르겐 야콥스는 주인공의 인식, 주인공의 죽음과의 공감과 극복을 교양의 과정으로 보기에는 많은 어려움이 있다고 하며,11) 조르크는 주인공의 이야기는 확고한 목표점도 거의 지니지 않고, 명백한 결과에도 거의 도달하지 않는 하나의 학습과정이라고 주장한다.12) 또한 코프만은 처음에는 '지적소설 der intell-

---

10) Ebd., S. 210.

11) Jürgen Jacobs: Wilhelm Meister und seine Brüder. Untersuchungen zum deutschen Bildungsroman, 2. Aufl., München 1983, S. 235.

12) Vgl. Klaus-Dieter Sorg: Gebrochene Teleologie, Studien zum Bildungsroman von Goethe bis Thomas Mann, Heidelberg 1983, S. 171: "Die Geschichte Hans Castorps ist ein Lernvorgang, der - im Vergleich zu den bisher untersuchten Bildungsromanen - am allerwenigsten über einen festen Zielpunkt verfügt und zu

ektuale Roman'[13])이라는 개념을 도입했다가 나중에는 '성년입문소설 Initiationsroman'[14)]이라고 해석하고 있으며, 만프레트 제라는 '교양소설의 파로디 Parodie des Bildungsroman s'[15)]로서 『마의 산』을 설명하고 있다.

---

eindeutigen Ergebnissen führt."

13) 지적소설(知的小說)에 대해서는 코프만의 「Die Entwicklung des intellektualen Roman bei Thomas Mann」(S. 3-27)에 잘 나타나 있으며, 토마스 만 자신은 1922년 발표한 「슈펭글러의 학설에 대하여」에서 현대소설의 유형을 지적소설이라고 말한 적이 있다. "[…] 나의 지적이 틀리지 않는다면 오늘날 우리에게 지배적인, 그리고 <지적소설 der intellektuale Roman>이라고 불러도 좋을 새로운 저작형태를 야기시키고 있다." Vgl. GW. X, S. 173 (Über die Lehre Spenglers): "[…] einen Buchtypus zeitigt, der heute bei uns, wenn ich nicht irre, der herrschende ist und den man den >intellektualen Roman< nennen könnte"; 그리고 최 순봉 교수는 지적소설이란 다층적이며, 독자에게 교양을 요구하는 동시에 작품을 음미하는 데 예비지식을 필요로 하는 고급소설을 의미하는 것이라고 하고 있다. (최 순봉: 토마스 만의 소설이론과 기법에 관한 연구, 삼영사 1981, 16쪽 참조.)

14) 코프만은 『마의 산』을 주인공 한스 카스토르프의 성년식의 세 가지 단계로 파악하여 성년입문소설로서의 규정을 시도하고 있다 (Vgl. Helmut Koopmann: Der Zauberberg als Initiationsroman, in: Der klassisch-moderne Roman in Deutschland. Thomas Mann, Alfred Döblin, Hermann Broch, Stuttgart·Berlin·Köln·Mainz 1983, S. 26-33). 토마스 만 자신은 1939년 프린스톤 대학에서 행한 「마의 산으로의 안내」 강연에서 『마의 산』을 '성년입문소설'로서 설명하고 있다(Vgl, GW. XI, S. 613f (Einführung in den >Zauberberg<): "Diese Auffassung von Krankheit und Tod, als eines notwendigen Durchganges zum Wissen, zur Gesundheit und zum Leben, macht den >Zauberberg< zu einem Initiationsroman (initiation story))". 이것은 1930년초 하버드대학 교수 하워드 네머로우 Howard Nemerow가 『마의 산』을 '성년입문소설 initiation story'로 칭한 데에 기인한다.

15) Manfred Sera: Utopie und Parodie bei Musil, Broch und Th.

그리고 쿄프만[16], 크리스치안젠 B. Kristiansen[17] 등은『마의 산』을 '시간소설 Zeitroman'로서 분석하고 있다. 그 근거는, 순수한 시간 자체를 대상으로 삼아 그것을 '한 단순한 청년'인 주인공 한스 카스토르프가 베르크호프 '요양원 Sanatorium'이라는 마적 폐쇄공간에서 체험하게 되는 것이 쇼펜하우어적 '정지된 현재 nunc stans', 즉 죽음의 체험이라는 시각에서 다루고 있기 때문이며, 또 주인공의 연금술적 마법을 무시간적으로 묘사하고, 대위법 Kontrapunktik 등의 예술적 방법을 통해 시간의 지양을 꾀하여 주인공으로 하여금 시간은 단순히 반복하는 것이 아니라 영원히 순환한다는 것을 체험하도록 하고 있기 때문이다.

이중적 의미에서의 '차이트로만 Zeitroman'인『마의 산』을 두고 루카치 G. Lukcs[18]와 폴커마 한젠 V. Hansen[19] 등은 '시대소설'로 보기도 한다. 고지의 호화스런 요양원에는 전전(戰前)의 자본주의 사회가 반영되어 있고, 세템브리니

Mann, Bonn 1969, S. 139-191, hier: S. 142.

16) Helmut Koopmann: Die Entwicklung des <intellektualen Romans> bei Thomas Mann. Untersuchungen zur Struktur von »Buddenbrooks«, »Königliche Hoheit« und »Der Zauberberg«, Bonn 1980, S. 137-147.

17) Börge Kristiansen: Thomas Manns Zauberberg und Schopenhauers Metaphysik, Bonn 1986. S. 230-250.

18) Georg Lukács: Thomas Mann, Aufbau-Verlag Berlin 1957, S. 120-196.

19) Volkmar Hansen: Hans Castorps Weg ins Freie oder Der Zauberberg als Zeitroman, in: Romane des 20. Jahrhunderts, Düsseldorf 1993, S. 55-100:『마의 산』의 독자가 현재의 당면 상황을 체험하며, 또 미래에 대해 불안해 하거나 혹은 희망을 갖기도 하기 때문이라는 것이다.

와 나프타가 주인공 한스 카스토르프의 정신을 획득하려
고 기울이는 노력은 동방과 서방이 독일의 정신을 쟁취하
려는 노력과 일치하며, 바로 그러한 사상적 투쟁이 『마의
산』의 축을 이루고 있기 때문이다.

특히 코프만20)은 병과 죽음이 지식, 삶을 통과하기 위해
서 필수적이라는 입장에서 『마의 산』을 성년입문소설로 규
정하고 있나.

이 책은 이상과 같은 『마의 산』에 대한 각 학자들의 입
장들을 각각 밝혀냄으로써, 이와 같이 다양하게 읽히는 여
러 가지 양상들이 결과적으로 『마의 산』이 반어성을 지니
고 있는 소설이라는 것을 나타내 보이고자 한다.

그리고 『마의 산』을 분석하여 거기에 내포된 반어적 현
상들을 추적하는 데에 있어서 반어의 고찰은 필수적이다.
그래서 자기부정을 통해 참다운 진리를 깨닫게 하는 교육
적인 목적을 띤 역설적인 표현방식인 고대 수사학적 반어
와 이상과 현실의 메울 수 없는 간격을 극복하기 위한 수
단으로 모든 제약적인 것을 떠나 '부유(浮遊)'하는 낭만주
의적 반어를 일반적으로 고찰한 후에, 서사적 반어라 일컫
는 토마스 만 특유의 반어를 고찰해 보겠다.

고통스러운 현실에서 자기자신을 구원하고 또한 성찰적
자유의 관점을 얻기 위한 시도로서 사용하고 있는 토마스
만의 반어는 삶과 정신의 관계라는 다소 개인적인 고뇌에서

---

20) H. Koopmann: Der Zauberberg als Initiationsroman, in: Der
klassisch-moderne Roman in Deutschland, S. 26-33.

출발하는데, 이것은 부계로부터 물려받은 엄격한 도덕률과 모계로부터 물려받은 섬세한 예술가 기질, 즉 '시민성 Bürgertum'과 '예술성 Künstlertum'이라는 그의 태생적 이원성이라고 할 수 있다. 그리고 논리적이고도 형이상학적인 사상체계를 가지고 토마스 만의 작품에 내적 통일성을 부여해 준 쇼펜하우어, 차가운 지성의 자리에 도취와 열정을 가져다 준 니체, 그리고 음악적 동기들을 통하여 서사문학의 지평을 넓혀 준 바그너는 토마스 만에게서 영원히 결합되어 길이 빛나는 정신의 3연성(三連星)이라고 할 수 있다. 바움가르트를 필두로 하여, 헬러와 같은 많은 연구가들이 토마스 만에게서 반어를 문제삼는 것도 결국 이런 토마스 만의 이원성과 쇼펜하우어, 바그너, 니체라는 3연성의 영향과 그로 인한 그의 작가적 태도를 구명하려했다고 볼 수 있다.

그래서 토마스 만의 반어에 관한 연구서를 살펴보면, 바움가르트의 1952년의 학위논문을 시작으로 하여 오늘날까지 무수히 많은 연구서들이 발표되었다.[21] 그 중에서 대표

---

21) Reinhard Baumgart: Das Ironische und die Ironie in den Werken Thomas Manns, München 1964. (토마스 만 작품에 나타나는 반어적 현상을 개별적인 것으로 규정하여 인물을 분석하는데 효과적인 방법을 제시하였으나 토마스 만의 예술적 기법에 관해서는 등한시 하였다.); Helmut Koopmann: Thomas Mann. Theorie und Praxis des epischen Ironie, Darmstadt 1975. (토마스 만의 반어를 서사적 반어라고 규정하고, 반어란 상대화를 통한 객관성을 획득하는 것이라고 분석.); Martin Walser: Ironie als höchstes Lebensmittel oder: Lebensmittel der Höchsten, in: Text und Kritik, Sonderband Thomas Mann, München 1976. (『마의 산』에 나타난 반어를 주로 다루며 『마의 산』에서의 반어는 시민적 계급관점을 쫓고 있다고 분석),

적인 것들을 살펴보면 다음과 같다.

헬러22)는 대화 형식으로『마의 산』을 분석하는데, 해설은 좋지만 체계가 너무 부정확하다. 그의 반어 개념의 핵심은 슐레겔에게 그 원천을 두지만, 불확실한 면을 너무 많이 띠고 있다. 반어란 '개념이 아니라 이해하려는 열정 kein Begriff, sondern ein Affekt des Begreifens'23)이라고 말한다.

뉜델24)은 토마스 만의 정신적 태도아 결부시켜 그의 반어의 특성을 밝히고, 구체적으로 토마스 만의 반어를 에로틱한 반어, 양면감정 병존적 반어 및 낭만주의적 반어와 연계하여 서사적 반어로 규정하고 있다.

자일러25)는 토마스 만의 반어란, 중요한 것은 평가절하시키고 중요치 않는 것은 평가절상시키는 체계적인 과장 및 과소 표현이며, 현실을 희화화(戲畵化)하지만 왜곡시키지는 않는다고 주장한다.

Martin Walser: Selbstbewußtsein und Ironie. Frankfurter Vorlesungen, Frankfurt am Main 1981. (현실에 대한 애착이 없는, 개념만으로서의 반어를 분석. 토마스 만의 반어는 무책임하고 무당파적인 반어로써 현실을 단순한 유희재료로 만들어 현실도피를 하고 있다고 비난. 심지어 그는 토마스 만을 반어적인 사람이 아니라고 주장.)

22) Erich Heller: Thomas Mann. Der ironische Deutsche, Frankfurt 1959, S. 194-306.
23) Ebd., S. 277.
24) Ernst Nündel: Die Kunsttheorie Thomas Manns. Bonn 1972. S. 125-147.
25) Bernd Wolfgang Seiler: Ironischer Stil und realistischer Eindruck bei Thomas Mann, in: Deutsche Vierteljahrschrift für Literaturwissenschaft und Geistesgeschichte. 60, Stuttgart 1986, S. 459-483.

야프26)는 '위장 Verstellung'으로서의 반어, '유사화 Anve-rwandlung'로서의 반어, '유보 Vorbehalt로서의 반어 등등을 각각 분석하면서, 근대가 동시에 후기로 나타나거나 심지어 말세기로 나타나는 곳에서 반어의 시대는 시작된다고 말하며, "현대의 시대를 반어의 시대로 특징짓는 것은 분명히 도를 지나치는 것"27)이라고 반어를 시대적 맥락으로 분석하고 있다.

벨러 E. Behler는 반어에 대한 종합서라고 할 수 있는 방대한 분량의 『반어와 문학적 현대』라는 책에서 "토마스 만의 반어는 니체와 관련을 맺고 있으며, 그 속에서 토마스 만은 지성화, 심리화, 문학화를 인식하였고 또한 우리들의 정신적이고도 기교적인 삶의 극단화도 인식하였다"28)고 주장하고 있다.

토마스 만의 반어에 관한 이렇게 많은 연구서에서 알 수 있듯이 반어는 토마스 만의 주된 관심사이며, 핵심적인 서술 기법이다. 또한 토마스 만 자신도 반어야말로 "세상에서 비할 바 없는 가장 심오하고 가장 매혹적인 것"29)이

---

26) Uwe Japp: Theorie der Ironie, Frankfurt am Main 1983, S. 9-328.
27) Ebd., S. 244: "Die Epoche der Moderne als Epoche der Ironie zu bezeichnen ist sicherlich eine Übertreibung."
28) Ernst Behler: Ironie und literarische Moderne, Paderborn·München·Wien·Zürich 1997, S. 277: "Thomas Mann brachte Nietzsche mit der Ironie in Beziehung und erblickte darin eine Intellektualisierung, Psychologisierung, Literarisierung und auch Radikalisierung unseres geistigen und artistischen Lebens."
29) Vgl. GW. IX, S. 99 (Goethe und Tolstoi): "das Problem der Ironie [···] ohne Vergleich tiefste und reizendste der Welt."

라고 정의를 내렸다. 그런데도 토마스 만의 장편소설 『마의 산』에 대한 지금까지의 연구결과는 거의 대부분이 교양소설의 측면에서 다루어지고 있다. 이것은 토마스 만의 반어에 대한 심도있는 연구가 행해지지 않은 결과이기보다는 반어라는 개념 자체의 모호성과 난해성 때문이라 생각된다.

이와 같은 사실에 입각하여 『마의 산』에 나타난 반어성을 고찰해 보고자 하는 이 책은, 제 Ⅰ장에서는 고대 수사학적 반어와 낭만주의적 반어에 대한 일반적 고찰을 시도하고, 그리고 삶과 죽음 또는 시민성과 예술성이라는 토마스 만의 이원성과 쇼펜하우어, 바그너, 니체의 소위 3연성(三連星)에서 태동한 그의 서사적 반어를 살펴본다. 제 Ⅱ장에서는 『마의 산』이 지니는 교양소설적 측면, 시대소설 및 시간소설적 측면, 성년입문소설적 측면 등을 각각 분석하고, 이러한 여러 가지 양상들이 결과적으로 『마의 산』이 반어성을 지니고 있는 소설이라는 점을 입증해 보이고자 한다. 그리고 제 Ⅲ장에서는 작품 『마의 산』을 분석하되 그의 투철한 산문정신인 반어적 서술기법을 고찰한다. 여기에서는 주인공 한스 카스토르프의 시간과 공간에 대한 초월적 체험, 그의 교양화 과정에 등장하는 인물들의 이중성, 인물들의 대립 등을 다루며, 마지막으로 그가 찾는 '성배(聖盃)'가 바로 인간의 이념, 인류애의 이념이긴 하지만 애써 얻은 그의 인식을 금방 모호하게 만들고 있는 토마스 만적 반어의 특성을 밝히고자 한다.

I. 반어에 대한 기본적 고찰

문학에 있어서의 반어30)의 중요성을 논하기 위한 가장 간단한 방법은 반어를 주로 구사하는 작가들의 명단을 만드는 것이라고 얘기할 만큼, 수많은 유명작가들의 작품에는 반어가 내재해 있다. 그러나 또한 수많은 문학 비평가

---

30) 반어의 담론에 대한 그리스어 용어는 다음과 같이 번역된다.
Vgl. E. Behler: Ironie und literarische Moderne, Paderborn 1997, S. 21:

Eironeia	---	Ironie, Verstellung(僞裝, 變置), Dissimulation(佯狂)
Eiron	---	Ironiker
Alazoneia	---	Prahlerei(허풍, 떠벌리기), Aufschneiderei(허풍, 거짓말)
Alazon	---	Aufschneider, Übertreiber(허풍쟁이)
Bomolochia	---	Buffonerie(부포의 행위)
Bomolochos	---	Buffo(광대);

그리고 최근에 출간된 메츨러 사전에서는, 반어 개념의 역사에는 다음 3가지 사용법이 두드러지게 대조를 이루고 있다고 하고 있다: 첫째, 말의 표현으로서의 반어, 즉 내용적으로 반대되는 표현을 통해 어떤 표현을 대체하는, 수사학에서 말하는 전의(轉義)적 표현으로서의 반어(ironia verbi). 둘째, 소크라테스의 대화술과 처세술을 가리키는 삶의 형식으로서의 반어(ironia vitae). 셋째, 낭만주의적 반어라고 일컬어지는 존재론적 개념의 반어(ironia entis). 이것은 낭만주의, 특히 슐레겔의 아테네움 단장(斷章)에서 유행하기 시작했다. 이 새로운 형태의 반어는 이상과 현실 사이의 모순을 끊임없이 표현하는, 철학으로 고양돼 시문학에 등장한다. 슐레겔은 이 반어에 파라바제 Parabase, 즉 세련된 희극에서의 환상파괴기법을 결합시킨다. Vgl. Ansgar Nünning (Hrsg.): Metzler Lexikon Literatur- und Kulturtheorie. Ansätze-Personen-Grundbegriffe, Stuttgart·Weimar 1998, S. 244.

들이 반어의 개념규정을 시도했음에도 불구하고 아직까지
도 명확한 정의를 내리지 못하고 있다. 이것은 결코 반어
가 간단한 현상이 아니며 상당히 복잡하고 미묘하다는 것
을 나타내 준다. 그래서 이 장에서는 반어 개념에 대한 명
확한 정의를 내리는 대신에 토마스 만의 반어를 파악하는
데 도움이 되는 (고대의 수사학적 반어에서부터 낭만주의
적 반어에 걸친) 반어 개념의 발생과 그 전개과정을 역사
적으로 살펴보고, 그리고나서 서사적 반어로 특징지워지는
토마스 만의 반어를 고찰하고자 한다.

1. 수사학적 반어와 낭만주의적 반어

반어의 어원[31]을 살펴보면, '말하다 sagen' 또는 '묻다
fragen'를 뜻하는 "에이론 εἰρων"과 '경탄 또는 요구의 표현
방법 Ausdruck der Verwunderung oder Aufforderung'을 뜻하

---

31) 반어 Ironie라는 말의 어원은 희랍 희극에서 붙박이 인물로
　　으레 등장하는 에이론 Eiron이라는 인물에서 유래한다. 그는
　　겉보기에는 약하고 세력도 없지만 꾀가 많아서 역시 붙박이
　　인물이던 알라존 Alazon이라는 힘센 허풍쟁이를 언제나 놀려
　　주는 것이다. 겉보기에는 아무런 특별한 데가 없지만 속으로
　　는 대단한 힘을 발휘하는 인물 에이론 Eiron의 뜻이 반어라
　　는 추상명사에 살아남아 있다. (이상섭: 문학비평용어사전,
　　민음사 1996, 188쪽 참조.)

는 "에이아 εία"32)가 합쳐진 그리스어 "에이로네이아 εἰρωνε
ία"에서 유래하며,33) 플라톤의 『공화국 Republik』에 처음으
로 기록되어 있는데, 그 본래의 의미는 "위장, 탈출구, 진지
성의 결여, 다른 사람을 사로잡거나 조롱하기 위해서 꾸미는
무지의 假裝"34)이며, "표현된 말과 다른 의미를 뜻하는 것,
또한 조롱하는 것"35)이다. 또한 베다 알레만 Beda Allemann
도 에이로네이아란 "희극적인 것의 가장 섬세한(미묘한) 형
식 die sublimste Form des Komischen"이라고 말하고 있다.36)
게로 폰 빌페르트에 의하면 반어는 "진지성, 동의, 심지어
칭찬의 외양 하에 조롱이나 약점의 폭로, 우스꽝스러움을 수
단으로 정당하든 부당하든 인정을 요구하는 것이나 고상한
것 등을 희극적으로 무화(無化)시키는 것이다. 이것은 실제
로는 말해진 것의 반대를 의미하고 상대방의 가치척도를 조
롱하는 데에 이용되지만, 현명한 화자나 독자는 그 전모를
알아차릴 수 있다".37) 즉 기술하고자 하는 어떤 대상에 대한

---

32) Wilhelm Gemoll (Hrsg.): Griechisch-Deutsches Schul- und
Handwörterbuch, München 1991, S. 242.
33) Vgl. Norman Knox: Die Bedeutung von »Ironie«: Einführung
und Zusammenfassung, in: Ironie als literarisches Phänomen,
hrsg. v. Hans-Egon Hass und Gustav-Adolf Mohrlüder, Köln
1973, S. 21.
34) Jürgen Petersen: Die Rolle des Erzählers und die epische Ironie im
Frühwerk Thomas Manns, Köln 1977, S. 34: "[⋯] Verstellung,
Ausflucht, Mangel an Ernst, den Anschein von Unwissenheit, den
man sich gibt, um andere dadurch zu fangen oder zu verspotten."
35) Helmut Prang: Die romantische Ironie, Darmstadt 1980, S. 1:
"[⋯] es anders meinen, als man sagt, auch spotten."
36) Jan Papiór: Ironie. Diachronische Begriffsentwicklung, Poznań
1989, S. 19.

거리감을 통해 외관과 현실의 부조화를 마치 진지한 것처럼
꾸며 희극적으로 표현하는 수단이다. 그래서 외관과 현실이
라는 상반된 감정은 반어를 통해 객관화된다.

뉜델은 그의 저서『토마스 만의 예술이론 Die Kunsttheorie
Thomas Manns』에서 반어에 대한 정의를 다음과 같이 내리
고 있다.

> "그것[= 반어]은 말해진 것과 의도된 것의 대비, 가상
> 과 본질의 대비 속에서 생동한다. 반어적인 사람은 자기
> 가 마음에 품고 있는 것과는 반대되는 것을 말한다. 표
> 현된 것이 완전한 진실을 요구한다면 그것은 일상의 거
> 짓과 관계될 뿐이다. 표현된 것은 점차 진실이 아님이
> 인식되고 말 것이기 때문이다. – 반어는 거짓과는 대립
> 적인 경향을 지닌다. 거짓은 그것이 어쩌면 진실일 수도
> 있다는 그런 류의 비진실이고, 반어는 언제나 비진실로
> 머물고자 하는 그런 류의 비진실이다. 반어적인 표현에
> 서는 그 표현이 '비진실이라는 것'을 당장 알아차리지는
> 못한다. 그것은 어떤 상황 또는 어떤 전개과정의 관련
> 속에서만 이해할 수가 있는 것이다."[38]

---

37) Vgl. Gero von Wilpert: Sachwörterbuch der Literatur, 5. Aufl.,
    Stuttgart 1969, S. 361: "[…] die komische Vernichtung eines
    berechtigt oder unberechtigt Anerkennung Fordernden, Erhabenen
    durch Spott, Enthüllung der Hinfälligkeit, Lächerlichmachung unter
    dem Schein der Ernsthaftigkeit, der Billigung oder gar des Lobes,
    die in Wirklichkeit das Gegenteil des Gesagten meint und sich
    zum Spott der gegnerischen Wertmaßstäbe bedient, doch dem
    intelligenten Hörer oder Leser als solche erkennbar ist."

38) E. Nündel: Die Kunsttheorie Thomas Manns, Bonn 1972, S. 114:
    "Auch sie [=Ironie] lebt aus einem Kontrast des Gesagten mit dem

이처럼 여러 문학비평가들의 반어 개념규정에서도 그것의 명확한 정의를 내릴 수 없기 때문에 여기서는 반어 개념의 전개과정을 간단하게 역사적으로 살펴보기로 한다. 그리스어 '에이론 eiron'의 기본 의미는 '말하다' 또는 '묻다' 이었지만 아리스토파네스 Aristophanes(B.C.445?~B.C.385?)와 플라톤 Plato(B.C.429?~B.C.347)에 와서야 비로소 그 단어가 나타나는 바, 그때는 '상스러운 비방 연설'을 뜻했으며 '조롱적인 위장을 통해 다른 사람을 교활하게 놀리고 기만하기 위해서' 사용되었다.39) 고대 희극에서나 현대 희극에서나 반어적인 사람의 상징은 여우이며, '교활하고 약삭빠른 사기꾼으로 여우는 항상 묘사된다.'40)

Gemeinten, des Scheins mit dem Wesen. Der Ironiker sagt das Gegenteil von dem, was er meint. Würde das Ausgesagte den Anspruch auf volle Wahrheit erheben, so hätte man es nur mit einer gewöhnlichen Lüge zu tun. Doch das Ausgesagte soll allmählich als Unwahrheit erkannt werden. - Die Ironie enthält eine der Lüge entgegengesetzte Tendenz. Die Lüge ist eine Unwahrheit derart, daß sie eine Wahrheit sein möchte; die Ironie ist eine Unwahrheit derart, daß sie eine solche bleiben möchte. Einer ironischen Äußerung sieht man ihre "Unwahrheit" nicht ohne weiteres an. Man kann sie nur im Zusammenhang einer Situation oder einer Entwicklung verstehen."

39) N. Knox: Die Bedeutung von »Ironie«: Einführung und Zusammenfassung, S. 21: "Die Grundbedeutung des griechischen »eiron« mag »sagen« oder »fragen« gewesen sein, aber wo immer das Wort zuerst bei Aristophanes und Plato auftaucht, scheint es »eine gemeine Schimpfrede« zu bedeuten, die gebraucht wird, »um sich über einen anderen durch spöttische Verstellung lustig zu machen und ihn hinters Licht zu führen«."

40) Ebd., S. 21: "Sowohl in der alten Komödie(Aristophanes) wie auch in der neuen(Philemon) ist der Fuchs das Symbol für den Ironiker. »Ein schlauer, aalglatter Betrüger - so wird er immer

뉜델에 따르면 반어 개념을 처음 사용한 것은 바로 소크라테스 Sokrates(B.C.469~B.C.399)였다.

> "소크라테스와 더불어 반어는 역사에 등장한다. 그러나 그의 견해를 재구성하는 것은 힘들다. 왜냐하면 그가 말한 것은 그가 마음속에 품고 있는 생각이 아니기 때문이다. 즉 그는 반어적인 사람이었다."[41]

소크라테스는 교수법에 반어를 끌어들였다. 예를 들어 그는 자기 자신을 무지하다고 주장한다. 그럼으로써 그는 자신의 무지를 알고 있기 때문에 자기가 현자라는 것을 표현하는 것이다. 그러나 이러한 앎은 결코 긍정적인 내용을 담지 못한다. 그것은 부정적인 자유에 상응하며, 그래서 그의 무지는 반어적이다.[42] 즉 그의 반어는 자신을 낮추고 상대방의 자만심을 높여 주는 '에이론(Eiron=Ironiker)'의 기교로 질문을 계속하여 종국적으로 자만심이 많았던 자가 자신의 어리석음을 깨닫게 해 주는 방법이었다. 한마디로 소크라테스의 반어는 자기 부정을 통해 참다운 진리를 깨닫게 하는

---

dargestellt.«"

41) E. Nündel: Die Kunsttheorie Thomas Manns, S. 117: "Mit Sokrates tritt die Ironie in die Geschichte ein. Doch ist es schwer, die Auffassung des Sokrates zu rekonstruieren; denn was er sagte, war nicht, was er meinte: das macht, er war ein Ironiker."

42) Vgl. ebd., S. 117: "Sokrates behauptete, er sei unwissend. Damit sprach er aus, daß er doch wissend war, indem er nämlich um seine Unwissenheit wußte. Dieses Wissen hatte jedoch keinen positiven Inhalt. Es entsprach der negativen Freiheit, und darum war seine Unwissenheit ironisch."

교육적인 목적을 띤 역설적인 표현방식이기 때문에 "교육적 반어 pädagogische Ironie"[43]라고 불린다.

플라톤에게서 반어는 사람을 속이는 비열한 방법을 의미하였으나 항상 소크라테스적 태도와 연관지어 사용되었으며, 아리스토텔레스에 와서야 반어의 개념은 확고하게 규정된다. 아리스토텔레스는 그의『윤리학 Ethik』에서 반어란, "한 극단인 알라조네이아 Alazoneia와 또 다른 한 극단인 에이로네이아 Eironeia 사이에서 진리의 찬란한 중용을 확고하게 하는 것"[44]이라고 명시하고 있으며, 또 그의『수사학 Rhetorik』에서는 반어를, "비록 탐탁치 않은 것이 있긴 하지만, 연설가의 무기로써 추켜세웠으며, 또한 칭찬을 통해 비난하는 것과 비난을 통해 칭찬하는 것 - 그 속에 수사학적 반어의 고유한 본질이 들어있다"[45]고 하였다. 그리고 아리스토텔레스는 한 가지를 말하면서 그 반대의 뜻을 나타내는 방법을 "수사학적 전술 rhetorische Taktik"[46]이라고 까지 하였다.

이러한 반어의 개념규정이 키케로 Cicero(B.C.106~B.C.

---

43) Ebd., S. 117.

44) Vgl. hier zitiert nach: N. Knox: Die Bedeutung von »Ironie«: Einführung und Zusammenfassung, S. 21: "[…] indem er die goldene Mitte der Wahrheit festlegte zwischen dem einen Extrem, der Alazoneia, und dem andern Extrem, der Eironeia […]"

45) Vgl. ebd., S. 22: "[…] hatte Aristoteles die Ironie als eine Waffe des Redners empfohlen, wenn auch etwas widerwillig. […] Durch Lob zu tadeln und durch Tadel zu loben, darin besteht das eigentliche Wesen der rhetorischen Ironie."

46) Ebd., S. 22.

43)[47]에 이르러서는 반어적인 사람으로 간주되는 것을 기뻐할 정도로 반어는 처음으로 절대적인 품위를 획득하게 되며, 또한 전승된 문학에서 처음으로 수사학적 어법으로서의 반어와 일반적 대화 태도로서의 반어를 구분지었다.[48] 키케로는 그리스어 에이로네이아를 라틴어 디시물라치오로 표현하였고 또 수사학적 위장을 반어의 본질이라 여기면서, 반어란 어떤 것을 말하면서 다른 어떤 것을 가리키는 위장이라고 정의를 내렸다.[49]

퀸틸리아누스 Quintilianus(A.D.35～A.D.100)[50]는 반어를

---

47) Marcus Tullius Cicero (B.C.106～B.C.43): 로마의 문인. 철학자. 정치가. 고전 라틴 산문의 창조자이며 동시에 완성자라고 불리며, 그리스의 웅변술과 수사학의 소양(素養)에서 우러나온 문체는 도도하게 흐르는 대하(大河)에 비유되고 있다. 그의 철학은 절충적인 처제도덕론에 불과하지만 그리스 사상을 로마로 도입하고 그리스어를 번역하여 새로운 라틴어를 만들어낸 공적은 참으로 크다. 『신에 관하여 De natura deorum』, 『의무론 De officiis』 등의 철학서가 있다.

48) Vgl. N. Knox: Die Bedeutung von »Ironie«: Einführung und Zusammenfassung, S. 22: "Bei Cicero erhielt ‚Ironie' zum ersten Mal eine uneingeschränkte Würde; es schmeichelte ihm, für einen Ironiker gehalten zu werden. Cicero hat auch zum ersten Mal in der überlieferten Literatur unterschieden zwischen Ironie als rhetorischer Figur und durchgängiger Redehaltung."

49) E. Behler: Ironie und literarische Moderne, S. 7: "Cicreo, der die griechische Bezeichnung εἰρωνεία im Lateinischen mit dissimulatio wiedergab und das Wesen der Ironie in der rhetorischen Verstellung erblickte, hatte sie als eine etwas anderes sagende und bezeichnende Verstellung definiert."

50) Marcus Fabius Quintilianus (A.D.35～A.D.100): 고대 로마 제정 초기의 웅변과 수사학자. 스페인 출신. 베스파시아누스 황제의 신임을 얻어 로마에서는 처음으로 국가의 봉급을 받고 제1대 수사학 교수의 책임자가 되어 활약하였다. 『辯辭家의 육

토론에서 상대편에게 대응하는 방법의 하나로, 즉 토론 전체에 대한 어구상의 책략으로 표현하면서, "진정한 思考습관과 대화습관의 하나 eine echte Denk- und Redegewohnheit"[51]라고 규정지었다. 그리고 그는 수사학에서 말하는 전의적 표현(Trope)과 비유적 표현(Figur)에서 반어의 개념을 파악하였으며, 뜻하고자 하는 것의 반대의 말을 하는 것이 반어적 표현방식의 특징이라 하였다.[52] 특히 그는 다음과 같은 세 개의 범주로 반어를 구분하였다. 즉 첫째로 보통 직선적인 텍스트 속에 나타나는 짧은 문체 유형, 둘째로 문체와 어조가 실제의 사태(事態)에 모순되면서도 그 자체로 잘 꾸며진 대화, 셋째로 어느 한 인간이 삶에 대해 지닌 전체적인 입장(한 인간의 전체적인 삶의 견해 - 인용자)이라는 범주이다.[53]

성』을 저술하였으며 세네카의 문체·철학에 반대하고, 키케로를 언어·스타일의 전거(典據)로 삼았다. 퀸틸리언이 활동하던 1세기 로마에서 수사교육은 모든 학문의 요체였으며 수사교육의 목표는 단지 달변가를 길러내는 것이 아니라 훌륭한 로마 시민을 양성하는데 있었다; Quintilian의 전기에 대해서는 다음의 책 참조. M. L. Clarke: Quintilian, A Biographical Sketch, in: Greece and Rome 14, Cambridge: Harvard University Press 1967, S. 24-37.

51) N. Knox: Die Bedeutung von »Ironie«: Einführung und Zusammenfassung, S. 22.

52) Vgl. E. Behler: Ironie und literarische Moderne, S. 7: "Quintilian, der der Ironie ihren Platz unter den Tropen und Figuren der Rhetorik anwies, sah das Charakteristische dieser Ausdrucksform darin, daß das Gegenteil des Gesagten zu verstehen gegeben wird."

53) Vgl. N. Knox: Die Bedeutung von »Ironie«: Einführung und Zusammenfassung, S. 22: "[…] unterscheidet er in Wirklichkeit doch drei Kategorien: 1. eine kurze Stilfigur, die in einem sonst geradlinigen Text erscheint (Trope); 2. eine in sich geschlossene

퀸틸리아누스 이후 시기와 영어에서 아이러니 Irony라는 단어의 최초 출현 사이의 약 1500년 동안 반어에 대한 별다른 의미 변화는 없었다. 17세기 이래 유럽 문학에서의 반어에 대한 관심은 연속적으로 나타났으며, 이때의 연속성이란 단조로운 진행을 의미하는 것이 아니라 반어에 대한 괄목할만한 정점을 의미한다. 대표적인 두 시기를 들자면 18세기의 영국소설과 독일 낭만주의가 될 것이며, 몇몇의 유명한 반어적인 사람을 들자면 스위프트 Swift, 스턴 Stern, 빌란트 Wieland, 괴테 Goethe, 플로베르 Flaubert 그리고 토마스 만 Thomas Mann이 될 것이다.54)

반어란 말이 여러 가지의 새로운 의미를 지니게 된 것은 18세기말과 19세기초 독일에서였다. 즉, 낭만주의 시대에 와서 프리드리히 슐레겔 Friedrich Schlegel(1772~1829)을 비롯한 많은 작가들에 의해 문학에 적용됨으로써 그 개념의 폭이 넓어졌다. 그리고 낭만주의적 반어는 초기낭만주의 문학의 시학적 요청을 담고있는 문예학적 개념이자 초기낭만주의 문학을 둘러싼 거의 모든 논의들을 포괄할 수 있는 문학적 현상이라고 할 수 있다. 그래서 낭만주의적 반어에 관한 대표 이론가라고 할 수 있는 슈트로슈나이더-코어스 Ingrid

---

Rede, deren Stil und Ton dem tatsächlichen Sachverhalt widersprechen (Schema); 3. die gesamte Lebenseinstellung eines Menschen (Schema) [⋯]"
54) Hans-Egon Hass/Gustav-Adolf Mohrlüder: Ironie als literarisches Phänomen, Köln 1973, S. 15.

Strohschneider-Kohrs와 벨러 Ernst Behler의 견해에 따라 슐레겔과 졸거 Karl W. F. Solger(1780~1819) 그리고 루드비히 티크 Ludwig Tieck(1773~1853)의 반어에 관해 간단히 살펴보고자 한다. 물론 쟝 파울 Jean Paul과 노발리스 Novalis도 반어와 무관하지 않지만 이 책에서는 위의 세 사람의 반어로 낭만주의적 반어를 어느정도 설명할 수 있을 것으로 본다.[55]

숄레겔은 반어를 처음으로 문학이론, 예술이론상의 개념으로서 사용했다. 그러나 그가 사용한 반어는 이전과는 전혀 다른 방향, 즉 문체상의 문제나 수사적인 어법과는 전혀 다른 각도에서 사용하고 있다는 것을 우선 전제해야 한다. 그에게 있어서 반어 개념이 사용되고 있는 곳은 주로 예술작품과 그 생산과정, 그리고 생산된 작품의 인식과정에 대한 해명에서였던 것이다. 다시 말해서 미학적인 영역과 결부시켜서 반어의 개념을 생각했는데 이것은 슐레겔이 혼자서 창안한 것은 아니었고 그 시대의 철학의 근본적인 경향이기도 하였다. 즉 독일 관념론, 특히 피히테 Johann Gottlieb Fichte(1762~1814)와 쉘링 Friedrich Wilhelm Joseph von Schelling(1775~1854)의 미학이론 내지 예술철학에서 슐레겔은 그의 사유의 근본적인 틀을 이끌어 내었던 것이다.[56]

---

55) 반어가 문학이론적으로 정립되었던 18세기 말의 초기 낭만주의의 반어에 관한 국내 논문으로는, 최문규: 자기 창조와 자기 파괴의 변화 - 독일 초기 낭만주의의 "아이러니(Ironie)" 개념에 관한 연구, 실린 곳: 뷔히너와 현대문학 8 (1995), 151-191 쪽 참조.

56) 슐레겔의 낭만주의적 반어를 좀더 알기쉽게 설명하면 다음과

처음에는 "철학은 반어의 원래의 고향 Die Philosophie ist die eigentliche Heimat der Ironie"57)이라고 했던 슐레겔은 단테와 셰익스피어, 그리고 괴테의 문학에서 반어적 요소를 분석해내어 그가 자주 사용한 "문학의 문학 Poesie der Poesie"으로서의 반어를 결국 미학의 영역 안으로 끌어들이고 있는 것이다.58) 슐레겔은 반어를 "영원한 민첩성, 무한

같다. "[…] 예술작품은 아무리 천재의 작품이라 해도 그 자체만으로는 유한적 특수산물에 불과하다. 따라서 어떠한 예술작품도 궁극적 이상인 절대, 무한의 전체성을 표현할 수 없기 때문에 현실의 작품이란 절대아의 이념에서 본다면 단순히 허무맹랑한 환영에 불과하다. 그런 까닭에 창작주체인 자아는 그 절대의 입장에서 자기가 만든 작품을 부정하고 파괴할 권리가 있다. 즉 예술적 주관은 한편에서는 작품을 창작하면서 또 다른 편에서는 고차적인 입장에서 그것을 부정할 자유가 있다는 것이다. 다시 말해서 인간의 특성인 자유 창작정신은 스스로 창작하면서 파괴할 수 있고 이것이 예술적 주관의 절대적 자유성이다. 슐레겔은 이 같은 자유를 낭만주의적 반어 die romantische Ironie라 하였다." (池明烈 外: 獨逸文學思潮史, 서울대학교 출판부 1986, 242쪽 참조.)

57) Friedrich. Schlegel: Kritische Friedrich-Schlegel-Ausgabe (Im folgenden wird als KA angegeben), hrsg. v. E. Behler unter Mitwirkung von Jean-Jacques Anstett und Hans Eichner, Bd. Ⅱ, München·Paderborn·Wien 1958, S. 152.

58) Vgl. F. Schlegel: KA, Bd. Ⅱ, S. 206: "단테의 예언적인 문학은 선험문학의 유일한 체계이며, 그러한 부류 중 최고의 체계이다. 셰익스피어의 보편성은 낭만적 예술의 정점과도 같다. 괴테의 순수한 문학적 문학은 문학의 완전한 문학이다. 이러한 세 가지야 말로 현대문학의 위대한 3화음이며, 새로운 문학의 고전주의자를 비판적으로 선별하는 협의적이고도 광의적인 영역에서의 가장 내면적이고도 가장 신성한 고리인 것이다 Dantes prophetisches Gedicht ist das einzige System der transzendentalen Poesie, immer noch das höchste seiner Art. Shakespeares Universalität ist wie der Mittelpunkt der

히 가득찬 카오스에 대한 명확한 의식"59)으로 정의한 바
있다. 여기서 '명확한 의식' 행위의 산물인 반어는 일차적
으로 당시의 시대적인 맥락에서 파악된다. 즉 슐레겔의 반
어 개념은 인식론적인 관점과 정치·사회적인 관점이 상호
연관성을 맺고 있는 독일 관념론의 사유에서 출발한다.

그래서 슈트로슈나이더-코어스도 슐레겔의 반어에 대한
정의인 "영원한 민첩성, 무한히 가득찬 카오스에 대한 명회
한 의식"이라는 이 단장(斷章)에 대하여 "민첩성, 이것은
슐레겔에 있어서는 정신의 운동에 대한 암호이며, 좀더 전
문적으로 얘기하자면 피히테에 의해 사유된 의식의 운동에
대한 암호이다"60)라는 해석을 내리고 있다. 그 당시 피히테
는 '자아는 자신을 규정한다' 혹은 '자아는 자기 자신을 의
식할 경우에만 존재한다'라는 명제를 통해 자신의 존재를
의식하는 절대 주체의 이론을 완성시킨 바 있다.61) 즉 주체

---

romantischen Kunst. Goethes rein poetische Poesie ist die
vollständigste Poesie der Poesie. Das ist der große Dreiklang
der modernen Poesie, der innerste und allerheiligste Kreis unter
allen engern und weitern Sphären der kritischen Auswahl der
Klassiker der neuern Dichtkunst".

59) F. Schlegel: KA, Bd. Ⅱ, S. 262: "Ironie ist klares Bewußtsein
der ewigen Agilität, des unendlich vollen Chaos."; Vgl. E.
Nündel: Die Kunsttheorie Thomas Manns, S. 118.

60) Ingrid Strohschneider-Kohrs: Zur Poetik der deutschen Romantik
Ⅱ. Die romantische Ironie, in: Die deutsche Romantik, hrsg. v.
Hans Steffen, Göttingen 1978, S. 77: "'Agilität', das ist für F.
Schlegel Chiffre für die Bewegung des Geistes, sogar spezieller für
die von Fichte gedachte Bewegung des Bewußtsein."

61) Vgl. Johann Gottlieb Fichte: Grundlage der gesamten Wisse-
nschaftslehre, Hamburg 1979, S. 16f.

를 절대화함으로써 주체는 세계나 모든 것에 우선하며, 또 역으로 세계나 모든 것은 가소롭게 되거나 부정될 수 있는 계기가 마련된다는 것이다.62) 이러한 피히테 사상의 영향권에 있던 슐레겔은 1797년 127개의 단장으로 구성된 그의 초기의 단장집인 '리체움 단장 Lyceum-Fragmente'에서 반어라는 개념을 사용하기 시작한다. 특히 단장 42에서 나타나는 "선험적인 광대기질 transzendentale Buffonerie"이라는 표현은 반어 연구사에서 여러 사람의 논쟁의 대상이 되었는데, 여기서 그는 반어의 개념으로서 고금(古今)의 시문학의 특색을 부각시키려고 하고 있다.

> "철학은 반어의 원래의 고향이다. […] 작품 전체에서 속속들이 철저하게 반어의 신성한 입김을 호흡하는 고금(古今)의 詩가 있다. 그런 詩에는 정말로 선험적인 광대기질이 살아 있다. 내부에는, 모든 것의 연관을 파악하고 또 모든 제한적인 것 _자기 자신의 예술, 도덕성 또는 독창성까지도_ 에서 무한히 벗어나 극복하는 정조(情操)가 있다. 외부에는, 실제 실행에 있어서 일상적인 선량한 이탈리아 부포(광대)의 익살스런 기교가 행해진다."63)

---

62) Vgl. Uwe Japp: Theorie der Ironie, Frankfurt am Main 1983, S. 201: "Von diesem Ich soll gelten, daß alles, was ist, nur durch das Ich ist, und also von diesem ebensogut auch wieder vernichtet werden kann. Diese absolute Herrschaft des Ich über alles hat aber zum Resultat, daß alles nur Schein ist."

63) F. Schlegel: KA, Bd. Ⅱ, S. 152: "Die Philosophie ist die eigentliche Heimat der Ironie. […] Es gibt alte und moderne Gedichte, die durchgängig im Ganzen und überall den göttlichen Hauch der Ironie atmen. Es lebt in ihnen eine wirklich tran-

여기서 '선험적'64)이라는 개념은 재래의 철학과는 달리
더 이상 대상의 객관적 존재방식에 관심을 두지 않고, 대
상을 인식주체와의 연관 속에서 설명하는 개념으로 칸트
로부터 피히테로 전승된 것으로써, 슐레겔은 아테네움 단
장 Athenäum-Fragmente 22에서 선험적이란 "이상적인 것과
실제적인 것의 결합과 분리에 관계되는 것 Was auf die
Verbindung und Trennung des Idealen und Realen Bezug

---

szendentale Buffonerie. Im Innern, die Stimmung, welche alles
übersieht, und sich über alles Bedingte unendlich erhebt, auch über
eigne Kunst, Tugend, oder Genialität: im Äußern, in der Ausführung
die mimische Manier eines gewöhnlichen guten italiänischen
Buffo."

64) 철학사전에 나와있는 선험적(先驗的)의 뜻은 다음과 같다; 1)
칸트(I. Kant)철학의 근본개념 중의 하나. '넘어서다'를 뜻하는
라틴어 transcentalis는 초절적(超絶的, transzendent)의 원어
transcendens와 같은 어원에서 나왔으며 스콜라 철학으로부터
칸트에 이르기까지 이 두 원어는 사실상 구별없이 초월적 개념
을 의미하여 범주적 규정을 초월하는 존재의 가장 보편적인 규
정에 적용되었다. 그러나 칸트는 '선험적'을 정의하여 '대상에
의해서가 아니라 오히려 선천적으로 가능한 대상 인식의 방법
에 관한 인식' 또는 '어떤 직관(直觀) 혹은 개념이 선천적으로
만 가능한 것, 또는 그 가능한 근거의 인식수단인 선천적 인식'
이라 하여 '초절적'과 구별되며 '선천적'과도 구별되었다. 즉
'선천적 대상 인식의 가능성의 인식'이 곧 '선험적'의 뜻이다.
칸트의 이 용어의 사용에 대해서는 여러 가지 논의가 많으나
위에서 말한 정의를 후의 신칸트학파의 철학자들은 높이 강조
하였다. 2) 현상학파에서는 '자연적 태도'에 대응하여 판단을
중지하는 경우, 본질직관(本質直觀)에 의해서 본질사태(本質事
態)를 통찰하는 태도·방법의 인식론상의 명칭이다. 유사어로는
'아프리오리한', '순수한' 등등이며, 반대어로는 '경험적인', '내
재적인' 등등이다. (임석진: 철학사전, 청사 1997, 358쪽; Vgl.
Arnim Regen und Uwe Meyer (Hrsg.): Wörterbuch der
philosophischen Begriffe, Hamburg 1998, S. 672.)

hat"[65]이라고 말하고 있다. 또한 여기서의 제한성을 넘어서려는 '마음'과 익살스런 '부포'의 모습, 즉 내면과 외면의 이중적 특징이 바로 슐레겔의 반어이며 더 나아가 모든 낭만주의 문학작품의 특징인 것이다.

소크라테스적 반어가 "모든 것이 농담인 동시에 진지함 alles Scherz und alles Ernst sein" 이어야 하며 "모든 것이 진솔하게 열려있고, 모든 것이 깊이 철저하게 위장되어 있는 alles treuherzig offen, und alles tief verstellt" 상태인 반면, 슐레겔의 반어는 "한정되지 않은 것과 한정된 것의 대립 Widerstreit des Unbedingten und Bedingten"이며, "완벽한 의사전달의 불가능성과 필연성 Unmöglichkeit und Notwendigkeit einer vollständigen Mitteilung" 또는 "반어는 시인에게 허락된 가장 자유로운 형식이다. 왜냐하면 그런 자유를 통해 우리는 자신을 넘어설 수 있기 때문이다 Sie [= die Ironie] ist die freieste aller Lizenzen, denn durch sie setzt man sich über sich selbst hinweg"라고 표현되고 있다.[66] 반어의 이와 같은 관점은 단장 48에서 보다 압축적으로 '반어는 모순의 형식이다. 좋고 위대한 모든 것은 모순적이다' 라고 표현되어 있다.[67]

이와 같은 대립쌍과 모순에서 생산된 반어는 "자기창조와

---

65) F. Schlegel: KA, Bd. Ⅱ, S. 169; Vgl. Ingrid Strohschneider-Kohrs: Zur Poetik der deutschen Romantik Ⅱ. Die romantische Ironie, S. 80.

66) Vgl. E. Behler: Ironie und literarische Moderne, S. 46.

67) Vgl. ebd., S. 46: "Diese Sehweise der Ironie kommt auf präzisere Weise in dem Fragment 48 zum Ausdruck, das kurz und bündig feststellt: "Ironie ist die Form des Paradoxen. Paradox ist alles, was gut und groß ist."

자기파괴의 부단한 상호작용 steter Wechsel von Selbstschöpfung und Selbstvernichtung"68)으로까지 나아가는 역동적인 구조를 지니게 된다. 슐레겔의 리체움 단장에서는 반어가 주로 모순의 형식으로 규정되고 있는 데에 반해, 아테네움 단장에서는 그가 피히테로부터 넘겨받은 '상호작용 개념 Wechselbegriff'으로 주로 규정되고 있는 바 이미 리체움 단장 37에서 자기창조와 자기파괴의 '상호작용 개념'에 대한 실마리를 찾을 수 있다.69)

"어떤 대상에 대해 잘 쓸 수 있기 위해서는 그 대상에 더 이상 관심을 가져서는 안된다. 신중하게 표현하려는 생각은 머리 속에서 이미 완전히 지나갔어야 한다. 예술가가 창작하면서 열광에 빠져있는 한, 그는 최소한 의사전달에 있어서는 부자유한 상태에 있다. 그렇게 되면 그는 모든 것을 말하려고 할 것이다. […] 그렇게 하여서는 예술가는 인류에게 있어서 최초의 어떤 것이자 최후의 그 어떤 것이며, 가장 필연적인 것이자 지고의 것인 자기제한의 가치와 존엄성을 인식하지 못한다. 가장 필연적인 것이라 함은, 자기 스스로를 제한하지 않으면 언제나 세계가 자기에게 제한을 가하게 될 것이고, 그렇게 함으로써 그는 노예로 전락하기 때문인 것이다. 지고의 것이라 함은, 자기창조와 자기파괴라는 무한한 힘을 가질 때에야

---

68) Vgl. F. Schlegel: KA, Bd. Ⅱ, S. 172: "Naiv ist, was bis zur Ironie, oder bis zum steten Wechsel von Selbstschöpfung und Selbstvernichtung natürlich, individuell oder klassisch ist, oder scheint." (반어로까시 또는 자기창조와 자기파괴의 부단한 상호작용으로까지 나갈 정도로 자연스러운 것, 개인적인 것 그리고 고전적인 것, 혹은 그렇게 보이는 것이야말로 소박하다.)
69) Vgl. E. Behler: Ironie und literarische Moderne, S. 94.

비로소 자기 스스로를 제한할 수 있기 때문인 것이다."70)

다시 말해 예술가는 어떤 대상에 대하여 관심을 가지고 또 그 대상에 대해 열광하는 경우에는 그것을 훌륭하게 묘사할 수 없으며, 자기가 알고있는 모든 것을 말해 버리고 유보(留保)하는 것이 없는 예술가는 예술전달이 불가능한 부자유(不自由)한 상태에 처하게 되며, 따라서 이러한 부자유로 인하여 그는 '자기제한'의 가치를 알아보지 못하게 된다는 것이다. 또 '자기창조'에는 '자기파괴'가 따르고 '자기파괴'는 다시 '자기창조'로 나아가는 부단한 상호작용 속에서 예술가는 자유롭고 사려 깊은 '자기제한'에 이른다고 밝히고 있다. 즉 파괴를 위한 파괴 그 자체만을 뜻하는 것이 아니라 예술가의 정신이 반영된 반어라는 파괴행동을 통해서 더 나은 예술적 실제를 낳게 하자는 의도가 깔려 있는 것이며, 극단적으로 말해 스스로 창작하면서 파괴

---

70) F. Schlegel: KA, Bd. Ⅱ, S. 151: "Um über einen Gegenstand gut schreiben zu können, muß man sich nicht mehr für ihn interessieren; der Gedanke, den man mit Besonnenheit ausdrücken soll, muß schon gänzlich vorbei sein. So lange der Künstler erfindet und begeistert ist, befindet er sich für die Mitteilung wenigstens in einem illiberalen Zustande. Er wird dann alles sagen wollen [⋯] Dadurch verkennt er den Wert und die Würde der Selbstbeschränkung, die doch für den Menschen das Erste und das Letzte, das Notwendigste und das Höchste ist. Das Notwendigste: denn überall, wo man sich nicht selbst beschränkt, beschränkt einen die Welt; wodurch man ein Knecht wird. Das Höchste: denn man kann sich nur in den Punkten und an den Seiten selbst beschränken, wo man unendliche Kraft hat, Selbstschöpfung und Selbstvernichtung."

하는 데에 예술적 주관의 절대적 자유성이 있다는 것이
바로 낭만주의적 반어의 핵심이다. 물론 여기서의 자기제한
이란 개념은 "절대적인 자의성 unbedingte Willkür"71)이라 정
의되기도 하는데, 슐레겔의 표현을 빌자면 다름아닌 "자기
창조와 자기파괴의 결과 ein Resultat von Selbstschöpfung
und Selbstvernichtung"72)인 것이다. 벨러는 이것을 다음과
같이 강조함으로써 낭만주의적 반어에서 아주 중요한 부
유(浮遊)란 용어를 확인시키고 있다.

> "자기창조와 자기파괴의 부유 속에서 예술가가 획득하
> 는 결과란 바로 리체움 단장 28에서 이미 언급하였던
> '자기제한'인 것이다."73)

또한 야프는 슐레겔의 낭만주의적 반어의 '자기창조와
자기파괴의 부단한 상호작용'에 있어서 그 상호작용이라는
것은 언제나 대립과 지양을 통해 실천되는 것이라고 하며
"형식 일반 및 다양한 형식들과 관련하여 느끼는 불만족

---

71) Ebd., S. 151; Vgl. Tou-Shik Kang: Ein Forschungsbericht über
die Entfaltung der Ironie-Konzeption bei F. Schlegel, Seoul
National University 1973, S. 54: "자의성"이라는 말은 현대적
인 의미에서의 放恣 또는 我執의 뜻이 아니라, (Will은 意志
를 나타내며 Küren은 選定을 나타낸다는 뜻에서) 자유로운
자기결정을 뜻한다.
72) F. Schlegel: KA, Bd. Ⅱ, S. 149.
73) E. Behler: Ironie und literarische Moderne, S. 97: "Das Resultat
aber, das der Künstler in diesem Schweben zwischen Selbs-
tschöpfung und Selbstvernichtung gewinnt, wurde bereits im Ly-
ceum-Fragment 28 als "Selbstbeschränkung" angegeben."

과 호기심의 변증법이 모든 예술 창작의 법칙이 되고 있다. 반어에는 이 법칙을 명확하게 밝혀야하는 의의가 부여된다"74)라고 말하고 있다.

"낭만주의적 반어의 특징은 예술가적으로 성찰하는 태도라 규정할 수 있으며, 이러한 태도에 비추어 보면 현실은 의심스러워지기 때문에 이러한 태도는 어떤 관점으로 고정되지 않으며 그 표현이 항상 다의적이다"75)라고 말한 뉜델의 정의에서 낭만주의적 반어의 핵심용어인 부유를 파악할 수 있으며, 낭만주의적 반어의 중심적 요소를 '주체의 자유로운 의식'이라고 규정하고 있는 슐레겔과 졸거의 다음과 같은 말들에서는 더더욱 명확하게 파악할 수 있다.

> "그것[= 낭만주의적 반어]은 대개 서술된 것과 서술자 사이에서, 모든 현실적인 관심과 이상적인 관심으로부터 벗어나 자유로이 문학적 성찰의 날개를 타고 그 가운데를 부유할 수 있으며, 이와 같은 성찰을 언제나 다시금 강화시킬 수 있으며 또 무한히 많은 거울들로 비추듯이

---

74) U. Japp: Theorie der Ironie, S. 196: "Diese Dialektik von Ungenügen und Neugierde im Hinblick auf die Form und die Formen ist aber ein Gesetz aller Kunstproduktion. Der Ironie kommt hierbei auch die Bedeutung zu, dieses Gesetz explizit zu machen."

75) E. Nündel: Die Kunsttheorie Thomas Manns, S. 119: "So könnte man romantische Ironie bezeichnen als künstlerisch reflektierendes Verhalten, dem die Wirklichkeit fragwürdig geworden ist, das sich darum auf keinen Standpunkt festlegt und dessen Aussagen deshalb stets mehrdeutig bleiben."

다면화시킬 수 있어야 한다."[76]

   "예술가의 정신은 모든 방향을, 모든 것을 조망하는 하
나의 시선으로 모아야 한다. 모든 것 위에 부유하며, 모
든 것을 무화(無化)하는 이 시선을 우리는 반어라고 부른
다."[77]

졸거는 반어 개념을 철학에서부터 규정하고 그 반어 개
념을 그의 사상체계의 중심이라고 설명하며, 이념이 현실
이 될 때 이념 그 자체는 파괴된다는 데에 반어의 존재
이유가 있다고 말하고 있다.[78] 물론 여기서의 이념이란 상
상력의 힘을 통해 현실로 나타난다. 그것은 "예술에 있어

---

76) F. Schlegel: KA, Bd. Ⅱ, S. 182: "Und doch kann auch sie am
   meisten zwischen dem Dargestellten und dem Darstellenden, frei
   von allem realen und idealen Interesse auf den Flügeln der
   poetischen Reflexion in der Mitte schweben, diese Reflexion
   immer wieder potenzieren und wie in einer endlosen Reihe von
   Spiegeln vervielfachen."
77) Karl. W. F. Solger: Erwin. Vier Spräche über das Schöne und die
   Kunst, Berlin 1815, S. 276. hier zitiert nach: Karl Peter Biltz: Das
   Problem der Ironie in der neueren deutschen Literatur,
   insbesondere bei Thomas Mann, Frankfurt am Main als Inaugural
   - Dissertation 1932, S. 25: "Hier also muß der Geist des Künstlers
   alle Richtungen in Einen alles überschauenden Blick
   zusammenfassen, und diesen über allem schwebenden, alles
   vernichtenden Blick nennen wir die Ironie."
78) Vgl. E. Nündel: Die Kunsttheorie Thomas Manns, S. 118:
   "Solger schließlich bestimmte den Begriff der Ironie von der
   Philosophie her, erklärte ihn geradezu zum Zentrum seines
   Systems. Für ihn besteht Ironie darin, daß die Idee sich selbst
   vernichtet, wenn sie Wirklichkeit wird."

서 상상력이란, 이념을 현실로 변화시키는 능력 In der Kunst ist die Phantasie die Fähigkeit, die Idee in Wirklichkeit zu verwandeln"[79]이라고 한 그의 말에서 잘 나타나 있다.

졸거의 반어 개념에 있어서 간과해서는 안될 중요한 요소는 예술가의 정신적 능력이며, 다음과 같은 말에서 그의 반어 개념을 파악할 수 있다.

> "반어란 결코 예술가의 개별적인 우연한 기분이 아니라, 전체 예술의 가장 내적인 생명의 싹이다. [⋯] 진정한 반어는 지고의 의식을 전제로 하며 이와 같은 의식의 힘으로 인간의 정신은 이념과 현실의 대립과 합일에 대해 완전하게 깨닫게 된다."[80]

철학적·문예학적 견지에서 사용되고 있는 슐레겔이나 졸거의 낭만주의적 반어와는 달리 티크는 자기 자신의 작품들의 내용에 해당되는 요소들과 관련해서 "직접적인 반어 direkte Ironie" "아주 단순한 반어 ganz einfache Ironie" "조야한 반어 grobe Ironie" "고상한 반어 höhere Ironie" 등등

---

79) K. W. F. Solger: Vorlesungen über Ästhetik, hrsg. v. K. W. L. Heyse, Leipzig 1829, S. 187; Vgl. Karl Peter Biltz: Das Problem der Ironie in der neueren deutschen Literatur, insbesondere bei Thomas Mann, S. 24.

80) K. W. F. Solger: Vorlesungen über Ästhetik, S. 245f: "Die Ironie ist keine einzelne zufällige Stimmung des Künstlers, sondern der innerste Lebenskeim der ganzen Kunst. [⋯] Die echte Ironie setzt das höchste Bewußtsein voraus, vermöge dessen der menschliche Geist sich über den Gegensatz und die Einheit der Idee und Wirklichkeit vollkommen klar ist."

의 반어 개념을 사용하고 있다.81) 그러나 창작에 임하는 예술가의 태도에 관련해서 반어라는 말을 사용할 때는 티크 역시 슐레겔 및 졸거의 반어 이론을 의식하고 있는데, 이를테면 1819년 5월 12일자 그에게 보낸 슐레겔을 비판하는 졸거의 한 편지에서82) 영향을 받아 티크는 다음과 같은 반어 개념을 사용하고 있다.

> "내가 말하는 반어는 조소나 경멸, 풍자, 혹은 보통 이들과 같은 종류로 이해되기도 하는 여타의 것도 아니다. 오히려 그것은, 동시에 진정한 명랑성과 결합된, 가장 심오한 진지함이다. 그것은 부정적이지 않으며, 오히려 철두철미하게 긍정적인 것이다. 반어란 작가에게 소재를 다스릴 수 있게 해주는 힘이다. 작가는 소재에 매몰되어서는 안되고 소재를 장악하고 있어야 한다. 그래서 반어는 일면성과 공허한 이상화에 빠지지 않도록 작가를 지켜 준다."83)

---

81) Vgl. Ingrid Stroschneider-Kohrs: Die romantische Ironie in Theorie und Gestaltung. Tübingen 1977, S. 130; 그리고 티크와 친분이 두터웠던 영국인 주교 컨놉 써월 Connop Thirlwall은 반어를 '구어적 반어 verbale Ironie', '변증법적 반어 dialektische Ironie', '실천적 반어 praktische Ironie'로 분류하고 있다. (U. Japp: Theorie der Ironie, S. 34, 60; Vgl. C. Thirlwall: On the Irony of Sophocles, in: The Philological Museum Ⅱ, 1833, S. 483-537.)

82) Vgl. E. Behler: Ironie und literarische Moderne, S. 220.

83) Ingrid Strohschneider-Kohrs: Die romantische Ironie in Theorie und Gestaltung, S. 138: "Die Ironie, von der ich spreche, ist ja nicht Spott, Hohn, Persiflage, oder was man sonst der Art gewöhnlich darunter zu verstehen pflegt, es ist vielmehr der tiefste Ernst, der zugleich mit wahrer Heiterkeit verbunden ist. Sie ist nicht bloß negativ, sondern etwas durchaus Positives. Sie ist die

같은 맥락에서 뉜델은 티크의 반어를 희극과 동화극에
서처럼 자유로운 존재의 측면에서 파악하며84) "티크의 동
화문학은 동화문학의 이념에 따르면 '이것도 아니고 저것
도 아니며 Weder-Noch', 또 '이것도 옳고 저것도 옳은
Sowohl-Als-Auch' 것이다. 즉 낭만주의적 부유, 낭만주의적
반어의 고전적인 문학이다"85)라고 하는 낭만주의적 반어
의 핵심을 보여주고 있다.

이상과 같이 "전지전능하고, 보통과 다른 주관성
omnipotent, eccentric subjectivity"86)과 '부유 Schwebe'를 가장
큰 특징으로 하는 낭만주의적 반어에 관한 고찰에서 특히
슐레겔은 피히테의 예술철학의 영향을 받아서 변증법적으로
반어 문제를 해결하려고 했기 때문에 그의 반어를 추적하는
데에 있어서 철학적 배경이 없이는 많은 어려움이 따른다.

Kraft, die dem Dichter die Herrschaft über den Stoff erhält; er
soll sich nicht an denselben verlieren, sondern über ihm stehen.
So bewahrt ihn die Ironie vor Einseitigkeiten und leerem
Idealisieren."

84) Vgl. E. Nündel: Die Kunsttheorie Thomas Manns, S. 118:
"Tieck faßte die Ironie von der Seite des Freiseins, wie an
seinen Komödien und Märchenspielen zu studieren ist."

85) Hermann August Korff: Geist der Goethezeit. Versuch einer
ideellen Entwicklung der klassisch-romantischen Litera-
turgeschichte, III. Teil, Leipzig 1949, S. 510. hier zitiert nach:
E. Nündel: Die Kunsttheorie Thomas Manns, S. 118: "Tiecks
Märchendichtung ist ihrer Idee nach ein Weder-Noch und
Sowohl-Als-Auch: die klassische Dichtung der romantischen
Schwebe, der romantischen Ironie."

86) Candace D. Lang: Irony/Humor. Critical Paradigms, The Johns
Hopkins University Press. Baltimore and London 1988, S. 26.

뮈케도 "독일 낭만주의적 반어는 문학 그 자체의 문제라기보다는 문학과 철학 이론의 문제이다"[87]라고 하였다. 그래서 낭만주의적 반어를 총체적으로 파악하기 위해서는 헤겔, 키에르케고르, 졸거 등의 반어가 심도있게 다루어져야 할 것이며, 그 이후에도 계속 이어지는 반어 논의에서는 쇼펜하우어, 니이체, 아담 뮐러 Adam Müller(1779~1829), 루카치 등등의 반어가 계속해서 연구되어져야 할 것이다.

야프는 그의 『반어의 이론 Theorie der Ironie』이라는 저서에서 좀더 간명한 말을 남기고 있다. 즉, 보통 소크라테스 이후부터 슐레겔 전까지의 반어는 뜻하고자 하는 것의 반대의 말을 하는 수사학적 '위장 Verstellung'의 특색이 두드러지며, 낭만주의적 반어는 수사학의 단계를 뛰어 넘어 철학과 미학 영역 깊숙히 파고 들면서 '유사화 Anverwandlung'의 특성이 강조되며, 현대의 서사적 반어에서는 '유보 Vorbehalt'의 특성이 강하게 나타난다는 것이다.[88]

'자기창조와 자기파괴의 부단한 상호작용' 속에서 반어를 찾아내어 고대 수사학적 반어와의 차이점을 부각시킨 슐레겔의 반어는 아담 뮐러와 졸거에 의해 이론적 철학적

---

87) D. C. Muecke: The Compass of Irony, The Chaucer Press. Great Britain 1989, S. 184: "Romantic Irony in Germany was a matter of literary and philosophical theory, rather than literature itself."

88) Vgl. U. Japp: Theorie der Ironie, S. 244: "So wie die klassische Ironie als Verstellung erschien, die romantische Ironie aber als Anverwandlung, so erscheint nun die moderne Ironie als Vorbehalt. Die Ironie der Moderne ist die Ironie als Vorbehalt, als reservatio also."

으로 정리가 되었으며,89) 이와 같은 낭만주의적 반어의 원리를 체득하여 반어를 예술작품 창작을 위한 근본적 태도로 삼았던 사람은 바로 토마스 만이 아닐까 한다.

2. 토마스 만의 반어

자기부정을 통해 참다운 진리를 깨닫게 하는 교육적인 목적을 띤 역설적인 표현 방식인 고대 수사학적 반어와, 이상과 현실의 메울 수 없는 간격을 극복하기 위한 수단으로 모든 제약적인 것을 떠나 부유하는 낭만주의적 반어와는 달리, 토마스 만의 반어는 무엇보다 정신과 삶, 예술성과 시민성이라는 상반된 두 요소를 전제로 하는데, 만의 표현을 빌자면 "삶을 위한 정신의 자기부정이며 자기배반 die Selbstverneinung, der Selbstverrat des Geistes zugunsten des Lebens"90)이라고 할 수 있다. 즉 정신과 삶은 서로 대립적인 성질의 것이지만, 그 양극성이 첨예화되지 않도록 정신과 삶 사이의 대립에 중립적이고 중재자적 입장을 취하는 것이 토마스 만의 반어의 근원인 것이다.91) 왜냐하면

---

89) Vgl. ebd., S. 191.

90) GW. XII, S. 25f. (Betrachtungen eines Unpolitischen).

91) Vgl. GW. XII, S. 571 (Ironie und Radikalismus): "Die Sendung der Kunst beruht darin, daß sie, um es diplomatisch zu sagen, gleich

"반어는 삶과 정신 그 양쪽에 대하여 다같이 거리를 취하기"[92] 때문이다.

물론 이것만으로 그의 반어가 정의되었다고는 할 수 없다. 왜냐하면 그 스스로도 무수히 많은 반어에 대한 정의를 내렸기 때문이다. 그래서 토마스 만의 반어를 고찰하기 위해서는 먼저 생과 정신의 대립이라는 그의 이원성부터 알아보고, 그리고 3연성이라 일컫는 쇼펜하우어, 바그너, 니체의 영향을 분석한 후에야 가능할 것이라 생각한다.

1) 이원성의 토대

19세기 말의 서구사회는 불안한 격동과 말할 수 없는 회의의 분위기로 가득 차 있었다. 신에 대한 인간의 믿음뿐만 아니라 절대가치까지도 상실하여 인간은 어디에도 의지할 데가 없었으며, 그들의 방향을 잃은 주의(主義)·주장(主張)은 이미 통일될 수 없었던 것이다. 독일사회에 있

---

gute Beziehungen zum Leben und zum reinen Geist unterhält, daß sie zugleich konservativ und radikal ist; sie beruht in ihrer Mittel- und Mittlerstellung zwischen Geist und Leben. Hier ist die Quelle der Ironie." (예술의 사명은 외교적 용어로 말한다면, 삶과 순수한 정신이 서로 동일한 우호관계를 유지한다는 것, 보수적인 동시에 급진적이라는 데에 있다. 즉 정신과 삶 사이의 중간적 위치 및 중재자적 위치를 견지하는 데에 있다. 여기에 반어의 근원이 있는 것이다.)

92) Vgl. ebd., S. 573: "Ironie richtet sich gegen das Leben sowohl wie gegen den Geist."

어서도 이 시기는 여러 면에서 대립적인 갈등의 현상이
두드러진 시기였다. 문학사적으로 토마스 만이 문학활동을
시작한 1890년대 중엽 자연주의는 이미 위기에 빠졌고, 반
합리주의적 문예사조인 신낭만주의, 인상주의, 상징주의가
대두하기 시작했다.93) 사회·문화사적으로는 자연과학과 산
업의 급속한 발달, 그리고 자본주의의 팽창으로 인하여,
시민계급을 중심으로 미래에 대한 확신과 긍지가 충만해
있을 때, 일단의 지식인들, 특히 예술가들 사이에서는 이
로 인한 전통의 단절과 인간성 상실에 대한 불안과 우려
가 팽배하게 되었고 그래서 시대의 반영물인 문학에서 ‘데
카당스’라는 개념으로 이해되는 위기와 몰락에 대한 예감
이 나타나게 되었다.

   젊은 토마스 만 역시 이러한 시대 상황을 비껴 갈 수
없었으며, 그의 초기 작품에서 주인공으로 묘사되고 있는
인물들은 한결같이 일상적인 생활로부터 분리되고 소외된
채 절망에 찬 고독 속을 배회하고 있다. 어쨌든 당시의 시
대 상황의 화두는 ‘몰락 Verfall’ 과 ‘세기말 fin de siècle’
이었으며, 이런 사정은 「나의 시대 Meine Zeit」라는 만의
강연문에서도 잘 드러나 있다.

---

93) Roman Karst: Thomas Mann oder Der deutsche Zwiespalt,
    Wien-München-Zürich 1970, S. 28f: "Mitte der neunziger Jahre, als
    Thomas Mann seine literarische Laufbahn begann, war der
    Naturalismus bereits in eine Krise geraten, und die antirati-
    onalistischen Strömungen begannen Oberhand zu gewinnen: die
    Neoromantik, der Impressionismus, der Symbolismus."

"'데카당스 décadence' 라는 말은 니체에 의해 심리학
적으로 아주 노련하게 사용되면서 시대의 지적 은어 속
으로 침투했다. 오늘날은 잊혀졌지만, 당시 독일 노벨레
의 풍속도라면 바로 '데카당스에서 나온 소설'을 가리켰
다. 지겨울 정도로 심미화를 추구하는 난숙한 문화와 몰
락이 호프만스탈에서 트라클에 이르는 서정시의 주제이
자 주된 가락이었다. 그러나 유럽을 풍미하던 '세기말
fin de si cle'이라는 유행어가 실제로 신카톨릭주의나
악마주의, 정신적 범죄나 말초신경적 도취의 무기력한
전파 등등 그 무엇을 뜻하는 것이었든 간에, 아무튼 그
것은 종언을 나타내는 상투적인 표현, 한 시대 즉 시민
시대의 끝이라는 종말 감정을 너무나도 유행처럼, 또 약
간은 과장되게 나타내는 상투어였다."94)

이처럼 당시의 시대적 갈등은 토마스 만의 작가적 내면
세계 형성에 많은 영향을 끼쳤는데, 그의 초기 작품들에
나타나는 생과 예술의 갈등이라든지, 『부덴브로크 일가

---

94) GW. XI, S. 311 (Meine Zeit): "Das Wort >décadence<, von
Neitzsche mit so viel psychologischer Virtuosität gehandhabt,
drang ein in den intellektuellen Jargon der Zeit; ein deutsches
novellistisches Sittenbild von damals, heute vergessen, hieß
geradezu >Roman aus der Décadence<; müd' ästhetisierende
Überreife, Verfall bildeten Thema und Tonfall der Lyrik von
Hofmannsthal bis Trakl; und was das über Europa hingehende
Schlagwort >Fin de siècle< nun immer meinen mochte, Neu-Ka-
tholizismus, Satanismus, das geistige Verbrechen, die mürbe
Überlieferung des Nervenrausches, - auf jeden Fall war es eine
Formel des Ausklangs, die allzu modische und etwas geckenhafte
Formel für das Gefühl des Endes, des Endes eines Zeitalters, des
bürgerlichen."

Buddenbrooks』에 있어서 "제 3세대인 토마스 부덴브로크의
몰락의 과정"95) 등은 모두 그러한 세기말적 독일의 시대
적 반향으로 볼 수 있다.

　"나는 본질적으로 내 생애 최초의 25년간이 속하고 있
는 세기, 즉 19세기의 아들이다"96)라고 『한 비정치인의 고

---

95) Vgl. R. Karst: Thomas Mann oder Der deutsche Zwiespalt, S. 45f:
"In der dritten Generation manifestiert sich der Prozeß des Verfalls
schon recht deutlich. [⋯] Die seelische Bedrängnis des Senators
wird von seiner Gattin vertieft, der exotischen, in die Musik
verliebten Holländerin, die das Element der Kunst in die Familie
hineinträgt. Die Musik verleiht zwar ihren Glanz dem
gesellschaftlichen Leben im Hause der Buddenbrooks, doch sie
birgt Gefahr in sich, denn sie kennt keine Kompromisse, sie fühlt
sich nicht wohl in dem bürgerlichen Lebenskreis und zersetzt die
von der Familientradition festgelegten Regeln. Sie lickert auch die
Bande, die Thomas mit seiner Umwelt verknüpfen, verlockt mit
dem Zauber ihres Einsamseins und weckt die Sehnsucht nach dem
Tod - ein Motiv, das sehr bald in der Erzählung Tristan, später im
Zauberberg und zum letztenmal im Doktor Faustus wiederkehrt.
Der Tod des kleinen Hanno, Thomas′Sohn, beschließt die Chronik
der Familie." (3세대에 들어와 몰락의 과정은 이미 명백하게 나
타난다. [⋯] 시의원 토마스의 영적 억압은 예술의 요소를 가문
에 들여온 그의 처, 이국적이고 음악을 깊이 사랑하는 네덜란
드 여인에 의해 심화된다. 음악은 부덴브로크 집안의 사회적
삶에 광채를 더해주었지만, 음악은 그 자체에 위험을 숨기고
있다. 왜냐하면 음악은 타협을 모르고, 시민적 생활환경에 별
로 편안함을 느낄 수가 없을 뿐더러, 나아가 가족전통에 의해 굳
어진 법칙들을 파괴하기 때문이다. 음악은 토마스가 그의 주변세
계와 맺은 연대를 헐겁게 하고, 고독의 마법으로 그를 유혹함으로
써 죽음에 대한 동경을 자극한다. 이것은 하나의 동기로서 곧
그의 단편 『트리스탄』과 그 뒤로 『마의 산』, 끝으로 『파우스트
박사』에서 반복된다. 이 가족연대기는 토마스의 아들 한노의
죽음으로 끝난다.)
96) GW. XII, S. 21 (Betrachtungen eines Unpolitischen): "Ich bin,

찰 Betrachtungen eines Unpolitischen』 서문에서 밝히고 있는 토마스 만은 백년 이상을 뤼벡 Lübeck에서 정착한 부유하고 명망있는 가문에서 태어났다. 그의 아버지 토마스 요한 하인리히 만 Thomas Johann Heinrich Mann은 당시 프랑스의 소설을 원서로 읽고, 영국제 양복을 입고, 러시아제 여송연을 피울 정도의 교양을 갖춘 신사로서 자기 회사 일과 시 행정의 중책을 동시에 수행할 수 있는 근면히고 유능한 인물이었으며, 이미 네덜란드 영사라는 직함을 가지고 있던 그는 토마스 만이 태어난 지 2년 만에 뤼벡시의 참정위원으로 선출되었다.97) 그것은 영광스러운 일이었다. 왜냐하면 참정위원직은 소공화국 뤼벡시의 장관직에 속했기 때문이다.98) 토마스 만은 1926년 뤼벡에서 행한 연설에서 자신의 아버지에 대해 다음과 같이 말하고 있다.

> "선친의 인격이야말로 비밀스런 모범으로서 나의 모든 행위를 결정했습니다. 나는 살아가면서 문득문득 미소와 함께 그런 사실을 확인해왔고 또 그럴 때마다 동시에 깜짝 놀라지 않을 수 없었습니다. 어쩌면 선친과 알고 지내고 그분이 여기 이 도시에 살면서 많은 직무를 맡아 활동하던 당시의 모습을 본 어떤 분은 오늘 제 연설을

---

im geistig Wesentlichen, ein rechtes Kind des Jahrhunderts, in das die ersten fünfundzwanzig Jahre meines Lebens fallen: des neunzehnten."

97) Hans Bürgin und Hans-Otto Mayer: Thomas Mann. Eine Chronik seines Lebens, Frankfurt am Main (Fischer Taschenbücher 1470) 1974, S. 8.

98) R. Karst: Thomas Mann oder Der deutsche Zwiespalt, S. 13.

들으면서 선친의 품위와 분별력, 명예심과 근면성, 인격과 정신의 고상함, 전적으로 순종하고 따르던 서민들에 대한 그분의 온후함, 사교적 재능과 유머를 기억해 내실지도 모르겠습니다. 선친은 결코 단순하거나 둔감한 분이 아니라 예민하고 열정적인 사람이었습니다. 그러나 또한 선친은, 당신의 아름다운 집을 지었던 바로 이곳 뤼벡에서 일찍이 명망과 명예를 이룬, 자제심 있고 성공적인 그런 분이었습니다."[99]

아버지의 이와같은 진지성·분별성과는 대조적인 어머니의 영향 또한 매우 컸다. 독일 태생의 농장주와 포르투칼 태생의 여인 사이에서, 브라질에서 태어난 어머니 율리아다 실바-브룬스 Julia da Silva-Bruhns는 다양한 취미와 음악적인 재능을 지닌 아주 아름답고 열정적인 여자였다. 어머니가 돌아가진 지 7년 후에 토마스 만은 「어머니의 초

---

99) GW. XI, S. 386f (Lübeck als geistige Lebensform): "Wie oft im Leben habe ich mit Lächeln festgestellt, mich geradezu dabei ertappt, daß doch eigentlich die Persönlichkeit meines verstorbenen Vaters es sei, die als geheimes Vorbild mein Tun und Lassen bestimmte. Vielleicht hört heute der eine oder andere mir zu, der ihn noch gekannt, ihn noch hat leben und wirken sehen, hier in der Stadt, in seinen vielen Ämtern, der sich erinnert an seine Würde und Gescheitheit, seinen Ehrgeiz und Fleiß, seine persönliche und geistige Eleganz, an die Bonhomie, mit der er das platte Volk zu nehmen wußte, das ihm in noch ganz echt patriarchalischer Weise anhing, an seine gesellschaftlichen Gaben und seinen Humor. Er war kein einfacher Mensch mehr, nicht robust, sondern nervös und leidenschaftsfähig, aber ein Mann der Selbstbeherrschung und des Erfolges, der es früh zu Ansehen und Ehre brachte in der Welt - dieser seiner Welt, in der er sein schöner Haus errichtete."

상 Das Bild der Mutter」이라는 그의 자전적 에세이에서 어
머니에 대해 다음과 같이 묘사한 바 있다.

> "우리 어머니는 무척이나 아름다웠고, 누가 봐도 알아
> 볼 수 있는 스페인 풍의 자태를 지니고 있었다. 그런 혈
> 통의 특징과 자세를 나는 나중에 유명한 무용가들에게서
> 다시 발견하였다. 어머니는 남국 여인의 상아빛 피부와
> 고상하게 생긴 코 그리고 내 생각에는 지극히 매혹적인
> 입술을 지니고 있었다. [⋯] 나는 물론 어머니가 연주할
> 때 함께 있는 것을 좋아했다. [⋯] 쇼팽의 연습곡과 야상
> 곡 연주가 가장 빼어난 것 같았다. 이런 음악의 상류사
> 회 풍(風)의 낭만성에 대한 나의 뿌리깊은 애정과, 고전
> 적·낭만적 피아노 문헌에 대한 지식은 대부분 그 당시에
> 얻은 것이었다. [⋯] 어머니의 목소리는 작지만 아주 곱
> 고 사랑스러웠다. 어머니는 감상성은 물론이고 극적인
> 과장도 배제된 예술적 운율로, 수북하게 준비한 악보들
> 을 보면서 모차르트와 베토벤에서 슈베르트와 슈만, 로
> 베르트 프란츠, 브람스와 리스트를 거쳐 후기 바그너파
> 의 첫 작품들에 이르는 놀라운 영역의 온갖 유명한 노래
> 를 불렀다. 내가 독일 예술의 아마도 가장 찬란한 이 분
> 야에 앞으로도 계속 친숙하게 될 수 있었던 것도 어머니
> 덕분이었다."[100]

---

100) GW. ⅩⅠ, S. 421f (Das Bild der Mutter, in: Autobiographisches):
"Unsere Mutter war außerordentlich schön, von unverkennbar
spanischer Turnüre - gewisse Merkmale der Rasse, des Habitus
habe ich später bei berühmten Tänzerinnen wiedergefunden - mit
dem Elfenbeinteint des Südens, einer edelgeschnittenen Nase und
dem reizendsten Munde, der mir vorgekommen. [⋯] Noch lieber
freilich folgte ich meiner Mutter beim Musizieren. [⋯] das sich

또한 어머니가 들려주는 이야기는 어린 토마스 만의 상상
력을 펼쳐 주었으며, 특히 어머니의 다양한 취미와 예술적인
재능은 그에게 최초의 "교양체험 Bildungserlebnisse"[101]을 하
게 해 주었다. 그래서 만은 스스로를 "북쪽과 남쪽, 독일적
요소와 이국적 요소의 혼합 Mischung aus Norden und Süden,
aus deutschen und exotischen Elementen"[102]이라고 생각했으
며, 1930년에 쓴 그의 글 「약력 Lebensabriß」에서도 부모로부
터 물려받았던 성격에 대해 다음과 같이 표현하고 있다.

"내 성품의 혈통적 유래를 자문해 보자면, 나는 괴테가
말한 저 유명한 싯구를 떠올리면서 나 역시 '삶의 진지한
영위(營爲)'는 아버지로부터 물려받았으나, 예술적·감성적
인 방향에 속하는 '낙천적인 천성' - 이 말이 지닌 가장

---

am glücklichsten wohl sn den Etüden und Notturnos von Chopin
bewährte. Meine eingewurzelte Neigung für die mondäne
Romantik dieser Musik, meine Kenntnis der
klassisch-romantischen Klavierliteratur überhaupt stammt von
damals, [···] Meine Mutter hatte eine kleine, aber überaus
angenehme und liebliche Stimme, und mit einem künstlerischen
Takt, der das Sentimentale so selbstverständlich wie das
Theatralische ausschloß, sang sie sich und mir, nach einem
reichen Vorrat von Noten, alles Hochgelungene, was diese
wundervolle Sphäre von Mozart und Beethoven über Schubert,
Schumann, Robert Franz, Brahms und Liszt bis zu den ersten
nachwagnerischen Kundgebungen zu bieten hatte. Ihr verdanke
ich eine nie verlorene Vertrautheit mit diesem vielleicht
herrlichsten Gebiet deutscher Kunstpflege."
101) Klaus Schröter: Thomas Mann, Rowohlt Taschenbuch Verlag.
    Reinbek bei Hamburg (Überarbeitete Neuausgabe) 1995, S. 14.
102) GW. XI, S. 370 (Tischrede im Wiener PEN-Club).

　광범위한 의미로 말해서 – '이야기를 지어내려는 욕구'는
어머니에게서 물려받았다고 말하지 않을 수 없다."103)

　이상과 같이 토마스 만의 자서전 혹은 일기, 약력 등에서
단편적으로 살펴본 바, 토마스 만은 부계로부터 독일시민
계급의 경건하고도 엄격한 도덕률을 물려받았고 모계로부
터는 섬세한 예술가의 기질을 물려받았는데, 이것이 바로
'시민성 Bürgertum'과 '예술성 Künstlertum'으로 일컬어지는
그의 이원성의 원천이라고 할 수 있다. 토마스 만이 15세
되던 해 아버지가 사망하고 가업인 곡물상마저 파산해 버
려서 토마스 만은 어머니를 따라 뤼벡을 떠나 예술의 도시
뮌헨으로 이주하게 되며, 거기서 그는 '죽음'의 세계라고
표현한 바 있는 '문학'104)의 세계에 발을 들여놓게 된다.

---

103) GW. XI, S. 98 (Lebensabriß): "Frage ich mich nach der erbli-
　　chen Herkunft meiner Anlagen, so muß ich an Goethes
　　berühmtes Verschen denken und feststellen, daß auch ich »des
　　Lebens ernstes Führen« vom Vater, die »Frohnatur« aber, das ist
　　die künstlerisch-sinnliche Richtung und - im weitesten Sinne des
　　Wortes - die »Lust zu fabulieren«, von der Mutter habe."
104) 토마스 만은 1901년 2월 13일 형 하인리히 만에게 보내는 편
　　지에서 '문학은 죽음'이라고 표현한 바 있다. 그 중 일부를 소
　　개하면 다음과 같다. "아, 문학은 죽음입니다. 문학을 지독하
　　게 증오하지 않고서 어떻게 문학에 사로잡힐 수 있는지 나는
　　도저히 이해하지 못할 것 같습니다! 내가 문학에서 배울 수
　　있는 최상의 궁극적인 교훈은 죽음을 하나의 가능성으로 파악
　　하여 정반대의 것, 즉 삶에 도달해야만 한다는 것입니다. 나는
　　그날이 두렵습니다. 내가 다시 문학과 외롭게 하나가 될 날이
　　멀지 않습니다만, 그렇게 되면 이기적인 황폐함과 작위성만
　　급속히 늘어날까 두렵습니다 Ach, die Literatur ist der Tod! Ich
　　werde niemals begreifen, wie man von ihr beherrscht sein kann,

토마스 만은 이 무렵부터 쇼펜하우어, 바그너, 니체 등
소위 3연성의 영향권에 들게 되어 예술의 고귀한 영원성
과 그 부도덕적 위험성을 동시에 통찰하게 되었으며, 삶을
바라보는 그의 시선 역시 경멸과 동경으로 뒤섞인 '양면감
정 병존성 Ambivalenz'을 지니게 되었다. 출생의 이원성에
다 소위 3연성의 미학 및 철학이 지닌 이원성을 배경으로
하여 나오기 시작한 그의 초기 작품들은 대부분 시민 계
급의 건전한 도덕률로부터 이반하여 세기말의 병적인 예
술가 기질을 몸에 담은 주인공들의 고뇌를 그리고 있
다.105) 넌델은 토마스 만 문학의 핵심은 극단적으로 말해
삶과 정신의 대립이라고 하면서 다음과 같이 말하고 있다.

"정신과 삶의 대립이 토마스 만의 존재를 가장 깊이
결정지워 준다. 그 때문에 그 대립은 모든 형식적인 규
정을 위한 열쇠일 뿐만 아니라, 동시에 그의 작품의 모

---

ohne sie bitterlich zu hassen! Das Letzte und Beste, was sie mich
zu lehren vermag, ist dies: des Tod als eine Möglichkeit
aufzufassen, zu ihrem Gegentheil, zum Leben zu gelangen. Mir
graut vor dem Tage, und er ist ja nicht fern, wo ich wieder allein
mit ihr eingescholssen sein werde, und ich fürchte, daß die
egoistische Verödung und Verkünstelung dann rasche Fortschritte
machen wird". (Hans Wysling (Hrsg.): Thomas Mann / Heinrich
Mann. Briefwechsel 1900 - 1949, Verlag S. Fischer 1968, S. 13);
또한 초기작품『토니오 크뢰거 Tonio Kröger』에서도 "문학은
결코 천직(天職)이 아니라 저주이다 Die Literatur ist überhaupt
kein Beruf, sondern ein Fluch"라는 표현이 나타나고 있다.
(GW. Ⅷ, S. 297 (Tonio Kröger).)
105) 안삼환:『마의 산』의 반어성과 정치성, 실린 곳: 일청 강두
식 박사 화갑기념논총, 민음사 1987, 621쪽 참조.

든 내용적인 분석을 위한 열쇠이기도 하다. 그것은 그의 문학작품을 위한 기본 형식이며, 그의 예술관을 나타내는 기본 형식인 것이다. 물론 정신과 삶의 관계가 '대립'이라는 표현만을 가지고는 완전히 그리고 정확하게 파악되는 것은 아니다. 정신과 삶에 많은 형식이 있듯이 대립에도 많은 형식이 있는 것이다."[106]

토마스 만의 초기 작품에서 가장 두드러지게 니다나는 것은 앞서 말한 시대상의 반영과 더불어 삶과 정신, 생과 죽음, 시민과 예술가, 관능과 정신 등과 같은 이원적인 대립이며, 앞으로 다루게 될 그의 반어의 단초 또한 이와 같은 이원성에서 찾아볼 수 있는 것이다.

2) 쇼펜하우어, 바그너, 니체의 영향

토마스 만에게 영향을 준 작가들로서는 폴 부르제 Paul Bourget, 쇼펜하우어, 니체, 톨스토이, 괴테 등등 이루 다

---

106) E. Nündel: Die Kunsttheorie Thomas Manns, S. 18: "Der Gegensatz von Geist und Leben bestimmt zutiefst die Existenz Thomas Manns, er ist deshalb nicht nur der Schlüssel für alle formalen Bestimmungen, sondern zugleich für alle inhaltlichen Analysen seines Werkes. Er ist die Grundformel für sein dichterisches Werk und die Grundformel für sein Denken über Kunst. Das Verhältnis von Geist und Leben wird freilich nicht völlig und genau mit der Bezeichnung "Gegensatz" erfaßt. Es gibt viele Formen des Gegensatzes, wie es viele Formen des Geistes und des Lebens gibt."

열거할 수는 없겠지만, 그 중에서도 특히 토마스 만 스스
로 3연성이라 일컫는 쇼펜하우어, 바그너, 니체가 그에게
끼친 영향이 지대하다. 왜냐하면 "그들은 토마스 만이 가
는 길에 처음부터 함께 했으며, 수많은 정신적인 변전을
겪는 동안에도 내내 그를 따라 다녀서, 그들을 빼놓고는
그의 산문의 변형과 특수성을 파악하기 어렵기"[107] 때문이
다. 토마스 만 스스로도 『한 비정치인의 고찰』에서 다음과
같이 고백하고 있다.

> "나 자신의 정신적·예술적인 교양의 기초를 자문할 때,
> 내가 거명하지 않을 수 없는 세 이름, 강렬한 빛을 발산하
> 며 독일의 하늘에 나타난, 영원히 결합된 정신의 3연성 –
> 단지 친밀한 독일적 사건이 아니라 유럽적 사건을 나타내
> 는 그 이름은 쇼펜하우어, 니체, 바그너인 것이다."

> "Die drei Namen, die ich zu nennen habe, wenn ich mich
> nach den Fundamenten meiner geistig-künstlerischen
> Bildung frage, diese Namen für ein Dreigestirn ewig
> verbundener Geister, das mächtig leuchtend am deutschen
> Himmel hervortritt, – sie bezeichnen nicht intim deutsche,
> sondern europäische Ereignisse: Schopenhauer, Nie-
> tzsche und Wagner."[108]

먼저 쇼펜하우어에 대하여 살펴보면, 토마스 만은 1938

---

107) R. Karst: Thomas Mann oder Der deutsche Zwiespalt, S. 29:
　　 "Sie waren am Beginn seines Weges an seiner Seite und
　　 begleiteten ihn durch viele seiner geistigen Wandlungen. Ohne
　　 sie ist die Metamorphose und Besonderheit seiner Prosa kaum
　　 zu erfassen."
108) GW. XII, S. 71f (Betrachtungen eines Unpolitischen).

년 「쇼펜하우어 Schopenhauer」란 에세이에서 "쇼펜하우어
의 철학은 항상 뛰어나게 예술적인 것으로 인정되었고 정
말 탁월한 예술가 철학으로 받아들여져 왔다"109)고 말하고
있는데, 그것은 그의 철학이 아주 높은 수준의 예술철학이
라든가 또는 그 철학의 구성이 완벽한 명료성, 투명성, 완
결성을 갖고 있기 때문이 아니라, 필연적이고 천부적인 미
(美)의 표현은 오로지 본질에 대한 것이며, 본능과 정신,
욕정과 구제라는 격렬한 대립자들 사이에서 작용하고 있
는, 단적으로 말해 역동적인 예술가적 본성의 표현이기 때
문이라는 것이다.110)

"쇼펜하우어식 사유의 역사는 플라톤에게까지 거슬러
올라간다. 그 희랍 사상가는 현세의 사물들이 참된 존재를
갖고 있지 않다고 가르쳤다. 그것들은 생성되고 있는 중이
며 결코 존재한다고 할 수 없는 것들이다. 그것들은 인식
의 대상이 되지 못하는데, 왜냐하면 참된 인식이란 그 자
체로서 존재하며 항상 동일한 방식으로 존재하는 것들에
대한 것이기 때문이다. 항상 존재하며 변화되지 않는 참된
존재란 영원한 이념이고 모든 사물들의 근원적 형식들이

---

109) GW. Ⅸ, S. 530 (Schopenhauer): "Die Philosophie Arthur Scho-
penhauers ist immer als hervorragend künstlerisch, ja als Kü-
nstlerphilosophie par excellence empfunden worden."

110) Vgl. ebd., S. 530: "Nicht weil sie in so hohem Grade, zu einem so
großen Teile Philosophie der Kunst ist, [⋯] weil ihre Komposition von
so vollendeter Klarheit, Durchsichtigkeit, Geschlossenheit ist, [⋯] der
notwendige und angeborne Schönheitsausdruck nur für das Wesen [⋯]
zwischen heftigen Kontrasten, Trieb und Geist, Leidenschaft und
Erlösung spielende, kurzem dynamisch-künstlerische Natur."

다".111) 다시말해 참된 인식이란 항상 존재하며 어떤 관찰에 있어서도 존재하고 있는 것들에 대한 것이다. 구체적으로 말해 '사자(der Löwe)' 자체란 이념이고 '어떤 사자(ein Löwe)'란 단순한 가상이어서 후자의 경우는 참된 인식의 대상이 될 수 없는 것이다.

토마스 만에 따르면 "예술가란 (비록 육체적 욕망으로 가득 차 죄를 짓듯) 가상의 세계, 모상들의 세계에 집착해 있는 것처럼 느껴지지만, 바로 그렇기 때문에 동시에 스스로가 이념의 세계, 정신의 세계에 속해 있음을 알고 이념을 위해 가상들을 관통해 들여다 볼 줄 아는 마법사와 같은 자인 것이다. 여기에서 예술가의 중재적인 과제, 즉 상부세계와 하부세계, 이념과 현상, 정신과 감각을 중개하는 자로서의 그의 비의적이고도 마적인 역할이 부각되는 것이다. 왜냐하면 이것이 사실은 이른바 예술의 우주적 지위이기 때문이다".112) 토마스 만은 계속해서 쇼펜하우어의

---

111) Ebd., S. 531: "Die Geschichte des schopenhauerischen Gedankens führt zurück zu Platon. Die Dinge dieser Welt, lehrte der griechische Denker, haben kein wahres Sein: sie werden immer, sind aber nie. Zu Objekten eigentlicher Erkenntnis taugen sie nicht, denn solche kann es nur geben von dem, was an und für sich und immer auf gleiche Weise ist. Das allein wahrhaft Seiende, das immer ist und nie wird und vergeht, sind die realen Urbilder jener Schattenbilder, die ewigen Ideen, die Urformen aller Dinge."

112) Ebd., S. 534: "Er ist derjenige, der sich zwar lustvoll-sinnlich und sündig der Welt der Erscheinungen, der Welt der Abbilder verhaftet fühlen darf, da er sich zugleich der Welt der Idee und des Geistes zugehörig weiß, als der Magier, der die Erscheinung für diese durchsichtig macht. Die vermittelnde Aufgabe des Künstlers,

작품에 대해 논하면서 "쇼펜하우어는 매우 음악적이다. 나는 되풀이해서 그의 작품이 4악장으로 구성된 교향곡이라고 명명했다. 그는 '예술의 대상'에 바쳐진 그의 세 번째 장에서 다른 어떤 사상가 이상으로 음악에 찬사를 보냈다. 그는 음악에 대해 다른 예술의 옆자리가 아니라 다른 예술을 뛰어넘는, 전적으로 특별한 자리를 마련해 주는데, 그것은 음악이 다른 예술처럼 현상의 모사가 아니라 바로 의지 자체의 직접적 모사이기 때문이며, 또한 음악은 세상의 모든 물리적인 것에 대해 형이상학적이자, 모든 현상에 대한 '물 자체 Ding an sich'를 표현하기 때문이다"113)라고 말하고 있다.

이 쇼펜하우어의 형이상학에 대하여 헬러는 "현실적인 것은 무가치한 것이며, 가치가 있는 것은 현실에는 없는 것이다. 그리고 가치와 현실이 서로서로 배제되는 곳에서는 결국 **일체**의 가치는 물론 진실 그 자체도 **현실적인** 의

---

seine hermetisch-zauberhafte Rolle als Mittler zwischen oberer und unterer Welt, zwischen Idee und Erscheinung, Geist und Sinnlichkeit kommt hier zum Vorschein; denn dies ist in der Tat die sozusagen kosmische Stellung der Kunst."

113) Ebd., S. 558: "Schopenhauer ist sehr musikalisch: wiederholt nannte ich sein Hauptwerk eine viersätzige Symphonie: und in ihrem dritten, dem »Objekt der Kunst« gewidmeten Satz hat er die Musik gefeiert wie kein anderer Denker es je getan, - einen völlig besonderen Platz weist er ihr nicht neben, sondern über den anderen Kunsten zu, weil sie nicht, wie diese, Abbild der Erscheinung, sondern unmittelbar Abbild des Willens selbst sei und also zu allem Physischen der Welt das Metaphysische, zu aller Erscheinung das Ding an sich darstelle."

의를 잃어버리게 된다"114)라고 말하고 있다. 그래서 쇼펜하우어의 철학은 한마디로 "정신과 관능 사이의 거대한 긴장에서 탄생한 음악적·논리적 사상체계로서의 죽음의 에로틱이며, 그런 긴장의 결과로 거기에서 튀어 오르는 불꽃이 바로 에로틱이다".115)

이상에서 쇼펜하우어의 철학에 대한 토마스 만의 견해를 간단히 살펴보았듯이, 생을 부정하고 무를 긍정하는 쇼펜하우어에 의한 영향은 참으로 컸으며 그 영향은 특히 그의 초기 장편인 『부덴브로크 일가』에서 결정적으로 드러나고 있다. 토마스 만은 쇼펜하우어를 처음으로 접했을 때 그것이 자신에게 엄청난 충격이었음을 『한 비정치인의 고찰』에서 다음과 같이 술회하고 있다.

> "교외의 작고 높은 곳에 있는 한 칸의 방이 내 눈앞에 떠오르는데, 그 방안에서 나는 묘한 모습을 한 긴 팔걸이 의자인 것 같기도 하고 긴 안락의자 같기도 한, 그런 것 위에 누워서 며칠동안 『의지와 표상으로서의 세계』를 읽었다. […] 그런 독서는 단 한번 밖에 없는 법이다. 그런 독서체험은 두 번 다시 오지 않는다."116)

---

114) Erich Heller: Thomas Mann. Der ironische Deutsche, Frankfurt am Main 1975, (suhrkamp taschenbuch 243), S. 53: "Was wirklich ist, ist wertlos; was wertvoll ist, ermangelt der Wirklichkeit; und wo Wert und Wirklichkeit einander ausschließen, dort muß zuletzt jeder Wert, ja die Wahrheit selbst, jede wirkliche Bedeutung verlieren."

115) GW. IX, S. 560 (Schopenhauer): "Todes-Erotik als musikal-isch-logischem Gedankensystem, geboren aus einer enormen Spannung von Geist und Sinnlichkeit - einer Spannung, deren Ergebnis und überspringender Funke eben Erotik ist."

또 다른 곳에서 토마스 만은 쇼펜하우어의 철학이 평생 잊지 못할 최고의 영적 체험에 속한다고 고백하고 있다.117) 쇼펜하우어의 염세주의와 심미주의가 청년 토마스 만에게 영향을 주었던 것은 무엇보다도 의지로부터의 구원, 즉 본능과 둔감한 격정의 힘으로부터의 구원이란 오로지 예술영역에서만 가능하다는 생각이었다.118) 특히 『마의 산』과 관련해서 도마스 만은 생과 죽음에 대해 다음과 같이 말하고 있다.

> "나는 『마의 산』에서 '생에 관심을 갖는 자는 특히 죽음에 대해서도 관심을 갖는다'고 언급한 바 있다. 이는 깊이 있게 각인된, 전 생애를 통해 영향력을 미쳐온 쇼펜하우어의 흔적이다. 그리고 '죽음에 대하여 관심을 갖

---

116) GW. Ⅻ, S. 72 (Betrachtungen eines Unpolitischen): "Das kleine, hochgelegene Vorstadtzimmer schwebt mir vor Augen, worin ich, [···] tagelang hingestreckt auf ein sonderbar geformtes Langfauteuil oder Kanapee, »Die Welt als Wille und Vorstellung« las, [···] So liest man nur einmal. Das kommt nicht wieder."

117) Vgl. GW. Ⅺ, S. 111 (Lebensabriß): "Ein seelisches Erlebnis ersten Ranges und unvergeßlicher Art, [···] was es mir antat auf eine sinnlich-übersinnliche Weise, war das erotisch-einheitsmystische Element dieser Philosophie, das ja auch die nicht im geringsten asketische Tristanmusik bestimmt hatte."

118) R. Karst: Thomas Mann oder Der deutsche Zwiespalt, S. 30: "Den jungen Mann beeinflußten vor allem der Pessimismus und die ästhetische Doktrin des Philosophen aus Danzig, die eine Erlösung vom Willen, von der Macht der Instinkte und der dumpfen Leidenschaft allein in der Sphäre der Kunst zu finden vermeinte."

는 자는 죽음 속에서 생을 찾는다'라고 덧붙여 말했다면
그것 또한 쇼펜하우어적인 표현이었을 것이다."119)

또한 토마스 만은 정신에 의한 삶의 부정이라는 자세를
일깨워 준 쇼펜하우어와는 반대로 니체로부터는 정신을
부정하고 삶을 긍정하는 자세를 배웠다. 토마스 만의 다음
과 같은 말에서 그가 삶에 관한 한 니체에게서 얼마나 지
대한 영향을 받았는지 알 수 있다.

"만약 내가 니체에게 정신적으로 물려받은 것을 하나
의 공식 즉, 한 단어로 표현해야 한다면, 그것은 오직
'삶의 이념' 일 뿐이다."120)

토마스 만은 초기의 몇몇 작품들 속에 "니체의 정신적 및
양식적인 영향 der geistige und stilistische Einfluß Nietzsche'
s"121)이 들어있다고 고백하고 있다. 근본적으로 자신이 사랑
하는 것은 오직 삶뿐122)이라고 말하는 니체는 삶의 철학자

---

119) GW. IX, S. 559 (Schopenhauer): "»Wer sich für das Leben
interessiert«, habe ich im 〉 Zauberberg 〈 gesagt, »der interessiert
sich namentlich für den Tod.« Das ist die Spur Schopenhauers, tief
eingedrückt, haltbar für das ganze Leben. Es wäre auch
schopenhauerisch gewesen, wenn ich hinzugefügt hätte: »Wer
sich für den Tod interessiert, der sucht in ihm das Leben.«"

120) GW. XII, S. 84 (Betrachtungen eines Unpolitischen): "Wenn
aber ich auf eine Formel, ein Wort bringen sollte, was ich
ihm geistig zu danken habe, - ich fände kein anderes als eben
dies: die Idee des Lebens, […]"

121) GW. XI, S. 109 (Lebensabriß).

122) Vgl. Friedrich Neitzsche: Also sprach Zarathustra, in: Werke in

이고 그래서 그의 모든 사고는 삶에 집중되어 있다. 이와 같은 삶을 밖으로 표출해 내는 최고의 표현가능성을 니체는 예술에서 찾고 있으며, "예술이 인간적 의미에서 삶의 최고의 과제이며 본질적으로 형이상학적 행위임을 확신"123)하고 있다. 테오 마이어도 또한 니체에게 있어서 예술이란 "삶의 최고의 표현이며 최고의 기관(器官) die höchste Manifestation und das höchste Organ des Lebens"124)이라고 말하고 있다.

니체가 말하는 삶과 예술을 이해하기 위해서는 그의 사상 전반을 상징적으로 나타내 주는 디오니소스적인 것과 아폴로적인 것이라는 두 개념에 대한 이해가 뒤따라야 하는데, 여기서는 다음의 함축적인 말로 그 개념을 이해하고자 한다.

> "'디오니소스적'이라는 말로 표현될 수 있는 것은 다음과 같다: 즉 그것은 합일에의 충동이며, 개인, 일상, 사회, 현실 등을 넘어서는 것 즉 어둡고 무언가 가득 차 있으며 부유하는 상태로의 팽창이며, 삶의 총체적 성격에 대한 황홀한 긍정이다."125)

---

drei Bänden, hrsg. v. Karl Schlechta, Bd. Ⅱ, 8. Aufl., München 1977, S. 365: "Von Grund aus liebe ich nur das Leben."

123) Vgl. Friedrich Nietzsche: Die Geburt der Tragödie, in: Werke in drei Bänden, hrsg. v. Karl Schlechta, Bd. Ⅰ, 8. Aufl., München 1977, S. 20: "Ich bin von der Kunst als der höchsten Aufgabe und der eigentlich metaphisischen Tätigkeit dieses Lebens im Sinne des Mannes überzeugt."

124) Theo Meyer: Nietzsche und die Kunst, Tübingen und Basel 1993, S. 69.

　　“아폴로적인 것은 우리를 디오니소스적 보편성으로부
터 구해 내어 우리로 하여금 개체들에 대해 감격하게 만
든다. 아폴로적인 것은 우리들의 끓어오르는 동정심을
이들 개체에게 고정시키고, 이를 통해 위대하고 숭고한
형식을 갈망하는 미적 의식을 만족시킨다. 그것은 우리
에게 삶의 모습들을 보여주어 이것들 속에 내포되어 있
는 삶의 핵심을 사상적으로 파악하게끔 자극한다. 아폴
로적인 것은 형상, 개념, 윤리적 교훈, 동정심 등의 엄청
난 힘으로 인간을 격정적 자기파괴로부터 끌어 올려준
다.”126)

　　이와 같은 두 가지 충동인 디오니소스적 요소와 아폴로
적 요소가 모든 예술행위에서 서로 대립하거나 갈등하는
가운데 다양한 형태로 나타나지만, 어느 한 쪽 요소가 일

---

125) F. Nietzsche: Aus dem Nachlass der Achtzigerjahre, in: Werke in
　　drei Bänden, hrsg. v. Karl Schlechta, Bd. III, 8. Aufl., München
　　1977, S. 791: “Mit dem Wort »dionysisch« ist ausgedrückt: ein
　　Drang zur Einheit, ein Hinausgreifen über Person, Alltag, Ge-
　　sellschaft, Realität, Überschwellen in dunkelere, vollere, sch-
　　webendere Zustände; ein verzücktes Jasagen zum Gesamt-
　　Charakter des Lebens.”
126) F. Nietzsche: Die Geburt der Tragödie, S. 117: “Das Apollini-
　　sche entreißt uns der dionysischen Allgemeinheit und entzückt
　　uns für die Individuen; an diese fesselt es unsere Mitleidse-
　　rregung, durch diese befriedigt es den nach großen und erhabenen
　　Formen lechzenden Schönheitssinn; es führt an uns Lebensbilder
　　vorbei und reizt uns zu gedankenhaftem Erfassen des in ihnen
　　enthaltenen Lebenskerns. Mit der ungeheuren Wucht des Bildes,
　　des Begriffs, der ethischen Lehre, der sympathischen Erregung
　　reißt das Apollinische den Menschen aus seiner orgiastischen
　　Selbstvernichtung empor.”

방적으로 나타나는 것이 아니라 두 요소가 은밀한 내적 결합으로 나타나는 것이다. 즉 "디오니소스는 아폴로의 말을 하고, 종국적으로 아폴로는 디오니소스의 말을 한다. 그렇게 함으로써 비극과 예술의 최고 목표가 달성되는 것이다".127)

토마스 만 또한 1947년에 쓴 「우리들의 경험에 비추어 본 니체철학 Nietzsche's Philosophie im Lichte unserer Erfahrung」이라는 에세이에서 다음과 같은 말을 하고 있다.

> "주신(酒神)의 이름은 우선 심미적이고 신비로운 청년기의 저작 『음악정신으로부터의 비극의 탄생』에서 나타나는 데, 여기에서 예술적 기질로서의 디오니소스적인 것은 아폴로적 거리와 객관성의 예술원칙과 정면으로 대립되어 있는 바, 이것은 쉴러가 그의 유명한 에세이에서 '소박성'과 '감상성'을 대립시켜 놓은 것과 매우 유사한 면을 보인다."128)

토마스 만은 니체를 무엇보다도 위대한 비평가이고 문화

---

127) Ebd., S. 117: "Dionysos redet die Sprache des Apollo, Apollo aber schließlich die Sprache Dionysos: womit das höchste Ziel der Tragödie und der Kunst überhaupt erreicht ist."

128) GW. Ⅸ, S. 686 (Nietzsche's Philosophie im Lichte unserer Erfahrung): "Der Name des trunkenen Gottes erscheint zuerst in der ästhetisch-mystischen Jugendschrift von der 〉 Geburt der Tragödie aus dem Geiste der Musik 〈, wo das Dionysische als künstlerisch-seelische Verfassung dem Kunstprinzip apollinischer Distanziertheit und Objektivität entgegengestellt wird, sehr ähnlich, wie Schiller in seinem berühmten Essay das »Naive« dem »Sentimentalischen« gegenüberstellt."

철학자이자 쇼펜하우어학파를 계승한 유럽적 산문가, 그리고 가장 고급스런 계열의 에세이스트라고 평가했으며, "니체 철학은 쇼펜하우어의 철학만큼이나 완벽하게 조직된 아주 훌륭한 체계이다 Seine [=Nietzsche's] Philosophie ist so gut wie die Schopenhauers ein durchorganisiertes System"129)라고 하였다. 그리고 토마스 만의 생각으로는 니체는 정신사가 알고 있는 인물 중에서 가장 완벽하고도 가장 구제불능인 심미주의자이다. 디오니소스적 염세주의를 자체 내에 함축하고 있는 그의 전제들, 다시 말해 삶이란 오로지 심미적 현상으로서만 정당화될 수 있다는 전제들은 니체 그 자신의 삶, 그의 사고 및 문학작품과 한치도 어긋남이 없이 정확히 일치한다. 삶은 심미적 현상으로서만 정당화될 수 있고 이해가능하며, 존중받을 수 있고, 그렇게 함으로서만 삶은 최종 순간의 자기신비화에 이르기까지 철저히 의식되어진다. 이같은 삶이야말로 광기에 빠질 만큼 철저한 예술가적 표현인 것이다.130)

「약력」에서는 토마스 만이 니체를 비판적 관점에서 수용하고 있음을 명확하게 보여주며, 니체의 삶의 이념에 동화할 유일한 가능성인 반어에 대한 단초를 보여주고 있다.

> "나는 니체에게서 무엇보다 자기초극자의 모습을 보았다. […] 그의 힘의 철학과 '금발의 야수'가 나에게 무엇이었던가? 거의 당혹이었다. 그의 정신을 댓가로 한 '삶'

---

129) Ebd., S. 706.
130) Vgl. ebd., S. 706f.

의 찬양, 독일인의 사고 속에서 위험한 결과를 초래한
저 서정시 – 그것을 나에게 동화시킬 단 하나의 가능성
은 반어에 있었다. 내 청년기 문학에서도 '금발의 야수'
가 나타나는 것은 사실이지만, 그런 야수적인 성격에서
는 상당히 벗어나 있었다. […] 니체가 내 안에서 겪은
인격적 변신이란 아마도 시민화를 의미했을 것이기 때문
이다."131)

　여기에서 토마스 만은 한편으로는 니체의 생동적이고
마적인 열정에 감탄하고, 몰락으로 치닫는 유럽사회의 시
대적 분위기에 대한 니체의 예리한 분석에 공감하는가 하
면, 다른 한편으로는 그의 단순한 르네상스적 취미라든가
초인숭배, 피와 미가 뒤섞인 호언장담에 대해서는 끝끝내
미심쩍은 태도를 취하고 있다.132) 또한 니체의 삶의 개념
을 독일의 전통적인 시민계급의 윤리적이고 규범적인 삶
과 결부시켜 생각함으로써 삶의 개념을 평이하게 완화시
켰고, 그렇게 함으로써 토마스 만의 삶의 개념은 시민성과

---

131) GW. XI, S. 109f (Lebensabriß): "Mit einem Worte: ich sah in
　　Nietzsche vor allem den Selbstüberwinder […] Was war mir sein
　　Machtphilosophem und die 〉 Blonde Bestie 〈? Beinahe eine
　　Verlegenheit. Seine Verherrlichung des 〉 Lebens 〈 auf Kosten
　　des Geistes, diese Lyrik, die im deutschen Denken so mißliche
　　Folgen gehabt hat, - es gab nur eine Möglichkeit, sie mir zu
　　assimilieren: als Ironie. Es ist wahr, die 〉 blonde Bestie 〈 spukt
　　auch in meiner Jugenddichtung, aber sie ist ihres bestialischen
　　Charakters so ziemlich entkleidet, […] Mochte doch die
　　persönliche Verwandlung, die Nietzsche in mir erfuhr,
　　Verbürgerlichung bedeuten."
132) Vgl. ebd., S. 109.

같은 맥락을 갖게 된다. 그리고 토마스 만은 '정신을 댓가로 하는 삶의 찬양'에 동화할 오직 하나의 유일한 가능성으로서 반어를 채택하며, 그 반어를 윤리적 태도로서, 즉 정신적이고 미학적인 관점으로서 공식화했다.

토마스 만은 니체의 삶의 이념에서, 삶은 정신이나 이상, 도덕 보다도 우위에 있음을 배웠지만, 니체의 절대적인 삶의 긍정을 단순하게 차용하고 있는 것이 아니라 이로부터 어느 정도의 '거리 Distanz'를 두고 있다.

> "그 무엇보다도 삶은 숭고하다! 어째서인가? 그는 그 이유를 결코 말하지 않았다. 그는 삶이 무엇 때문에 무조건적으로 경애할 만한 어떤 것이고 최고도로 보존될 가치를 지닌 어떤 것인가에 대해 아무런 근거도 제시하지 않았다. 다만 삶은 인식을 넘어선다고 하는데, 그 이유는 인식은 삶과 더불어 스스로를 파괴하기 때문이라고만 설명한다. 인식이란 삶을 전제로 하는 것이며 또한 인식은 삶에 대한 자기보존의 관심을 나타낸다고 설명한다. 따라서 삶은 인식될 수 있는 어떤 것으로 존재하는 것처럼 보인다. 그럼에도 불구하고 이와 같은 논리는 삶을 열광적으로 보호하려는 그의 태도를 충분히 설명해 주지 못한다."133)

---

133) GW. IX, S. 694 (Nietzsche's Philosophie im Lichte unserer Erfahrung): "Das Leben über alles! Warum? Das hat er nie gesagt. Er hat nie einen Grund dafür angegeben, warum das Leben etwas unbedingt Anbetungswürdiges und höchst Erhaltenswertes ist, sondern hat nur erklärt, Leben gehe über Erkennen, denn mit dem Leben vernichte das Erkennen sich selbst. Es setze das Leben voraus und habe also an ihm das

테오 마이어는 니체에 대한 토마스 만의 이와 같은 유보적 태도는 "자발적인(즉흥적인) 체험 das spontane Erlebnis"을 통해서가 아니라 "반어적인 굴절 die ironische Brechung"을 통해 특징 지워 진다고 말하고 있다.134) 특히 이 책의 대상인『마의 산』과의 관련하에서, 디어크스는 쇼펜하우어와 니체 두 사람을『마의 산』의 작가가 본래부터 '모범으로 삼았던 인물들 Orientierungsmodelle'이라고 칭하고, 이와 같은 사실을 간과한다면 작품전체의 진정한 이념적 실체가 은폐될 것이라고까지 말하고 있다.135)

만의 고백에 따르면, 그에게 있어 아주 중요한 시기에 니체의 정열적이고도 회의적인 비판 의식과 더불어, 예술과 예술가 기질에 대한 그의 모든 근본 개념을 새겨 넣어 준 것은 바로 바그너의 음악이었다.136) 예술영역에서 음악을 가장 높이 평가한 쇼펜하우어에게서 자신의 음악이론을 차용하였던 바그너의 음악에 대해 토마스 만은 다음과 같이 말하고 있다.

"바그너의 음악은 우리 시대로부터 무엇인가를 이해하

Interesse der Selbsterhaltung. Es scheint also, das Leben muß sein, damit es was zu erkennen gebe. Und ist aber doch, als reiche diese Logik nicht aus für seine begeisterte Protektion des Lebens."
134) Theo Meyer: Nietzsche und die Kunst, S. 340.
135) Vgl. Manfred Dierks: Studien zu Mythos und Psychologie bei Thomas Mann (Thomas-Mann-Studien Ⅱ), Bern 1972, S. 128.
136) Vgl. GW. Ⅺ, S. 740 (Lebenabriß).

고자 한다면 반드시 체험하고 인식해야 할 현대예술이
다."137)

또한 「바그너의 예술에 관하여」라는 에세이에서는 토마
스 만 자신이 얼마나 바그너에게서 많은 영향을 받았는지
스스로 고백하고 있다.

> "나는 일찍이 이 세상의 어느 것도 바그너의 작품만큼
> 그렇게 내 젊은 시절의 예술적 충동을 강렬하게 자극했던
> 것은 없었으며, 바그너의 작품은 언제나 새로이 질투심이
> 일어날 정도의 사랑에 빠지고픈 열망으로 나를 가득 채워
> 주었다고 고백한 바 있다. 오랫동안 바이로이트의 거장 바
> 그너의 명성은 나의 모든 예술적 사고(思考)와 행위 위에
> 우뚝 서 있었다. 오랫동안 나에게는 모든 예술적 동경과
> 소망이 이 전능한 이름으로 귀결되는 것 같았다."138)

그러나 다른 한편 "내 청년기의 바그너에 대한 열광은 위
대한 시인이나 작가들에게 바쳤던 저 신뢰에 찬 헌신적 태

---

137) GW. X, S. 37 (Versuch über das Theater): "[…] diese mod-
erne Kunst, die man erlebt, erkannt haben muß, wenn man
von unserer Zeit irgend etwas verstehen will."
138) GW. X, S. 840 (Über die Kunst Richard Wagners): "[…] und
früh habe ich bekannt, daß Wagners Werke so stimulierend wie
sonst nichts in der Welt auf meinen jugendlichen Kunsttrieb
wirkten, mich immer aufs neue mit einer neidisch-verliebten
Sehnsucht erfüllten. […] Lange Zeit stand des Bayreuthers Name
über all meinem künstlerischen Denken und Tun. Lange Zeit
schien mir, daß alles künstlerische Sehnen und Wollen in diesen
gewaltigen Namen münde."

도와는 결코 같은 성격이 아니었다 und nie hat meine Jugend sich ihm mit jener vertrauensvollen Hingabe überlassen, mit der sie den großen Dichtern und Schriftstellern anhing"[139]라고 하며 다소 비판적인 입장을 취하기도 하였는데, 제 2차 세계대전의 전운이 감도는 1940년에 쓴 「바그너를 변호하며」라는 「콤먼센스」誌의 발행인에게 보내는 편지에서는 바그너 음악이 지이내는 열광, 장인한 감정 등의 위험성을 경고하고 있다.

> "저는 바그너의 수상쩍은 '문학'에서만 나치적 요소를 발견하는 것은 아닙니다. 저는 그의 '음악'에서도, 그리고 고상한 의미에서 사용하고 있지만 그의 수상쩍은 **예술작품**에서도 마찬가지로 나치적 요소를 발견합니다. 비록 제가 그것을 그토록 사랑했음에도 불구하고, 이 관련 세계에서 흘러나오는 어떤 닳아 빠진 음향이 우연히 귓가에 울려올 때면, 오늘날까지도 저는 전율에 몸을 떨며 그 음향에 귀를 기울일 정도입니다."[140]

쿠르츠케도 토마스 만이 바그너에게서 받은 영향을 얘기할 때 니체없이는 생각할 수 없다고 했던 것처럼, 토마

---

139) Ebd., S. 841.

140) GW. XIII, S. 357 (Zu Wagners Verteidigung): "Ich finde das nazistische Element nicht nur in Wagners fragwürdiger »Literatur«, ich finde es auch in seiner »Musik«, in seinem ebenso, wenn auch in einem erhabeneren Sinne, fragwürdigen Werk, - ob ich es gleich so geliebt habe, daß ich noch heute, wenn irgendein abgerissener Klang aus dieser Beziehungswelt mein Ohr trifft, erschüttert aufhorche."

스 만은 니체의 바그너觀을 수용하여, 바그너 예술이 지닌 도취적인 위험성에 비판적인 태도를 취했다. 왜냐하면 니체는 바그너의 예술이 병적이고 신경과민적이며 과도한 흥분과 예민한 감수성을 자극하는 마약과도 같은 것이라고 비판하였기 때문이다.

토마스 만에게는 음악에 대한 도취는 곧 죽음에의 동경이다. 이것은 바그너의 음악에서 받은 영향으로 그는 바그너 음악을 몰락과 죽음의 동경으로 가득한 예술로 보았다. 따라서 토마스 만은 바그너의 음악을 『부덴브로크 일가』에 등장시켜서 범속한 상인이 속하고 있는 시민적 삶에서 예술가적 기질이 출현하게 되는 정신화의 과정을 중개하는 매개자의 역할을 음악에 부여하고 있다. 그래서 바그너에 대하여 토마스 만이 보여준 태도는, 니체에 대해 보여준 태도와 똑같은 '양면감정 병존성 Ambivalenz'이었다. 즉 「바그너의 예술에 관하여」라는 그의 짧은 에세이에서 표현된 대로라면, 한 마디로 토마스 만의 바그너에 대한 관계는 "경탄과 혐오의 혼합 eine Mischung von Bewunderung und Abneigung"141)이었다.

> "나의 예술적 행운과 예술인식이 바그너 덕분이라는 사실을 결코 잊을 수가 없다. 비록 내가 바그너와 정신적으로 그토록 먼 거리에 있다 할지라도."142)

---

141) R. Karst: Thomas Mann oder Der deutsche Zwiespalt, S. 31.
142) GW. X, S. 840 (Über die Kunst Richard Wagners): "Was ich Richard Wagner an Kunstglück und Kunsterkenntnis verdanke,

즉 토마스 만 자신도 "리하르트 바그너의 작품이 나의
모든 예술과 예술성의 기본 개념을 각인시켜 주었다"143)라
고 말하고 있지만, 다음과 같은 고백에서는 바그너에 대한
이의적이고 양면감정 병존적 입장이 분명히 드러나게 되
는 것이다.

> "그는 정신과 성격에서는 의심스러워 보였다. 즉, 비록
> 품위라든가 그 영향의 순수성과 건강함과 관련해서는 매
> 우 의심스럽기도 하지만, 예술가로서의 바그너는 도저히
> 거역할 수 없는 것처럼 보였다."144)

여기에서 '매우 의심스러운 tieffragwürdig'이라는 표현과
'거역할 수 없는 unwiderstehlich'이라는 표현은 토마스 만
의 바그너에 대한 이의적이고 양면감정 병존적인 관계를
단적으로 잘 드러내고 있다.

바그너가 토마스 만에게 끼친 영향은 내용적인 측면, 형
식적인 측면이라는 두 가지 측면에서 살펴볼 수 있다.145)

---

kann ich nie vergessen, und sollte ich mich noch so weit im
Geiste von ihm entfernen."
143) GW. XI, S. 740 (Maler und Dichter): "[…] das Werk Richard
Wagner […] alle meine Grundbegriffe von Kunst und Künstlertum
[…] einprägte."
144) GW. X, S. 841 (Über die Kunst Richard Wagners): "Als Geist, als
Charakter schien er mir suspekt, als Künstler unwiderstehlich, wenn
auch tieffragwürdig in bezug auf den Adel, die Reinheit und
Gesundheit seiner Wirkungen, […]"
145) Hermann Kurzke: Thomas Mann. Epoche-Werk-Wirkung, München
1985, S. 110: "Der Wagner-Einfluß teilt sich in zwei Stränge: einen
inhaltlichen und einen formalen."

내용적인 측면은 "예술, 도취, 에로틱, 형이상학 그리고 죽음으로의 비시민적인 유혹 die antibürgerliche Verführung zu Kunst, Rausch, Erotik, Metaphysik und Tod"[146]이다. 특히 토마스 만의 초기 작품은 항상 작중 인물의 내적 상황을 암시하고자 할 때 바그너의 음악을 원용하고 있다. 형식적인 측면은 예술적 수단의 선택과 파로디적인 삽입이다. 특히 초기 작품의 음악성, 라이트모티프 Leitmotiv의 기법, 반어적이고 에로틱한 상징성 등에서 바그너의 영향을 알 수 있다. 이처럼 토마스 만은 바그너의 작품을 자신의 작품에 형식적, 내용적으로 활용하면서, 바그너에 대한 자신의 감동과 비판을 동시에 나타내게 되었다.

쇼펜하우어가 논리적이고도 형이상학적인 사상체계를 가지고 토마스 만의 작품에 내적 통일성을 부여해 주었다면, 니체는 차가운 지성의 자리에 도취와 열정의 순간을 가져다주었고, 바그너는 음악적 동기들을 통하여 서사문학의 지평을 넓혀 주었다고 할 수 있다.

3) 서사적 반어

토마스 만의 서사적 반어를 논하기 위해서는 먼저 독일문학 전통하에서의 서사시와 소설의 관계를 미리 알아두어야 한다.[147]

---

146) Ebd., S. 111.

18세기에 시민계급의 번창과 더불어 소설이 서사문학의 새로운 장르로서 부상하여, 19세기 중반 이래 소설의 시대라고 할 수 있을 정도로 소설은 창작과 수용 양 측면에서 급속하게 문학의 중심적인 장르로 발돋움을 하였다. 그러나 이러한 실제 상황과는 달리 소설과 소설 장르에 대한 정당한 이론적 고찰은 거의 없다시피 하였다. 19세기의 시학에서 소설 장르는 대체로 고대의 서사시와 대비되거나 서정시나 드라마에 대비되어 잡종장르나 저급한 장르로 간주되었다.148) 헤겔은 자신의 미학에 소설 장르를 독자적으로 취급할 수 있는 공간을 마련하였지만, 그 역시 고대 그리스 서사시와 대립시켜서 소설을 "시민계급의 현대적 서사시 die moderne bürgerliche Epopoe"149)라고 정의하는 한계성을 면치 못했다.

이러한 상황하에서 루카치가 고대 그리스의 서사시를 돌이킬 수 없는 과거의 소산으로 보면서, 서사시와는 독립적으로 소설 장르를 "근대 시민 사회에 적합한 문학적 표현 der der bürgerlichen Gesellschaft angemessene literarische Ausdruck"150)이라고 주장한 것은 적어도 독일에서는 소설 시학에 일

---

147) Vgl. Helmut Koopmann: Vom Epos und vom Roman, in: Handbuch des deutschen Romans, Düsseldorf 1983, S. 11-30.

148) 프리드리히 쉴러는 전통적인 '시인 Dichter' 과 '산문작가 prosaischer Erzähler'를 구별하여 산문작가는 시인의 의붓동생이라고 하였다. 또한, 토마스 만은 그의 「소설예술」이라는 강연문에서, 창조적인 것의 한 분야인 문학 내면에서 형식과 장르의 등급을 정한다는 것은 매우 어리석은 짓이라고 하면서, 소설 작가에 대하여 '시인의 의붓동생, 문학의 庶子 ein Halbbruder des Dichters, ein illegitimer Sohn der Poesie' 라는 규정에 대해서, 여러가지 예를 들어가며 반박하고 있다.

149) Werner Jung: Georg Lukács, Stuttgart 1989, S. 72.

대 전환점을 마련한 것이라고 할 수 있다. 1916년에 출간된 루카치의 초기 저작『소설의 이론 Die Theorie des Romans』에서는 소설을 가리켜 "삶의 포괄적 총체성이 더 이상 인지될 수 없는 시대의 서사시 die Epopöe eines Zeitalters, für das die extensive Totalität des Lebens nicht mehr sinnfällig gegeben ist"[151]라고 규정함으로써 아직도 헤겔적인 관념에 머물러 있긴 하지만, 소설에다가 독자적 존재의의를 부여하기 위하여 서사시와 소설의 본질적 차이점을 명확히 규정하였다. 즉 그에 의하면 서사시에서는 그 자체로서 완결된 삶의 총체성이 문제인 데 반하여 소설의 임무는 인물과 사건의 창조를 통하여 삶의 숨겨진 총체성을 발견해내고 그것을 완성해 나가는 것이라고 규정하고 있는 것이다.[152]

19세기 후반의 독일작가들은 괴테와 쉴러의 고전주의적 이상이 무너진 시대, 즉 '삶의 포괄적 총체성이 더 이상 인지될 수 없는 시대'를 산 작가들이었기 때문에, 그들의 최대의 고뇌는 그들의 찬연한 문화유산인 칸트 및 괴테 시대의 독일 관념론 철학 내지는 독일 고전주의적 이상과 그들 시대의 각박한 현실과의 갈등 속에서 그들 나름의 새로운 인생의 총체성을 어디서 어떻게 찾느냐 하는 것이

---

150) Ebd., S. 72.

151) Georg Lukács: Die Theorie des Romans. Ein geschichtsphilosophischer Versuch über die Formen der großen Epik, Frankfurt am Main (Sammlung Luchterhand 36) 1988, S. 47.

152) Vgl. ebd., S. 51: "Die Epopöe gestaltet eine von sich aus geschlossene Lebenstotalität, der Roman sucht gestaltend die verborgene Totalität des Lebens aufzudecken und aufzubauen."

었다. 이러한 고전주의적 교양이상을 최후까지 견지하려 하면서도 동시에 더 이상 서사시가 아닌 미래지향적 서사문학으로서의 소설이어야 한다는 루카치적 요구를 독일소설사에서 구체적으로 실현한 위대한 작가는 루카치에 의하면 바로 토마스 만이었다.[153]

토마스 만은 「소설예술」에서 단테의 『신곡 Divina Commedia』, 호머의 『오디세이 Odyssee』, 세르반테스의 『돈키호테 Don Quijote』 등의 예를 들면서, "서사시와 소설간의 이론적·미학적 등급의 차이가 완전히 지양된" 서사문학 일반을 논하고 "노래되든 이야기되든 간에, 운문으로 쓰여졌건 산문으로 쓰여졌건 간에, 그 통일성과 독자성에서 구현되는 영원히 서사적인 것 자체"[154]만이 문제가 된다고 말함으로써, 독일에서 150여년간 견지되어 오던 서사시와 소설이란 적대적 형제개념을 타파하고 친화적 동일개념으로 승화시킨다. 이것은 독일소설이 총체성의 추구라는 전통적 서사시적 요청을 계승하면서도 새로운 모습으로 탈바꿈한 것을 의미한다.

루카치의 말대로 토마스 만이 19세기의 독일 산문문학을 이어받아 20세기 초반에 독일문학을 세계적 수준으로

---

153) 안삼환: 토마스 만의 반어적 서술기법 -『부덴브로크 일가』를 중심으로, 실린 곳: 리얼리즘과 모더니즘 - 서구근대문학론집, 백낙청 편, 창작과 비평사 1984, 221-245쪽 참조.

154) Vgl. GW. Ⅹ, S. 352 (Die Kunst des Romans): "Hier stehen wir vor einer schöpferischen Erscheinung, in der der theoretisch-ästhetische Rangunterschied von Epos und Roman sich völlig aufhebt und das Ewig-Epische selbst, gleichviel ob gesungen oder gesagt, ob Vers oder Prosa, sich in seiner Einheit und Selbstheit offenbart."

끌어올렸다면, 그것은 일생동안 그의 테마였던 생과 정신의 문제와 그 테마를 그림자처럼 따라 다녔던 투철한 산문정신, 다름아닌 그의 산문 특유의 반어가 있었기에 가능했을 것이다. 물론 여기서의 반어란, 단순한 기법에 그치는 것이 아니라 토마스 만 문학의 내용적 특성과 깊은 연관성을 지니고 있는 것이다.

서사시와 소설에 대한 지금까지의 간단한 고찰에서 토마스 만의 '반어'라는 말 앞에 왜 '서사적'이라는 수식어가 붙어 다니는지 어느 정도 설명이 되었다고 생각하지만, 이제부터는 토마스 만의 서사적 반어에 대하여 구체적으로 살펴보기로 하자.

토마스 만은 반어에 대해 수많은 정의를 내렸지만, 그때마다 반어의 개념이나 반어에 대한 그 자신의 태도는 반드시 일정한 것이 아니었다. 「괴테와 톨스토이」라는 글에서는 반어란 "세상에서 비할 바 없는 가장 심오하고 가장 매혹적인 것"155)이라고 하기도 하고, 「유머와 반어」라는 글에서는 "반어보다 유머를 더 높이 평가"156)하기도 한다. 이처럼 토마스 만 자신의 말에서도 각기 정의를 달리 할 때가 많기 때문에, 이 책에서도 그의 반어에 대한 완벽한 정의를 내리기는 힘들다. 아닌게 아니라 헬러 같은 학자는 토마스 만의 반어를 "아주 복잡한 단어 Das vertrackte Wort"157)라는 단 한마디 말로 압축하기도 했다.

---

155) Vgl. GW. IX, S. 99 (Goethe und Tolstoi): "das Problem der Ironie, [⋯] das ohne Vergleich tiefste und reizendste der Welt."
156) GW. XI, S. 802 (Humor und Ironie).

앞에서도 언급하였지만, 토마스 만의 반어는 삶과 정신, 시민성과 예술성이라는 상반된 두 요소를 전제로 하며, 아울러 이 두 요소의 내적 대립을 포함하고 있다. 그러나 그의 반어는 상반된 요소의 단순한 대립만을 의미하지는 않는다. 그래서 알레만은 토마스 만의 반어를 "생과 정신의 세계관적·예술론적 대립 개념 weltanschaulich-kunsttheoretische Gegensatzbegriffe von Leben und Geist"158)으로 파악하여 그 내적 대립을 결코 소홀히 할 수 없다고 하고 있다. 이와 같은 대립에서는 필연적으로 "곤경 Not"이 나타나게 되는데, 이러한 "곤경 Not"으로부터 일종의 "우월성 Überlegenheit"을 도출해 내는 것이 토마스 만의 반어라고 할 수 있다.159)

예술가에게 있어서 창작이라고 하는 것은 이미 인간적인 것과의 '거리'를 전제로 하기 때문에 예술가가 인간이 되어 느끼게 되면 예술가로서의 기능은 소멸되고 만다. 삶에 대한 이러한 심미적인 거리는 니체가 아폴로적인 것이라고 특징지운 것으로, 예술가가 어떤 대상을 묘사하기 위해서는 그 대상에 휩쓸리지 않고, 객관적인 자세를 유지해야 한다는 것이고, 이를 위해서는 어느정도 거리를 유지한 채 대상을 관찰해야 한다는 것이다. 그래서 삶과 그 삶을 비판하는 예술가의 정신에는 거리와 에로스라는 전혀 다

---

157) E. Heller: Thomas Mann, S. 279.

158) Beda Allemann: Ironie als literarisches Prinzip, in: Ironie und Dichtung, hrsg. v. Albert Schaefer, München 1970, S. 17.

159) GW. Ⅸ, S. 56 (Chamisso): "Aber Ironie heißt fast immer, aus einer Not eine Überlegenheit machen […]"; Vgl. E. Heller: Thomas Mann, S. 280.

른 요소가 동시에 작용한다. 즉, 삶과 정신 등 모든 이원
적 요소들이 때로는 서로 반발하고 때로는 서로 끌어당기
면서도 어느 한 쪽으로 치우침이 없는, 그러한 양극단에
대한 자기유지 및 자기억제가 바로 토마스 만의 반어인
것이다.

즉 삶과 정신은 서로 대립적인 성질의 것이지만, 그 양극
성이 첨예화되지 않도록 삶과 정신 사이의 대립에 중간적이
고 중재자적 입장을 취하는 것이 토마스 만의 반어의 근본
자세인 것이다. 왜냐하면 "반어는 언제나 양쪽에 대한 반어
이며, 반어는 삶과 정신 그 양쪽으로 향해 있으며 Ironie [⋯]
ist immer Ironie nach beiden Seiten hin; sie richtet sich gegen
das Leben sowohl wie gegen den Geist"[160] 양쪽에 대해서 거
리를 취하기 때문이다. 즉, "반어는 중립의 파토스다. 중립은
또한 반어의 도덕이며 윤리다 Ironie ist das Pathos der Mitte.
Sie ist auch ihre Moral, ihr Ethos".[161]

토마스 만에 의하면 예술가는 그 속성상 삶과 정신을
완전히 하나로 융합시킨다는 것은 불가능하기 때문에 양
자가 서로 조화로운 병존관계를 유지하도록 하여야 한다.
왜냐하면 삶과 정신의 관계는 에로틱하기 때문이다.

> "삶도 역시 정신을 갈구한다. 성적(性的) 양극성이 명
> 백하지는 않다 하더라도, 즉 하나는 남성원리로, 다른 하
> 나는 여성원리로 기술되지 않는다 하더라도, 그 두 세계

---

160) GW. XII, S. 573 (Ironie und Radikalismus).
161) GW. IX, S. 171 (Goethe und Tolstoi).

의 관계는 에로틱하다. 그것은 삶과 정신이다. 그 때문에
삶과 정신 사이에는 합일이 없고, 다만 합일과 타협의
도취된 짧은 환상만이 있다. 즉 해결책 없는 영원한 긴
장만이 있는 것이다……"162)

삶과 정신의 관계가 에로틱하다고 할 때, 이 말은 결코 한
편은 남성적이고 다른 한편은 여성적일 수 있는 성적 양극
성 위에서 에로틱한 것이 아니라, 합일이 없고 영원한 긴장
만 있는 내적 대립의 의미로써 에로틱한 것이다.163) 말하자
면 철학자의 삶에 대한 사랑을 '의혹을 품은 여자의 애정'에
비교한 니체의 경우와 같이, 정신이 삶을 의심하고 부정하면
서도 역시 삶에 집착하고 삶을 사랑하지 않을 수 없는, 남녀
간의 사랑의 유희와도 같은 정신과 삶의 관계에서 토마스
만의 반어가 생겨난다고 해도 좋을 것이다.164) 또한 토마스
만이 "나의 경우에, 삶을 위하여 정신이 행하는 자기부정의
체험은 반어가 되었다 In meinem Falle wurde das Erlebnis der
Selbstverneinung des Geistes zugunsten des Lebens zur Ironi

---

162) GW. XII, S. 569 (Ironie und Radikalismus): "Auch das Leben
verlangt nach dem Geiste. Zwei Welten, deren Beziehung
erotisch ist, ohne daß die Geschlechtspolarität deutlich wäre,
ohne daß die eine das männliche, die andere das weibliche
Prinzip darstellte: das sind Leben und Geist. Darum gibt es
zwischen ihnen keine Vereinigung, sondern nur die kurze,
berauschende Illusion der Vereinigung und Verständigung, eine
ewige Spannung ohne Lösung ..."
163) Vgl. Peter Pütz: Kunst und Künstlerexistenz bei Nietzsche und
Thomas Mann, Bonn 1963, S. 50.
164) 황현수: 토마스 만의 문학과 사상, 세종출판사 1996, 377쪽
참조.

e"165)라고 얘기하듯 그가 삶을 긍정한다는 것은 삶에 대한 절대적 부정을 유보한 긍정이며, 정신을 부정한다는 것도 정신의 절대적 긍정을 유보한 부정일 뿐이다. 그러므로 토마스 만은 삶에 대한 이와 같은 정신의 구애(求愛)를 '에로틱한 반어'라고 부르고 "에로스는 항상 반어적인 신이었다. 그리고 반어는 에로틱이다 Immer war Eros ein Ironiker. Und Ironie ist Erotik"166)라고 서술하고 있기도 하다.

"곤경 Not"으로부터 일종의 "우월성 Überlegenheit"을 도출해내기 위한 토마스 만의 반어에 대하여 그 스스로도 수많은 정의를 내렸는데, 이것은 그가 얼마나 반어에 대하여 각별한 애정을 가졌는가를 보여준다. 이 말은 '아이러니칼하게도' 반어에 대한 한마디의 정의는 거의 불가능하다는 것을 암시하고 있기도 하다. 반어를 정의하기 위한 그의 노력은 이제 '거리'와 '객관성' 그리고 '유보'까지도 언급하기에 이르는데, 이에 대하여 토마스 만은 케레뉘 Kerenyi의 작품에 영향을 받아167) 쓴 그의 유명한 「소설예술 Die Kunst des Romans」에서 다음과 같이 말하고 있다.

> "서사 예술은 사물에 대하여 거리를 취하며, 그것의 본성상 사물에 거리를 갖는다. 서사 예술은 사물 위에 떠서 사물을 내려다 보고 미소 짓는다. 동시에 그것은 귀

---

165) GW. XII. S. 25 (Betrachtungen eines Unpolitischen).
166) GW. XII, S. 568 (Ironie und Radikalismus).
167) Vgl. E. Behler: Ironie und literarische Moderne, S. 64: "[⋯] unter dem Einfluß von Kerenyis Werk über Die griechisch-orientalische Romanliteratur [⋯]"

를 기울이고 있는 청중이나 독자를 그토록 이들 사물 속
에 걸려들게 해서 옭아매는 것이다. 서사 예술은 미학적
용어를 빌려 말하자면 '아폴로적인' 예술이다. 왜냐하면
과녁을 멀리까지 쏘아 맞추는 신 아폴로야말로 먼 곳의
신, 거리의 신, 객관성의 신, 즉 반어의 신이기 때문이
다. 객관성이란 반어이며, 서사적 예술정신은 반어의 정
신이다."168)

　위의 인용문에서, 서사 예술이 서술의 대상에서 일단 거
리를 취한다는 것은, 그 대상을 일의적(一義的)인 것으로
규정하지 않고 다의적(多義的)으로 보고자 하는 것이다. 이
것은 토마스 만의 반어의 중대한 특성으로서, 그의 문장이
단순한 사실성에서 그치지 않고 상징성을 띠게 되는 이유
이기도 하다. 나아가서는 그의 작품 전체가 생의 일단면을
묘사하는 것이 아니라 복잡한 관련성 속에 얽혀 있는 인생
의 총체성을 제시하게 되는 이유이기도 하다.
　객관성이 곧 반어라는 표현은 낭만주의적 반어의 주관
성과 서로 배치되는 감이 없지 않다. 왜냐하면 토마스 만
스스로 밝히고 있듯이, 반어는 객관성의 반대이자, 최고의

---

168) GW. Ⅹ, S. 353 (Die Kunst des Romans): "Sie [= Die Kunst der
　　Epik] nimmt Abstand von den Dingen, sie hat Abstand von ihnen
　　ihrer Natur nach, sie schwebt darüber und lächelt auf sie herab, so
　　sehr sie zugleich den Lauschenden oder Lesenden in sie verwickelt,
　　in sie einspinnt. Die Kunst der Epik ist >apollinische< Kunst, wie
　　der ästhetische Terminus lautet; denn Apollo, der Fernhintreffende,
　　ist der Gott der Ferne, der Gott der Distanz, der Objektivität, der
　　Gott der Ironie. Objektivität ist Ironie, und der epische Kunstgeist
　　ist der Geist Ironie."

주관적 태도이며, 또한 반어는, 모든 고전주의적 고요와
객관적인 것을 그 적으로 대치시키고 있는 낭만주의 특유
의 자유분방한 생활태도의 요소이기 때문이다.169) 그러나
여기서 토마스 만이 생각하는 반어란, 비록 낭만주의의 주
관성에서 반어라는 용어를 차용하였지만 낭만주의적 반어
보다 훨씬 더 광범위한 개념의 반어로서 대상 자체의 사
실적 관찰(소위 객관적 묘사)보다 한 차원 더 높이 올라선
포괄적·조감적 시점의 확보를 뜻한다.

그래서 토마스 만은 객관성의 의미를 그답게 자세하게
부연설명하면서 반어를 "그것은 엄청난 느긋함을 지닌 의
미입니다. 즉 그것은 **예술** 자체의 의미라고 할 수 있는 것
입니다. 이러한 의미의 반어란 모든 것의 긍정인 동시에
다름아닌 이러한 긍정으로서 또한 모든 것의 부정입니다.
그것은 태양처럼 밝고 맑게 전체를 감싸주는 시점이며, 이
것이야말로 진정한 예술의 시점이며, 최고의 자유와 안정
을 주며 어떠한 도덕주의에 의해서도 흐려지지 않는 객관
성의 시점"170)이라고 규정하고 있다. 그리고 괴테의 시점

---

169) Vgl. ebd., S. 353: "Ist nicht Ironie das Gegenteil der Objektivität?
Ist sie nicht eine höchst subjektiv Haltung, Ingredienz eines
romantischen Libertinismus, welcher aller klassischen Ruhe und
Sachlichkeit als ihr Widerpart gegenübersteht? - Das ist richtig.
Ironie kann diese Bedeutung haben."

170) GW. Ⅹ, S. 353 (Die Kunst des Romans): "Es ist ein in seiner
Gelassenheit fast ungeheurer Sinn: der Sinn der Kunst selbst, eine
Allbejahung, die eben als solche auch Allverneinung ist; ein
sonnenhaft klar und heiter das Ganze umfassender Blick, der
eben der Blick der Kunst, will sagen der Blick höchster Freiheit,
Ruhe und einer von keinem Moralismus getrübten Sachlichkeit

도 이러한 것이었으며, 또한 괴테는 반어에 대해 도저히 잊을 수 없는 다음과 같은 명언을 남겼다고 쓰고 있다. "반어는 소금알이다, 이것을 통해 비로소 상에 오른 음식 모두가 먹을 만하게 되는 것이다 Die Ironie ist das Körnchen Salz, durch das das Aufgetischte überhaupt erst genießbar wird".171) 그리고 코프만은 "그[= 토마스 만]에 세 있어시 반어와 객관성은 결국 동일한 개념들이기까지 하였다"172)라고 말하고 있다.

토마스 만은 「괴테와 톨스토이」의 결론 부분에서 유보로 서의 반어에 대해 말하고 있는데, 이에 대해서는 헬러가 그 핵심을 파악한 듯 하다. 왜냐하면 헬러는 "토마스 만이 그의 반어에 대해 수없이 많은 말을 하는 것을 들었으며, 토마스 만 스스로는 언젠가 반어를 '미결정 또는 우유부단 Unentschlossenheit'이라고 정의 내리기도 하였다"173)라고 말 했는데, 헬러의 '미결정 또는 우유부단'으로서의 반어는 토 마스 만이 말하는 유보로서의 반어에 꼭 들어맞기 때문이다.

"단호한 태도는 아름답다. 그러나 실질적으로 성과가

---

ist."

171) Ebd., S. 353.

172) Helmut Koopmann: Thomas Mann. Theorie und Praxis der epischen Ironie, in: H. Koopmann: Thomas Mann, Darmstadt (Wege der Forschung 335) 1975, S. 356: "Ironie und Objekti- vität waren für ihn letztlich sogar identische Begriffe."

173) E. Heller: Thomas Mann, S. 196: "Ich habe Sie [= Thomas Mann] viel von seiner Ironie sprechen hören. Er selbst hat sie einmal fast als Unentschlossenheit definiert."

있고, 생산적이며 예술적인 원리를 우리는 유보라고 한
다. […] 우리는 정신의 활동으로서의 유보를 반어로서 애
호한다. 양쪽으로 향해 있는 반어, 그것은 비록 진심이
없는 것은 아니지만, 교활하며 구속받지 않고 대립사이를
유희하며, 또한 편들어 결정을 내리는 데에 특별히 서두
르지도 않는다. […] 목표는 결정이 아니라 조화이다. 영
원한 대립이 문제가 된다면 그 조화는 무한대에 있을 수
있겠지만, 그러나 반어라고 불리는 저 유희하는 유보는
그 조화를 자기 내부에 지니고 있는 것이다. 마치 비난이
그 해결을 자기 내부에 지니고 있는 것처럼."174)

『마의 산』에서는 세템브리니와 나프타 사이에서 두 사람
모두에 대해 계속 유보적 입장을 취하는 주인공 한스 카스
토르프의 태도가 반어적인 것이라 할 수 있다.175) 그래서

---

174) GW. Ⅸ, S. 170f. (Goethe und Tolstoi): "Schön ist Entschlo-
　　 ssenheit. Aber das eigentlich fruchtbare, das produktive und also
　　 das künstlerische Prinzip nennen wir den Vorbehalt. […] Wir
　　 lieben ihn im Geistigen als Ironie - jene nach beiden Seiten
　　 gerichtete Ironie, welche verschlagen und unverbindlich, wenn
　　 auch nicht ohne Herzlichkeit, zwischen den Gegensätzen spielt
　　 und es mit Parteinahme und Entscheidung nicht sonderlich eilig
　　 hat: […] daß nicht Entscheidung das Ziel ist, sondern der
　　 Einklang, - welcher, wenn es sich um ewige Gegensätze handelt,
　　 im Unendlichen liegen mag, den aber jener spielende Vorbehalt,
　　 Ironie genannt, in sich selber trägt, wie der Vorhalt die
　　 Auflösung."
175) Vgl. Helmut Koopmann: Humor und Ironie, in: Thomas-
　　 Mann-Handbuch, Alfred Kröner Verlag, Stuttgart 1995, S. 851:
　　 "Hans Castorps Haltung zwischen Settembrini und Naphta: darin
　　 spricht sich Ironie aus, einschließlich der vielen Vorbehalte, die er
　　 am Ende beiden gegenüber entwickelt."

유보로서의 반어는 미결정된 긍정 그리고 미결정된 부정으로서 나타난다. 다른 말로 표현하자면, 반어에서의 부정은 동시에 지양된 긍정으로 간주되며, 반어에서의 긍정은 지양된 부정으로 간주되는 것이다. 여기에서 '반어는 중립의 파토스'라는 말이 이해되는 것이다. 특히 『트리스탄 Tristan』에서, 삶과 정신의 양극적 모순갈등으로부터 "거리 Distanz"를 두어 "정신과 삶 사이의 어려운 중립 die schwierige Mitte zwischen Geist und Leben"을 얻고 있으며, 아폴로적 혜안을 가지고 원거리에서의 완전한 자유를 누리고 있다.

> "중립의 생산적인 어려움, 그대는 자유이며 유보이다!
> Fruchtbare Schwierigkeit der Mitte, du bist Freiheit
> und Vorbehalt!"[176)

　토마스 만의 예술에 대한 생각은 변증법적이다.[177) 그래서 삶과 정신의 대립을 전제로 하는 토마스 만의 반어는 어느 한편에 치우치기를 거부하고 언제나 중용의 자세를 취하려고 노력한다. 다시 말해 예술작품의 창조과정에서 만의 반어는 혼돈이라는 소재로서의 세계와 그 세계를 질서와 아름다움으로 이끌어가려는 정신과 관계가 깊은 것이며, 이러한 정신에 대하여 의도적인 거리를 유지하고 삶에

---

176) GW. Ⅸ, S. 171 (Goethe und Tolstoi).
177) Vgl. F. Nündel: Die Kunsttheorie Thomas Manns, S. 109: "Dialektisch wurde Thomas Manns Denken über Kunst genannt, weil es aus Gegensätzen lebt, die seine Äußerungen über die Kunst, den Künstler und das Kunstwerk sehr deutlich erkennen lassen."

대한 애정어린 관심을 회복한다는 데에 그 핵심이 있다고 하겠다. 또한 근원적인 대립쌍간의 지양될 수 없는 갈등 속에서 그 대립쌍을 관계짓는 능력을 '마음의 반어 Ironie des Herzens'라고 하며, 이 마음의 반어 또는 '사랑에 가득찬 반어 die liebevolle Ironie'는 단순한 부정을 위한 부정이 아니라 사려깊은 결합의 능력으로서의 반어를 말하는 것이다. 그래서 그는 "서사적 반어를 냉정함과 사랑없음, 조롱과 멸시로 생각해서는 안된다. 서사적 반어는 오히려 마음의 반어로써 사랑에 가득찬 반어이다. 그것은 작은 것에 대해서도 많은 애정을 갖는 위대함이다"[178]라고 말하고 있다.

이상에서 반어를 살펴보았지만, 또 하나 간과해서는 안될 것은 바로 반어와 유머[179]의 포괄적 개념 정의이다. 왜

---

178) GW. X, S. 353 (Die Kunst des Romans): "Sie dürfen dabei [= bei der epischen Ironie] nicht an Kälte und Lieblosigkeit, Spott und Hohn denken. Die epische Ironie ist vielmehr eine Ironie des Herzens, eine liebevolle Ironie; es ist die Größe, die voller Zärtlichkeit ist für das Kleine."

179) 토마스 만의 반어 개념에 관한 연구에 비교하면, 그의 유머 개념에 관한 연구는 거의 없다시피 한다. 물론 토마스 만의 유머 개념이 비교적 후기작품에 나타나는 이유도 있겠지만 그에게 있어 유머는 주로 '파로디 Parodie'의 형태를 지니게 되기 때문은 아닐까 생각한다. 어쨌든 토마스 만의 유머에 관한 연구 또는 유머 개념에 대한 일반적인 연구서는 다음과 같다. Käte Hamburger: Der Humor bei Thomas Mann. Zum Joseph-Roman, München 1965; Stuart M. Tave: The Amiable Humorist. A study in the comic theory and criticism of the eighteenth and early nineteenth centuries, Chicago & London 1967; Wolfgang Preisendanz: Humor als dichterische Einbildungskraft. Studien zur Erzählkunst des poetischen Realismus, München 1976; Wolfgang

냐하면 문학사적 맥락으로 볼 때는 반어보다는 유머가 주로 문제가 되어왔기 때문이다. 그러나 이 책에서는 유머의 간단한 인용만으로 토마스 만에게 있어서 반어의 중요성 못지않은 유머의 중요성을 강조해 두고자 한다.

> "내 생각에 반어는 독자 혹은 듣는 이에게 모종의 지적 미소라고 말하고 싶은 그러한 미소를 불러일으키는 예술정신인 것 같다. 그 반면에 유머는 내가 예술의 효과로서 개인적으로 더 높이 평가하고 나의 고유한 작품들의 효과로서 반어를 통해 생성되는 에라스무스적인 미소보다 더 기꺼이 반기는, 마음으로부터 솟구쳐 나오는 웃음을 보여준다."[180]

토마스 만은 유머적인 것을 서사적인 것과 동일시하였고,[181] 유머의 작가로 불리기를 원했다.[182] 그의 작품 중에

Preisendanz: Humor als dichterische Einbildungskraft. Studien zur Erzählkunst des poetischen Realismus, München 1985; Candace D. Lang: Irony/Humor. Critical Paradigms, Baltimore and London 1988.

180) GW. XI, S. 802 (Humor und Ironie): "Ironie, wie mir scheint, ist der Kunstgeist, der dem Leser oder Lauscher ein Lächeln, ein intellektuelles Lächeln möchte ich sagen, entlockt, während der Humor das herzaufquellende Lachen zeigt, das ich als Wirkung der Kunst persönlich höher schätze und als Wirkung meiner eigenen Produktion mit mehr Freude begrüße als das erasmische Lächeln, das durch die Ironie erzeugt wird."

181) Vgl. GW. IX, S. 435 (Meerfahrt mit >Don Quijote<): " [···] das Humoristische geradehin als das Wesenselement des Epischen anzusprechen [···]"

182) Vgl. GW. XI, S. 803 (Humor und Ironie): "Ich freue mich immer, wenn man in mir weniger einen Ironiker als einen Humoristen

서 유머적인 요소를 입증하는 데에는 별 어려움이 없다고 하면서 『요젭과 그의 형제들』과 『사기사 펠릭스 크룰의 고백』에서의 야콥과 크룰을 그 예로 들고 있다. 또한 토마스 만은 유머적인 방식을 반어적 방식과 거의 동일시하였고,[183] 반어는 품위와 정신 면에서 유머를 능가한다는 상반된 발언을 하기도 했다.[184]

그래서 토마스 만의 작품을 고찰하고자 할 때, 그의 반어 개념의 파악은 반드시 선행되어야 할 과제이다. 그러나 후기 작품으로 넘어갈수록 반어보다는 유머 쪽으로 더 가까워지고 있는 것도 사실이다. 이것은 아마도 그의 작가적 성숙이 점점 괴테에로 무한히 다가가고 있는 증거라고 볼 수도 있을 것이다.

---

sieht."
183) Vgl. GW. XII, S. 98 (Betrachtungen eines Unpolitischen): "[…] daß diese Wendung eigentlich nur humoristischerweise, nur ironice vollzogen wird."
184) Vgl. GW. XI, S. 803 (Humor und Ironie): "[…] die Ironie als das höhere Prinzip zu betrachten, das den Humor an Würde und Geist hoch überragt."

II. 『마의 산』의 반어성

토마스 만은 1939년 프린스턴 대학의 학생들에게 『마의 산』을 소개하는 자리에서 "작가 자신이 작품의 최상의 전문가이고 해설가라고 생각하는 것은 착오이다"[185]라고 말하면서도, 이 작품이 『파르치팔』과 『빌헬름 마이스터』의 연장선상에 놓여질 수 있는 <교양소설 Bildungsroman>임을 시사한 바 있으며,[186] 또한 주인공 한스 카스토르프가 그의 두 인도자인 세템브리니와 나프타를 통하여 삶에 입문하는 입장이라는 점에서 이 소설이 <성년입문소설 Initiationsroman>이라고도 하였다.[187] 또한 '한 단순한 청년'인 한스 카스토르프가 '요양원 Sanatorium' 이라는 마적 폐쇄공간에서 체험하게 되는 것이 쇼펜하우어적 '정지된 현재 nunc stans', 즉 죽음의 체험이라는 점에서 이 이야기는 <시간소설 Zeitroman>이 될 수도 있고,[188] 이 작품이 제 1차 세계대전을 전후한 작가 자

---

185) GW. XI, S. 614 (Einführung in den >Zauberberg<): "[…] es ist ja ein Irrtum, zu glauben, der Autor selbst sei der beste Kenner und Kommentator seines eigenen Werkes."

186) Vgl. ebd., S. 616.

187) Vgl. ebd., S. 614.

188) Vgl. Dong-Zun Song: Das Erlebnis der Zeit und ihre Erlebnisformen im Roman "Der Zauberberg" von Thomas Mann, in: Seouldae Nonmunjip (Humanities & Social Sciences), 15 (1969), S. 173-204; vgl. auch Helmut Koopmann: Die Entwicklung des <intellektualen Romans> bei Thomas Mann.

신의 정치적 개안을 반영하고 있다는 점에서는 <시대소설 Zeitroman>일 수도 있다. 이것은 토마스 만 자신이 직접 "『마의 산』은 이중적 의미에 있어서의 '차이트로만 Zeitroman'이다"189)라고 분명하게 말을 한 바 있기 때문이다.

그래서 이 장에서는 소설 『마의 산』이 지니는 여러 양상들을 살펴보고,『마의 산』이 교양소설, 성년입문소설, 시간 및 시대소설 등등의 다의성을 지니는 이유가 결과적으로 토마스 만의 반어와 결부되어 있음을 확인해 보고자 한다.

1. 교양소설적 전통과 『마의 산』

1916년 「자서전적 소설」이라는 짧은 에세이에서 토마스 만이 교양소설을 "독일적인, 전형적으로 독일적인 deutsch, typisch-deutsch"190) 것이라고 규정하고 있듯이, 교양소설은

Untersuchungen zur Struktur von »Buddenbrooks«, »Königliche Hoheit« und »Der Zauberberg«, Bonn 1980, S. 137.
189) GW. XI, S. 611 (Einführung in den >Zauberberg<): "Er [= Der Zauberberg] ist ein Zeitroman in doppeltem Sinn […]"
190) GW. XI, S. 700f (Der autobiographische Roman); 계속해서 이어지는 교양소설 개념규정에 있어서 위의 인용문은 이 책의 논지 전개상 핵심적인 내용이기 때문에 그 원문을 옮기면 다음과 같다. "무엇보다도 독일적인, 전형적으로 독일적인, 정

독일의 대표적 소설 장르로서 독일 시민계급의 역사와 밀
접한 관련을 맺고 있다. 19세기 독일 시민계급은 경제적
성장으로 인해 시민적 자기인식은 성숙되었으나 나폴레옹
전쟁 이후 도래한 반동적 복고주의로 억압된 정치적 현실
속에서 정치적 무력감을 느끼고 있었다. 이러한 독일 시민
계급의 모순적 상황에서 소위 독일 개인주의가 형성되었

통적으로 국민적인 소설의 한 종류가 있는데 이것은 바로 **자
서전적으로 충족된 교양소설, 발전소설**이다. 생각해 보건대
독일에서 이러한 소설유형이 우세를 점하고 있는 것이나, 특
별한 국민적 정통성을 누리고 있다는 사실은 독일적 인문주
의 개념과 독일적인, 낭만적 비정치적인 개인주의와 아주 밀
접한 관계를 맺고 있다는 데에 우리는 터더욱 의견을 같이하
게 된다. 여기서 독일적 인문주의 개념이란 사회가 원자로
해체되며 모든 시민을 제각기 하나의 인간으로 만드는 한 시
대의 산물이기 때문에 그 전부터 정치적인 요소는 거의 완전
히 빠져버린 것을 말한다. 그리고 **독일적인, 낭만적 비정치적
인 개인주의란** 신독일적인 국가사회주의와 화해할려는 의도
를 가진 저 **교양개인주의**-우리는 이것을 국가사회주의를 보
완해 주는 것이라고 하면서-**를 말한다** Es gibt unterdessen
eine Spielart des Romans, die allerdings deutsch, typisch-deutsch,
legitim-national ist, und dies ist eben **der autobiographisch
erfüllte Bildungs- und Entwicklungsroman.** Wir sind ferner,
denke ich, einig darüber, daß die Vorherrschaft dieses
Romantyps in Deutschland, die Tatsache seiner besonderen
nationalen Legitimität, aufs engste zusammenhängt mit dem
deutschen Humanitätsbegriff, welchem, da er das Produkt einer
Epoche ist, in der die Gesellschaft in Atome zerfiel und die aus
jedem Bürger einen Menschen machte, das politische Element
von jeher fast völlig fehlte: **mit dem deutschen,
romantisch-unpolitischen Individualismus also, jenem
Bildungsindividualismus**, den man mit dem neudeutschen Staat-
ssozialismus zu versöhnen trachtet, indem man ihn seine
Ergänzung nennt". (Hervorhebung vom Verfasser)

으며, 이와 함께 그것의 독일적 변형인 내면화 경향으로
심화된다.191) 토마스 만이 말한 교양소설도 이와같은 맥락
에서 이해될 수 있다.

토마스 만 자신은 『마의 산』이 교양소설임을 여러 곳에
서 밝힌 바 있는데,192) 특히 1922년 하우프트만의 탄생 60
회 기념 연설문에서는 죽음을 통하여 삶으로 접근하는 인
도주의의 길을 예고하며 다음과 같이 말하고 있다.

> "죽음과 질병, 병적인 것과 몰락에 관한 관심은 곧 삶
> 에 대한 관심 즉 인간에 대한 관심의 표현입니다. [⋯] 유
> 기적인 것, 즉 삶에 관심을 가지고 있는 사람은 특히 죽
> 음에 관심을 갖는 것입니다. 그래서 죽음의 체험이 결국
> 은 삶의 체험이 되고 인간에의 길이 된다는 것을 보여주
> 는 것은 한 교양소설의 대상이 될 수 있을 것입니다."193)

그러므로 『마의 산』은 죽음을 통하여 인도주의로 상승
되는 교양소설임을 암시하고 있다. 다만 『마의 산』이 전통
적인 교양소설과 다른 점은 전통적 교양소설에서는 주인

---

191) Vgl. Arnold Hauser: Sozialgeschichte der Kunst und Literatur,
    Bd. Ⅱ, München 1953, S. 104-112.
192) Vgl. oben Anm. 8.
193) GW. ⅩⅠ, S. 851 (Von Deutscher Republik): "Das Interesse für
    Tod und Krankheit, für das Pathologische, den Verfall ist nur eine
    Art von Ausdruck für das Interesse am Leben, am Menschen, [⋯]
    wer sich für das Organische, das Leben, interessiert, der interessiert
    sich namentlich für den Tod; und es könnte Gegenstand eines
    Bildungsromans sein, zu zeigen, daß das Erlebnis des Todes zuletzt
    ein Erlebnis des Leben ist, daß es zum Menschen führt."

공이 이상을 향해 단계적으로 발전하고 있는데 비해 여기
에서는 연금술적 승화 작용을 통해 죽음에서 삶으로의 극
복을 가져온다는 점이다. 그래서 『마의 산』에서의 주인공
한스 카스토르프가 종국적으로 이끌어낸 휴머니즘적 비전
도 곧 전쟁이라는 현실로 나타나는데, 이것은 주인공의 내
적 자아와 사회적 현실 사이에 존재하는 간극(間隙)의 심
화라고 할 수 있다.194) 헬러이 다음과 같은 지적은 『마의
산』이 교양소설에 대하여 반어적 관계를 지니고 있음을
명확하게 보여주고 있다.

> "교양소설로서의 『마의 산』은 교양소설 장르의 법칙에
> 대해 반어적인 관계를 지닌다. 전통적인 교양소설의 주
> 인공 빌헬름 마이스터가 창조적인 천재에서 출발하여 사
> 회의 필요한 일원이 되는 반면, 한스 카스토르프는 사회
> 의 충실한 인물로서 출발하여 독창적 천재로 나아가는
> 전단계(前段階)에서 끝나고 있다."195)

즉 『마의 산』의 결말이 현실 차원인 전쟁에서 끝나고
있음은 이상주의적인 세계관을 전제로 하고 있는 고전적

---

194) Vgl. Börge Kristiansen: Thomas Manns Zauberberg und Schopen-
nhauers Metaphysiks, Bonn 1986, S. 54.
195) Vgl. E. Heller: Thomas Mann, S. 250: "Ja; und als Bildu-
ngsroman steht der Zauberberg in demselben [= ironischen]
Verhältnis zu den Bräuchen der Gattung. Wilhelm Meister, der
vorbildliche Held, beginnt als Originalgenie und endet als ein
nützliches Mitglied der Gesellschaft. Hans Castorp beginnt als
ein nützliches Mitglied der Gesellschaft und endet auf den
Vorstufen zum Originalgenie."

교양소설에 대한 반어적 비판이라고 할 수 있는 것이다. 다시 말해 주인공 한스 카스토르프가 찾는 '성배 Gral'란 중도의 이념이며, 죽음을 체험한 후에 찾게 되는 새로운 삶이자, 장차 도래할 인류애의 개념이다. 그리고 눈덮인 산상에서 방황하던 카스토르프가 인간에 대한 꿈을 꾸는 「눈」의 장에서 인류애라는 이념을 발견하게 되지만, 산에서 내려와서는 곧 잊어 버린다. 이것은 토마스 만적 반어의 중요한 예가 되지만, 여기에 대해서는 이 책 제 Ⅱ장 '3) 성년입문소설로서의 『마의 산』'에서 자세히 다루기로 하겠으며, 여기서는 우선 교양이념의 성립과 변천, 교양소설의 개념과 발전 등을 살펴보고, 다음으로 교양소설적 전통으로서의 『마의 산』의 분석은 제 Ⅲ장에서 토마스 만의 반어와 함께 다시 자세히 다루기로 하겠다.

1) 교양이념의 성립과 변천

'상 Bild', '모사 Abbild', '초상 Nebenbild(imago)', '형상 Gestalt(forma)', '형상화 Gestaltung(formatio)' 등등을 의미하는 '교양 Bildung'이란, "종교이론 토의의 중요개념으로써 중세후기의 신비주의 Mystik에서 유래하였으며 인간에 대한 신의 작용을 정화하는 데 기여했다".[196] 즉 교양이란 원래

---

196) Rolf Selbmann: Der deutsche Bildungsroman, Stuttgart 1984, S. 1: "Als Schlüsselbegriff der religionstheoretischen Diskussion entstammt er der spätmittelalterlichen Mystik, der er zur Abklä-

신비주의자들에 의해 씌어진 것으로서, 교양이란 인간 속에 신의 모습을 회복하려는 인간성의 전면적인 개혁을 의미한다. 그래서 젤프만은 "교양이란 원죄를 짊어진 인간의 재형성을 의미하는 '개량 Umbildung'이며, 신의 모습을 인간 속에 형성해 넣는 것을 의미하는 '초형성 Überbildung'이다"[197] 라고 강조하고 있다.

18세기 중엽 이래 '경건주의 Pietismus'와 함께 당시까지 종교적, 신학적으로만 배타적으로 사용되었던 이 개념의 세속화가 시작되어서 이제 교양이라는 개념이 더 이상 인간에 대한 신의 작용만을 의미하지 않게 되었으며, 자연의 작용력으로 심지어는 인간들 간의 내적 작용력으로 이해되는 결과를 낳았다. 그리하여 인간의 정신적 영역으로 옮겨온 교양개념은 교육 Erziehung, 자아형성 Selbstbildung, 발전 Entwicklung 등등을 의미하는 교육적 개념으로 사용된다.

계몽주의적 사고로 볼 때 교양은 인간의 이성적 능력을 계발하는 것을 뜻한다. 그리고 독일의 신인문주의를 선도한 인물의 한 사람인 헤르더 Johann Gottfried Herder에 이르러서는 교양개념은 종교적 근원으로부터 완전히 분리되어 개체성, 발전과의 결합을 통하여 독립하게 된다.[198] 즉

---

rung des göttlichen Wirkens auf den Menschen dient."
197) Ebd., S. 1: "Bildung meint [⋯] sowohl »Umbildung«, also Umgestaltung des mit der Erbsünde belasteten Menschen, als auch »Überbildung«, nämlich Einbildung des göttlichen Bildes in den Menschen."
198) Vgl. ebd., S. 2: "Spätestens mit Johann Gottfried Herder beginnt auch

교양이란 단순히 교육이나 교리를 뜻하는 것이 아니라, 가
르치는 데 있어서의 '활발한' 활동을 뜻하며 더 나아가 개
별적 인간의 자아형성에 국한되지 않고 민족과 전 인류의
자아형성을 뜻한다.[199]

　"소위 말하는 인문주의 철학의 교양개념은 외적인 영향
들에 의한 '수련'으로 이해되는 동시에 내적인 재능의 '계
발'로 이해된다. 또한 그것은 개개인에 있어 내적 외적 힘
의 작용 사이의 균형을 이끌어 내고자 한다".[200] 즉 인문
주의 철학의 교양이념에서 교양이란 각 개인의 단순한 재
능을 계발시키는 데 그치는 것이 아니라, 이 재능을 외적
인 영향을 통하여 수련시키고, 또 이 외부의 영향에 대해
서 자기 자신을 개방함으로써 자기 재능, 자기 개성을 발
달시킨다는 것이다.

---

die endgültige Ablösung des Bildungsbegriffs von seinen religiösen Ursprüngen und seine Verselbständigung durch die Verbindung mit dem Individualitäts- und dem Entwicklungsbegriff."

199) Vgl. Rudolf Vierhaus: Bildung, in: Geschichtliche Grundbegriffe. Historisches Lexikon zur politisch-sozialen Sprache in Deutschland, hrsg. v. O. Brunner, W. Conze, R. Kosellek, Band Ⅰ, Stuttgart 1972, S. 508~551. hier: S. 515: "[…] war auch für Herder »Bildung« nicht mehr bloß Erziehung und Lehre, sondern "lebendiges" Wirken des Lehrenden und Aktivität des Sich-Bildenden, und zwar nicht nur einzelner Menschen, sondern ganzer Völker und der Menschheit."

200) R. Selbmann: Der deutsche Bildungsroman, S. 2: "Dieser nun sogenannte humanitätsphilosphische Bildungsbegriff versteht sich als »Anbildung« von äußeren Einflüssen und als »Ausbildung« von inneren Anlagen zugleich, sucht also den Ausgleich zwischen inneren und äußeren Kraftwirkungen auf den Einzelnen herbei-zuführen."

　이러한 교양의 의미가 종교적 의미를 벗어나게 된 이유로 서 그 당시의 자연과학 특히 지질학, 생물학의 발달에 힘입은 바가 크다. 즉 18세기에 발달한 자연과학의 이론들이 교양개 념에 기여하는데, 그 개념의 세속화의 결과로써 “식물학적·형 태론적 성장이론 botanisch-morphologische Wachstumstheorie n”201)을 교양이념에 적용시키는 것이다. 그러므로 교양과정 이린 신의 지배 내지 종교적인 목적론을 포기하는 것이며 그 럼으로써 개인의 자율성을 인정하는 것이다. “소위 전성설 (前成說)은 교양을 이미 존재하는 부분의 확대와 지속적인 발전으로 설명하고, 소위 후성설(後成說)은 개인의 재능과 주 위환경의 영향으로부터 새롭게 형성됨으로써 발전하는 것을 교양이라고 간주한다”.202)

　18세기말까지의 독일 교양개념 형성에 직접 영향을 준 사상으로 야콥스는 다음의 세 가지 요소를 들고 있다. 첫 째는 인간의 선천적인 본성으로서 파괴할 수 없는 개체적 자연성을 중시하는 사상이고, 둘째는 외적 주변환경과 체 험이 인간 발전에 함께 작용한다는 사상이며, 셋째는 주관 적인 윤리적 자유를 신장하기 위한 끊임없는 노력을 통해 인간의 인격 형성이 이루어진다는 사상이다.203)

---

201) Ebd., S. 2.

202) Ebd., S. 2: “Die sogenannte Präformationslehre erklärt Bildung als Vergrößerung und Fortentwicklung schon vorhandener Teile, während die sogenannte Epigenesislehre eine Entwicklung durch Neubildung aus Anlage und Umwelteinfluß annimmt.”

203) Vgl. J. Jacobs: Wilhelm Meister und seine Brüder, S. 38: “Es vereinigen sich, so kann resümiert werden, drei Gedanken, als die ‘Bildung’-Idee gegen Ende des 18. Jahrhunderts formuliert

이후 1800년경까지 교양개념은 프랑스 혁명으로 인한 정
치적 변화와 의식의 변화로 인하여 그 의미의 다양성을 상
실함과 동시에 도덕적 정치적 표상으로 확대된다. 19세기
초의 교양개념은 재산을 소유한 시민계급과 관련성을 확장
하게 되고, 19세기 중엽부터 칼 마르크스에 의한 계급적
이데올로기의 용어로 변하게 된다. 또한 제 1차 세계대전
으로 인하여 전통적인 교양 가치가 붕괴되었으며 바이마르
공화국 시대에는 더욱더 사회적 의미가 첨가된 교양개념이
여기에 접목하게 된다. 그래서 현대 독일에서는 매우 이중
적인 교양개념이 등장하게 되는 것이다. 이상과 같은 교양
개념의 변천에 대해 피어하우스는 그의 논문 「교양
Bildung」의 결론 부분에서 다음과 같이 서술하고 있다.

> "국가를 통한 신인문주의 교양개념의 수용은 그 당시에
> 는 진보적이었으며 오늘날까지도 영향을 미치고 있지만,
> 사회의 통념과 정치 권력의 제도화된 체제 속에서는 오랫
> 동안 불모성을 면하지 못했다. (교양이 사회의 구조적 억
> 압으로부터의 해방을 뜻한다는 – 인용자) '교양'의 해방적
> 성격은 교양을 '소유한' 사람들의 의식 속에서 사라져 버

---

wird: die Vorstellung von der unzerstörbaren individuellen Natur des
Menschen, die Erkenntnis, daß äußere Lebensbedingungen und
Erfahrungen die menschliche Entwicklung entscheidend
mitbestimmen und endlich als drittes Motiv der Gedanke, daß es
der kontinuierlichen, von der sittlichen Freiheit des Subjekts
getragenen Bemühung bedarf, damit die Persönlichkeit sich in
ihrer Besonderheit auch realisiert und dadurch zu sich selbst
kommt."

렸지만 그 반면 교양을 구체적 자유의 요소로 이해하는
사람들은 현존 상황의 비판자가 되었다. 그리하여 교양의
개혁에 대한 요구를 필수불가결하며 영구적인 것으로 만
들었으며 그 요구는 오늘날 '교양에 대한 시민권'(랄프 다
렌도르프)의 인정과 현실화에 대한 요구로서 표현되고 있
다. 그 결과로 교양개념은 그것의 객관화, 공허화, 탈이념
화에도 불구하고 최근에 다시 정치화되었다. 그것도 교양
과 노동운동과의 친숙한 관계가 전통이 되어버린 동독에
서나, 모든 사람들을 위한 교양의 요구가 '20세기의 사회
적인 물음'으로 승인되고 있는 서독에서나 마찬가지로 정
치화되었다. 또한 교양개념은 여전히 개별적으로 각인된
능력 즉 문화적 자산을 다루는데 있어서 발전된, 평가하
는 판별능력과 정돈하는 통합능력을 의미하긴 하지만, 그
럼에도 불구하고 교양개념은 실제적으로 목적에 부합되는
행위의 영역과 사회적 현실의 영역을 광범위하게 포괄하
고 있다."204)

---

204) R. Vierhaus: Bildung, S. 551. hier zitiert nach: R. Selbmann: Der
deutsche Bildungsroman, S. 7: "Die zu ihrer Zeit progressive und bis
heute nachwirkende Rezeption des neuhumanistischen Bildungsbegriffs
durch den Staat hat ihn auf lange Sicht im institutionalisierten System
sozialer Geltung und politischer Macht steril werden lassen. Der
emanzipatorische Charakter von >Bildung< verflüchtigte sich im
Bewußtsein derer, die sie >besaßen<, während diejenigen, die sie als
Element konkreter Freiheit verstanden, zu Kritikern der bestehenden
Verhältnisse wurden. Das hat die Forderung nach Bildungsreform
notwendig und permanent gemacht, die sich heute als Forderung nach
Anerkennung und Realisierung des >Bürgerrechts auf Bildung< (Ralf
Dahrendorf) ausdrückt. Damit ist der Bildungsbegriff, ungeachtet seiner
Versachlichung, Entleerung und Entidealisierung, neuerdings wieder
stark politisiert worden, und zwar sowohl in der DDR, wo der alte
Zusammenhang von Bildung und Arbeiterbewegung tradiert wird, als
auch in der BRD, wo die Forderung einer Bildung für alle als die

이상과 같은 교양개념의 어원과 각 시대별 교양개념의
변천과 더불어 교양소설이라는 연관성에서 볼 때 야콥스
의 다음과 같은 교양개념에 관한 정의가 어느 정도 타당
성을 가진다고 본다.

> "여기에서 연구되고 있는 소설 종류의 규정에 사용되
> 는 '교양 Bildung'이란 단어의 내용은 일의적(一義的)인
> 뜻과는 전혀 거리가 멀다. 그것은 하나의 목표(즉 개인의
> 이상적인 성숙상태)와 그 목표에 이르는 과정을 동시에
> 나타내며, 그 외에도 그 말의 구체화된 단어 사용에 있
> 어서는 '교양인들'이 소유하고 있는 소위 문화적 자산의
> 진수이다."205)

>soziale Frage des 20. Jahrhunderts< erkannt ist. Zwar meint der
Bildungsbegriff noch immer auch das individuell geprägte, in der
Beschäftigung mit Kulturgütern entwickelte Vermögen der wertenden
Unterscheidung und der ordnenden Synthese, gleichwohl umfaßt er
einen weiterer Bereich praktisch-zweckgebundenen Tuns und sozialer
Wirklichkeit."

205) J. Jacobs: Wilhelm Meister und seine Brüder, S. 16: "Der Inhalt
des Wortes "Bildung", das zur Bestimmung der hier untersuchten
Romanart dient, ist alles andere als eindeutig. Es bezeichnet
zugleich ein Ziel (nämlich den idealen Reifezustand des
Individuums) und den dorthin leitenden Prozeß, und außerdem in
einer verdinglichenden Wortverwendung den Inbegriff von
sogenannten Kulturgütern, über die der "Gebildete" verfügen
soll."

2) 교양소설의 개념과 발전

토마스 만은 1916년 「자서전적 소설」이라는 짧은 에세이에서 교양소설은 "독일적인, 전형적으로 독일적인"206) 것이라고 단호하게 규정하였지만 교양소설 개념규정도 사실은 앞장의 교양개념 규정만큼이나 그렇게 분명하지가 않다. 독일 교양소설의 역사에 대하여서는 여태까지 상이한 관점 하에 수많은 연구서들이 출간되었지만 이 장르의 사회사적, 기능사적인 면이 개별적으로 연구되지는 않았다.207) 다시말해 장르시학의 관점과 교양이론적 역사철학적 관점과의 연관 관계는 제쳐두고 소설 밑바닥에 흐르고 있는 교양모델의 특징과 그 유래, 전개과정 등을 주로 다루고 있다.208) 그 상이한 관점 하의 많은 연구들을 개괄적

---

206) Vgl. oben Anm. 190.

207) Vgl. Wilhelm Vosskamp: Der Bildungsroman in Deutschland und die Frühgeschichte seiner Rezeption in England, in: Jürgen Kocka (Hrsg.): Bürgertüm im 19. Jahrhunderts, München 1988, (dtv 4482) Band 3, S. 257.

208) Vgl. J. Jacobs: Wilhelm Meister und seine Brüder. Untersuchungen zum deutschen Bildungsroman, 2. Aufl., München 1983; W. H. Bruford: The German Tradition of Self-Cultivation. »Bildung« from Humboldt to Thomas Mann, Cambridge 1975; Martin Swales: Unverwirklichte Totalität. Bemerkungen zum deutschen Bildungsroman, in: W. Paulsen (Hrsg.): Der deutsche Roman und seine historischen und politischen Bedingungen, Berlin 1977, S. 90-106; M. Beddow: The Fiction of Humanity. Studies in the Bildungsroman from Wieland to Thomas Mann, Cambridge 1982; Klaus-Dieter Sorg: Gebrochene Teleologie. Studien zum Bildungsroman von Goethe bis Thomas Mann, Heidelberg 1983; Ulrich Schödlbauer: Kunsterfahrung als Weltverstehen. Die

으로 정리해 보는 것도 이 책의 전개에 있어서 반드시 필
요한 작업일 것 같아서 먼저 교양소설의 개념을 다루고
다음으로 그 발생과 변천 과정을 살펴보고자 한다.

교양소설 개념규정에 관한 한 프리드리히 폰 블랑켄부르
크 Friedlich von Blanckenburg(1744-1796)와 칼 모르겐슈테른
Karl Morgenstern(1770-1852)에 의한 기초 작업이 항상 모든
정의의 기준이 되어왔다.209)

주인공의 내면적 발전사를 강조함으로써 처음으로 교양
소설론의 터전을 닦은 블랑켄부르크는 1774년에 발표한 논
문 『소설 시론(試論) Versuch über den Roman』에서 소설의
본질적이고 고유한 특징으로, 외적행동의 진행을 서술하는
‘외면적인 이야기 äußere Geschichte’를 다루는 것보다는 ‘내
면적인 이야기 innere Geschichte’를 묘사하는 것이 더 적합
하며 또 소설의 확고부동한 목표로서는 주인공의 성격형성,
성격계발을 서술하는 것이라고 간주한다.210) 또 드라마와

ästhetische Form von >Wilhelm Meisters Lehrjahre<, Heidelberg
1984; Wilhelm Voßkamp: Der Bildungsroman als literarisch-soziale
Institution. Zur Begriffs- und Funktionsgeschichte des deutschen
Bildungsromans am Ende des 18. und Beginn des 19. Jahrhunderts,
in: Christian Wagenknecht (Hrsg.): Zur Terminologie der
Literaturwissenschaft. Akten des IX. Germanistischen Symposions
der DFG, Würzburg 1986; Germanistische Symposien.
Berichtsbände IX, Stuttgart 1988. (포스캄프는 괴테 시대의 전
환기적 성격을 전통적인 ‘신분제 사회’로부터 ‘기능 지향적
사회’로의 변화로 이해하고 있다.)

209) Vgl. Lothar Köhn: Entwicklungs- und Bildungsroman. Ein Forschu-
ngsbericht, in: Zur Geschichte des deutschen Bildungsroman, hrsg.
v. R. Selbmann, Darmstadt 1988, S. 298.

210) Friedlich von Blanckenburg: Versuch über den Roman.

소설의 본질적인 차이는 그 주인공이 지니는 성격에 있다
고 규정한다.211) 즉 드라마의 주인공은 이미 완결되고 이미
교양이 형성되어 버린 성격이지만, 소설의 주인공은 아직
확고하게 계발되지 않아서 완전히 조화로운 인격을 지니기
위해서는 교양을 쌓는 과정이 전제가 되는 그러한 성격이
라는 것이다. 그리고 블랑켄부르크는 소설작가에게는 '인류
학적·계몽주의적 기능 anthropologisch-aufklärerische Funktion'
이 의무로 주어진다고 주장하면서 "인간의 내면을 계몽시
키고 그 스스로 깨닫게 하는 공로가 작가에게 결여되었다
면, 그것은 결코 작가가 아니다"212)라고 단언한다. 계몽주의
이전까지만 해도 소설은 드라마나 서정시와는 달리 오로지

Faksimiledruck der Originalausgabe von 1774. Mit einem
Nachwort von Eberhard Lämmert, Stuttgart 1965 (Sammlung
Metzler 39), S. 392-395.

211) Vgl. ebd., S. 390: "Das Schauspiel kann uns, nach der Natur
seiner Gattung, nichts als schon fertige und gebildete Charaktere
zeigen, die der Dichter zur Hervorbringung eines Vorfalls oder
einer Begebenheit unter einander verbildet. Zum Wirklichwerden
einer Begebenheit wird dies erfordert; und dies Wirklichwerden
ist der Zweck des Drama. - Hierein liegt auch der eigentliche
Unterschied zwischen Drama und Roman." (연극은 그 장르의
본질에 따라, 이미 완결되고 이미 형성되어 버린 성격들만을
우리들에게 보여줄 수 있을 뿐인데, 작가는 어떤 돌발적인
사건이나 다른 어떤 사건을 산출해내기 위해 그러한 성격들
을 서로서로 결부시킨다. 어떤 사건을 현실화시키는 데에는
이러한 점이 요구되며 그리고 이러한 현실화시키기는 드라
마의 목적이다. - 여기에 바로 드라마와 소설의 본질적인 차
이가 있는 것이다.)

212) Ebd., S. 355: "»Wenn der Dichter nicht das Verdienst hat, daß er
das Innre des Menschen aufklärt, und ihn sich selber kennen
lehrt: so hat er gerade - gar keins.«"

호기심과 오락만을 위한 하급장르라는 인식이 팽배해 있었
으며, 독일의 공식적인 문학론들은 오히려 저급한 장르로
간주하였던 상황이고 보면213) 블랑켄부르크의 『소설 시론』
은 그때까지의 소설에 대한 생각을 다소나마 격상시키려는
최초의 시도였다고 할 수 있다.

독일 문학사에서 교양소설이라는 용어를 최초로 사용한
사람은 도르파트 Dorpat대학의 고전어문학과 교수였던 모
르겐슈테른이었으며, 이 사실은 프리츠 마르티니 Fritz
Martini에 의해 처음으로 밝혀졌다.214)

미학 강의를 담당했던 모르겐슈테른은 1803년에 이미 『교
양소설론 Über Bildungsroman』을 기획했으며 1810년 공개적
으로 행해진 『정신과 일련의 철학적 소설과의 관계에 대하
여 Über den Geist und Zusammenhang einer Reihe philosophischer
Romane』라는 강연에서 18세기의 전체 독일 소설작품을 '철
학적 소설'로 제시하며 교양소설과 '철학적 소설'을 구분하
지 않고 동일한 의미로 사용하면서,215) 『교양소설론』은 그

---

213) 그래서 블랑켄부르크는 시학적으로 아직 불확실한 소설형식
의 정당성을 찾고자 당시 최고의 서술양식으로 간주되던 연
극론 Dramatik과의 연관에 노력을 기울인다. (Vgl. Wilhelm
Vosskamp: Romantheorie in Deutschland. Von Martin Opitz
bis Friedrich von Blankenburg, Stuttgart 1973, S. 169-176.)

214) Vgl. Fritz Martini: Der Bildungsroman. Zur Geschichte des
Wortes und der Theorie, in: Zur Geschichte des deutschen Bildu-
ngsromans, hrsg. v. R. Selbmann, Darmstadt 1988, S. 240;
Hartmut Steinecke: Romantheorie und Romankritik in Deu-
tschland, Bd. 1, Stuttgart 1975, S. 27; J. Jacobs: Wilhelm
Meister und seine Brüder, München 1983, S. 10.

215) Vgl. R. Selbmann: Der deutsche Bildungsroman, S. 11f.

당시 그에게 단지 이름만 알려져 있던 블랑켄부르크의 『소설 시론』에 대한 짝이 될 수 있을 것이라고 말하고 있다.[216] 1817년 「철학, 문학, 예술의 동료들을 위한 도르파트의 기고문 Dörptische Beyträge für Freunde der Philosophie, Literatur und Kunst」에서 처음으로 교양소설이란 용어를 설명했고,[217] 1819년에 행해진 「교양소설의 본질에 관하여 Über das Wesen des Bildungsromans」라는 강연에서는 교양소설에 대한 보다 체계적인 개념정의를 다음과 같이 내리고 있다.

> "그것은 첫째로, 그리고 무엇보다도 소재 때문에 교양소설이라 불리워져도 좋다. 왜냐하면 그것은 주인공의 교양을 그 시작과 과정 속에서 어느 정도 완성의 단계로까지 묘사하기 때문이며, 둘째로는 이러한 묘사를 통해서 다른 어떤 종류의 소설보다도 독자의 교양을 훨씬 광범위하게 촉진시키기 때문이다."[218]

---

216) Vgl. Karl Morgenstern: Über den Geist und Zusammenhang einer Reihe philosophischer Romane, in: Zur Geschichte des deutschen Bildungsromans, hrsg. v. R. Selbmann, Darmstadt 1988, S. 53: "Schon im J. 1803 entwarf der Verf. dieses Fragments den Plan einer Schrift: >Über Bildungsromane<, der, nach seiner Idee ausgeführt, ein Gegenstück zu Blanckenburg's, ihm damals nur dem Titel nach bekanntem, >Versuch über den Roman<, geworden sein würde."

217) Vgl. Fritz Martini: Der Bildungsroman, S. 241.

218) Karl Morgenstern: Über das Wesen des Bildungsromans, in: Zur Geschichte des deutschen Bildungsromans, hrsg. v. R. Selbmann, Darmstadt 1988, S. 64: "Bildungsroman wird er heißen dürfen, erstens und vorzüglich wegen seines Stoffs, weil er des Helden Bildung in ihrem Anfang und Fortgang bis zu einer gewissen Stufe der Vollendung darstellt; zweytens aber auch, weil er gerade durch

여기서 주목되는 것은 그가 교양의 과정과 단계를 언급하면서 교양소설은 독자의 교양을 촉진시켜야 함을 강조한 점이다. 이것은 프랑스 혁명 이래의 시대정신의 순응적인 특징에 파묻혀버린 실용주의적 학문론에 대하여 고전주의적 보편 교양이념을 고수하려는 그의 교육자적 태도와 관련이 있다. 1820년 행해진 그의 세 번째 강연 「교양소설의 역사에 관하여 Zur Geschichte des Bildungsromans」에서는 "모든 좋은 소설은 교양소설인가? 모든 좋은 소설은 교양소설일 것이며 또 그러해야만 하는가?"219)라며 독자에게 그 대답을 묻고 있다.

교양소설이란 용어는 모르겐슈테른에 의해서 처음 사용되었지만 그것을 문예학상의 연구로 끌어들인 사람은 빌헬름 딜타이 Wilhelm Dilthey(1833-1911)이다. 1870년에 발표한 그의 글 『슐라이어마허의 생애 Leben Schleiermachers』에서는 주인공의 내면적인 교양이라는 과거의 교양소설이념과는 완전히 다른 단계론적 주인공의 교양과정을 중시하며 또한 화자의 존재도 다루고 있다.

> "나는 빌헬름 마이스터의 유파를 형성하는 소설들을
> (왜냐하면 루소와 유사한 예술형식은 이것들에게는 계속

---

diese Darstellung des Lesers Bildung, in weiterm Umfange als jede andere Art des Romans, fördert."

219) Karl Morgenstern: Zur Geschichte des Bildungsromans, in: Zur Geschichte des deutschen Bildungsromans, hrsg. v. R. Selbmann, Darmstadt 1988, S. 75: "Ist jeder gute Roman ein Bildungsroman? Will und soll jeder es sein?"

적인 영향을 미치고 있지 않기 때문에) 교양소설이라고
부르고 싶다. 괴테의 작품은 상이한 여러 단계, 여러 인
물, 여러 인생시기 속에서 인간의 계발을 보여주고 있다.
괴테의 작품은 이것을 편안하게 완수한다. 왜냐하면 기
형적인 것과 생존을 위한 사악한 욕정의 투쟁을 포함한
그러한 세계를 묘사하고 있지 않기 때문이다. 즉 인생의
다루기 힘든 소재는 고려하지 않기 때문이다. 그리고 시
가은 묘사되이진 인물들을 넘어서 묘사하는 사람으로까
지 끌어올려 진다. 왜냐하면 인생과 세계를 다룬 이러한
예술적 형식이 어떤 개개의 대상보다 훨씬 더 깊은 영향
력을 행사하기 때문이다."[220]

주인공의 내면의 이야기라든가 주인공의 교양목표에 주
안점을 두기보다 오히려 구조적인 특징만을 가지고 교양
소설론을 규정하려는 딜타이의 이러한 시도는 1906년에
발표한 독일 고전문학에 대한 자신의 고백록 형식인 「체
험과 문학 Das Erlebnis und die Dichtung」에서는 비역사적,

---

220) Wilhelm Dilthey: Leben Schleiermachers, Band Ⅰ, Berlin 1870, S.
282. hier zitiert nach: R. Selbmann: Der deutsche Bildungsroman,
Stuttgart 1984, S. 18: "Ich möchte die Romane, welche die Schule
des Wilhelm Meister ausmachen (denn Rousseau' verwandte
Kunstform wirkte auf sie nicht fort), Bildungsromane nennen.
Göthes Werk zeigt menschliche Ausbildung in verschiedenen
Stufen, Gestalten, Lebensepochen. Es erfüllt mit Behagen, weil es
nicht die ganze Welt sammt ihren Mißbildungen und dem Kampf
böser Leidenschaften um die Existenz schildert; der spröde Stoff des
Lebens ist ausgeschieden. Und über die dargestellten Gestalten
erhebt das Auge sich zu dem Darstellenden, denn viel tiefer noch,
als irgend ein einzelner Gegenstand, wirkt diese künstlerische Form
des Lebens und der Welt."

범주론적 규정과 더불어 사회와의 관계와 무관한 개인주
의로까지의 규정으로 확대되고 있다. 그 중 '횔덜린의 휘
페리온 Hyperion' 편에서의 다음과 같은 글은 현대에 이르
기까지 교양소설론의 전범이 되어 왔다.

> "『빌헬름 마이스터』와 『헤스페루스』로부터 시작된 그
> 것들[= 교양소설들]은 모두 그 시절의 한 젊은이가 어
> 떻게 행복한 여명기에 인생에 첫 발을 내딛고 자기와 비
> 슷한 영혼을 가진 사람들을 찾아 나서며 또 우정과 사랑
> 을 체험하게 되는지를 서술한다. 그러면서도 그 젊은이
> 가 어떻게 세상의 버거운 현실과의 싸움에 빠지게 되어
> 그 속에서 다양한 삶을 체험하는 가운데 성숙해가고 자
> 아를 발견하며 이 세상에서의 자신의 사명을 확신하게
> 되는가를 서술하고 있다. […] 그래서 이러한 교양소설은
> 사생활의 이해영역으로 제한되어 있는 어느 한 문화의
> 개인주의를 표현하고 있다. 독일의 중소국가들에 있어서
> 관료주의와 군사제도 속에서의 국가의 권력행사는 젊은
> 세대의 작가들에게 하나의 낯선 폭력으로 버티고 있었
> 다. 그리하여 사람들은 개인과 그 개인의 자아형성의
> 세계에서 작가를 발견한 것에 대해 황홀해 하고 도취되
> 었다."221)

---

221) W. Dilthey: Leben Schleiermachers, Band Ⅰ, Berlin 1870, S.
327. hier zitiert nach: R. Selbmann: Der deutsche Bildu-
ngsroman, S. 20: "Von dem Wilhelm Meister und dem Hesperus
ab stellen sie alle den Jüngling jener Tage dar; wie er in
glücklicher Dämmerung in das Leben eintritt, nach verwandten
Seelen sucht, der Freundschaft begegnet und der Liebe, wie er
nun aber mit den harten Realitäten der Welt in Kampf gerät und
so unter mannigfachen Lebenserfahrungen heranreift, sich selber

　　이와 같은 딜타이의 주장은 교양소설에는 주인공 개체의 발전과 성숙이 있을 뿐, 사회적 현실묘사나 사회비판은 배제되어진다는 사실이다. 다시말해 독일 교양소설은 국가권력이란 낯선 권력 앞에서 내면적 자아를 추구하며 개인생활의 관심 영역으로 제한된 독일 문화에서 오는 개인주의를 독일적 영혼으로 찾고 있었다. 뿐만 아니라 개체형성이 발진 과정이 독일적 이상주의 속에서 수생했기 때문에 교양소설이야말로 독일적 특징을 나타내고 있는 소설 장르라 하지 않을 수 없다.222) 이런 관점에서 갈마이스터는 교양소설의 발생과 전개를 독일의 역사적 현실에서 찾고 있다. "개개인이 전통적인 사회구조로부터 떨어져 나오고 전래된 사회적, 종교적 속박에서 해방됨으로써 개인에 대해 관심이 집중되고 각 개인의 발전목표에 대한 물음이 제기되었다. 그러나 시민들에겐 발전 가능성이 제한되어 있었다. 왜냐하면 사회적 신분상승과 정치적 활동이 여전히 그들에게는 대개 허용되지 않았기 때문이다. 그들은 － 직업적인 활동 외에는 － 사적 생활과 문화의 영역에 제한

---

findet und seiner Aufgabe in der Welt gewiß wird. [⋯] So sprechen diese Bildungsromane den Individualismus einer Kultur aus, die auf die Interessensphäre des Privatlebens eingeschränkt ist. Das Machtwirken des Staates im Beamtentum und Militärwesen stand in den deutschen Mittel- und Kleinstaaten dem jungen Geschlecht der Schriftsteller als eine fremde Gewalt gegenüber. Man entzückte und berauschte sich an den Entdeckungen der Dichter in der Welt des Individuums und seiner Selbstbildung."

222) 오한진: 독일 교양소설 연구, 문학과 지성사. 서울 1989, 13쪽 참조.

되어 있다고 생각했다"223)라고 당시의 시대상황을 설명하면서 시민들의 정치적 무력감이 오히려 교양소설의 발전을 촉진시킨 것이라고 주장한다. 교양소설이 자아 실현의 개인주의를 독일적 이상주의에서 찾고 있었기 때문에 크뤼거의 말대로 교양소설은 본래 "시인과 사상가의 소설 Roman der Dichter und Denker"224)이며 독일에서만 성립될 수 있는 특수한 소설로 인정된다. 또한 크뤼거는 교양소설은 독일 민족만이 보여줄 수 있는 독특하고 개인적인, "완전히 국민적인 특성 ein ganz nationales Gepräge"225)을 지닌 소설 장르이며 나아가 독일의 국가적 통일에도 기여했다고 주장한다.

"독일 교양소설의 발전에 있어서 빌헬름 라베의 『굶주

---

223) Petra Gallmeister: Bildungsroman, in: Formen der Literatur, hrsg. v. Otto Knörich, Stuttgart 1981, S. 39: "Die Herauslösung des einzelnen aus einem traditionellen gesellschaftlichen Gefüge und die Emanzipation von überkommenen sozialen und religiösen Bindungen führten zu einer Konzentration auf das Individuum, zur Frage nach einem jeweils individuellen Entwicklungsziel. Die Entfaltungsmöglichkeiten für die Bürger waren jedoch begrenzt, denn gesellschaftlicher Aufstieg und politische Betätigung blieben ihnen weitgehend versagt. Sie sahen sichneben der beruflichen Tätigkeitauf die Sphäre des Privatlebens und der Kultur eingeschränkt."
224) Hermann Anders Krüger: Der neuere deutsche Bildungsroman, in: Westermanns Monatshefte, 51. Jahrgang, 101. Band, 1. Teil(1906), S. 257-272. hier: S. 270. hier zitiert nach: R. Selbmann: Der deutsche Bildungsroman, S. 21.
225) H. A. Krüger: Der neuere deutsche Bildungsroman, S. 270. hier zitiert nach: R. Selbmann: Der deutsche Bildungsroman, S. 21.

린 목사』는 하나의 종결을 이룬다. 독일민족의 성격은 말하자면 이제 내적 완성에 도달하였으며, 이 내적 완성은 외적 완성과 유능한 노동력, 그리고 위대한 통일전쟁 시대의 군사적 수행능력에 상응하는 것이다.”[226]

지금까지 교양소설이란 개념의 틀을 개괄적으로 살펴보았지만, 여기서 간과할 수 없는 것은 딜타이의 교양소설에 관한 정의이다. 왜냐하면 비록 그가 교양이념을 낳게 한 시대사적 배경을 망각하고 그것을 단지 일개인의 성숙의 과정으로 축소시켰다 하더라도 1958년에 출간된『독일 문학사 용어사전 Reallexikon der deutschen Literaturgeschichte』제 2판에 나와있는 한스 하인리히 보르헤르트 Hans Heinrich Borcherdt가 집필한 교양소설의 개념규정에서 그 정의를 주로 딜타이의 것을 원용하고 있기 때문이다. 보르헤르트는 여기서 교양소설의 표준구조는 첫째로 무의식의 세계로부터 의식의 세계로 발전하는 청소년시절 Jugendjahre, 둘째로 사랑과 우정, 갖가지 위기와 과오들로 점철되는 편력시절 Wanderjahre, 셋째로 현세적 낙원 단계로의 편입과 정화 Läuterung의 세 단계로 이루어진다고 말한다.[227]

---

226) H. A. Krüger: Der neuere deutsche Bildungsroman, S. 267. hier zitiert nach: R. Selbmann: Der deutsche Bildungsroman, S. 21: “Mit Wilhelm Raabes >Hungerpastor < wird in der Entwicklung des deutschen Bildungsromans ein gewisser Abschluß erreicht. Der deutsche Nationalcharakter ist nunmehr gleichsam zu der inneren Abrundung gelangt, der die äußere Vollendung, die Arbeitstüchtigkeit und die militärische Leistungsfähigkeit zur Zeit der großen Einigungskriege entspricht.”

이에 앞서 1925/26년에 출간된 『독일 문학사 용어사전』 제 1판에서는 크리스티네 뚜아이용 Christine Touaillon이 교양소설에 대해 집필하였는데, 여기서 그녀는 "교양소설 이란, 처음부터 시작하여 특정한 인생의 성숙기에 도달하기까지의 한 인간의 영혼의 발전을 묘사한다. 합리주의를 추구하는 시기에는 교양소설의 경계는 흔히 하나하나의 교육적인 문제를 다루는 교육소설의 경계와 융합되었다. [⋯] 교양소설의 주인공은 어떤 한정된 목표를 위해 일면 적으로 교육되어서는 안되고 전인적으로 형성되어야 하며 [⋯] 자연과학이 삶에 침투하는 것이 보편화되면 될수록 발전의 개념은 더욱 확고한 위치를 차지한다. 주인공에게 의식적으로 영향을 끼치는 것 대신 자연에 부합되는 사건 이 등장하며, 그리고 교양소설은 발전소설이 되는 것이 다"228)라고 기술하면서 교양소설 개념규정과 더불어 문예

---

227) 1984년 출간된 메츨러 문학 사전(Metzler Literatur Lexikon, hrsg. v. Günther und Irmgard Schweikle, Stuttgart 1984, S. 53)과 1998년 출간된 메츨러 문학, 문화이론 사전(Ansgar Nünning (Hrsg.): Metzler Lexikon Literatur-und Kulturtheorie. Ansätze-Personen-Grundbegriffe, Stuttgart-Weimar 1998, S. 55)에서도 역시 딜타이의 교양소설 개념 정의를 원용하고 있다.

228) Christine Touaillon: Artikel >Bildungsroman<, in: Reallexikon der deutschen Literaturgeschichte, hrsg. v. Paul Merker und Wolfgang Stammler, Bd. I, 1925/26, S. 141f: "[⋯] Bildungsroman darstellt die seelische Entwicklung eines Menschen von den Anfängen bis zur Erreichung einer bestimmten Lebensausbildung. In rationalistisch gerichteten Zeiträumen fließen seinen Grenzen oft mit denen des Erziehungsromans zusammen, der pädagogische Einzelfragen aufrollt [⋯] Sein Held soll nicht bloß einseitig für ein begrenztes Ziel erzogen, sondern allseitig gebildet werden, [⋯] Je allgemeiner die

학상 언제나 구분이 모호했던 교육소설, 발전소설과의 개념 구분을 시도하고 있다.

물론 18세기에도 교양소설 이외에 교육소설, 발전소설이란 용어가 있었으나 "발전소설의 개념을 누가 제일 먼저 사용하였는가는 아직 밝혀지지 않고 있다".229) 딜타이 역시 교양소설 대신에 '발전사적 소설 entwicklungsgeschichtlicher Roman' 이란 용어를 사용한 적이 있고, 1870년에 루돌프 하임 Rudolf Haym은 『하인리히 폰 오프터딩엔 Heinrich von Ofterdingen』을 두고 '한 개인의 발전사 Entwicklungsgeschichte eines Individuums'라는 말을 하며 발전소설이란 관점에서 개인의 성장을 보았으며, 크뤼거는 1906년에 발전소설과 교육소설을 '위대한' 교양소설과 구분하고 있다.230)

교양소설과 발전소설이 인간의 성장과정을 다루고 있다는데 기인하여, 교육소설이란 낱말까지 파생되어서 그것이

---

naturwissenschaftliche Durchdringung des Lebens wird, desto stärker setzt sich der Begriff der Entwicklung durch. An die Stelle der bewußten Beeinflussung des Helden tritt das naturgemäße Geschehen, und aus dem Bildungsroman wird der Entwicklungsroman."

229) Lothar Köhn: Entwicklungs- und Bildungsroman, S. 298: "Wer den Begriff [des Entwicklungsromans] zuerst verwendete, konnte nicht geklärt werden."

230) Vgl. ebd., S. 298 (Fußnote 22): "Dilthey spricht statt von Bildungsromanen auch von "entwicklungsgeschichtlichen Romanen" (Erlebnis [Anm. 2], S. 279), Rudolf Haym von der "Entwicklungsgeschichte eines Individuums" im >Ofterdingen< (Die Romantische Schule. Ein Beitrag zur Geschichte des deutschen Geistes, Berlin 1870. Nachdruck Darmstadt 1961, S. 385). H. A. Krüger unterschied 1906 den "Entwicklungs- und Erziehungsroman" vom "großen" Bildungsroman (Anm. 4), S. 267."

다소 혼란을 가져왔지만, 교육소설은 교육과정이 중점에
놓이며, 교육을 받는 소설의 주인공 뿐만 아니라 교육자도
중요하며 또한 교육과정을 통해서 도달하게 되는 확고한
교육규범도 중요하기 때문에[231] 교양소설이나 발전소설과
는 확연히 구별된다. 젤프만은 오히려 발전소설은 교육소
설이 가지고 있는 미리 규정된 교육규범 없이 단지 하나
의 완성모델을 지향하는 주인공의 발전경로만이 중시되고
그것만을 묘사하기 때문에, 정도의 차이는 있지만 교육소
설은 발전소설의 범주에 포함된다고 말하고 있다.[232]

그래서 비평가들의 논쟁에서는 교육소설 개념은 별로
중요치 않으며, 언제나 교양소설과 발전소설을 구별하려는
시도가 복잡한 양상을 띠고 전개되어 왔다. 그 중에서도
특히 야콥스는 발전소설을 교양소설의 상위개념으로, 교육
소설을 교양소설의 하위개념으로 간주하고 있다.[233]

---

231) Vgl. R. Selbmann: Der deutsche Bildungsroman, S. 38; 또한 메
츨러 출판사의 문학용어사전에서는 크세노폰 Xenophon의 『키
루의 교육 Kyropädie』(기원전 4세기), 페네론 F. Fénelon의 『
텔레마크 모험 Télémaque』(1699), 루소 J. J. Rousseau의 『에밀
Emile』(1762), 페스탈로치 J. H. Pestalozzi의 『린하르트와 게르
트루트 Lienhard und Gertrud』(1780-1787) 등등의 작품을 예로
들고 있다. (Vgl. Metzler Literatur Lexikon, hrsg. v. Günther und
Irmgard Schweikle, Stuttgart 1984, S. 132.)
232) Vgl. R. Selbmann: Der deutsche Bildungsroman, S. 38: "[…]
jeder Erziehungsroman ist zugleich auch Entwicklungsroman!"
233) Vgl. J. Jacobs: Wilhelm Meister und seine Brüder, S. 14:
"Dieser Einwand ändert nichts daran, daß die terminologisch
klarste und heute wohl auch überwiegende Auffassung im
"Entwicklungsroman" die allgemeinere Obergattung und im
"Bildungsroman" eine ihrer inhaltlichformale Spezifikationen

  이상에서 살펴본 바와 같이 독일 계몽주의와 고전주의 시대를 거쳐오면서 형성된 교양소설 이념은 한마디로, 현실의 궁핍함과 모순을 어떤 미적 총체성 속에서 극복하고자 했던 독일 시민계급의 정치의식의 반영이다. 그것의 발생은 외형적인 구조가 문제되는 것이 아니라 사회와의 관계가 중요한 계기를 갖는다. 즉 교양소설은 개인상 Einzelbild에서 커다란 세계상 Weltbild으로의 관심을 다시 찾는다.[234]

  "교양소설은 자기자신과 세계를 명확하게 알고자 하는, 그리고 현실과 대면하는 첫 경험들을 축적하려는 젊은이를 다룬다. 교양소설은 한 인물이 겪는 상이한 현실 영역과의 대결을 주제로 삼으며 주체와 세계, 이상과 현실 사이의 긴장을 강조한다. 그런 점에서 교양소설은 자서전적 소설 및 시대소설, 사회소설과 서로 경계가 닿아 있음을 보여준다."[235]

---

sieht. Als weitere Unterart des Entwicklungsromans ist - obwohl der Wortgebrauch der Literaturwissenschaft sich hier als äußerst schwankend erweist - der Erziehungsroman zu rubrizieren." (학술용어상 가장 명확하고 또 오늘날에도 역시 지배적인 견해는 발전소설이 일반적인 상위장르라는 것을 인정하는 것이며, 교양소설은 그 장르상의 내용에 따른 형식적인 특수 사례임을 인정하는 것이다. 그리고 비록 문예학에서 교육소설의 용어사용이 매우 동요되고 있긴 하지만, 교육소설은 발전소설의 또 다른 하위장르로 분류되어져야 한다.)

234) H. A. Krüger: Der neuere deutsche Bildungsroman, S. 271.
235) P. Gallmeister: Bildungsroman, S. 38: "Ein Bildungsroman dreht sich um einen jungen Menschen, der Klarheit über sich selbst und über die Welt gewinnen will und der erste Erfahrungen mit der Wirklichkeit sammelt. Er thematisiert die Auseinandersetzung einer Figur mit verschiedenen Realitätsbereichen und akzentuiert die

지금까지 교양과 교양소설의 개념, 발전 등을 살펴보았지만, 이 책의 대상인 『마의 산』은 전통적인 교양소설이라고 보기는 어렵다. 왜냐하면 본래 교양소설에 있어서는 조화로운 이상을 향하여 주인공의 내적 성장을 유도하고, 또 그 발전단계가 뚜렷하게 설정되어 있어야 하지만, 『마의 산』에서는 그러한 모습을 찾아 볼 수 없기 때문이다.

2. 시대소설, 시간소설로서의 『마의 산』

「마의 산으로의 안내 Einführung in den >Zauberberg<」에서 토마스 만은 『마의 산』이 나오게 된 배경과 그 주제를 해명하면서 이 소설을 "차이트로만 Zeitroman"이라고 일컫고 있다.

> "이 소설은 이중적인 의미에서 차이트로만입니다. 즉 하나는 그것이 한 시대, 즉 유럽의 전쟁 전 시대의 내면상을 서술하려고 시도했다는 점에서 역사적이고, 또 하나는 순수한 시간 자체를 대상으로 삼아 그것을 주인공의 체험으로서만이 아니라, 소설 자체 속에서, 또 소설 자체를 통해 취급하고 있기 때문입니다. 이 책은 서술되

Spannung zwischen Subjekt und Welt, zwischen Ideal und Realität. Er weist von daher Beruhrüngspunkte mit dem autobiographischen Roman und mit dem Zeit- und Gesellschaftsroman auf."

는 대상 그 자체인데, 왜냐하면 이 책은 주인공의 연금
술적 마법을 무시간적으로 묘사하고 예술적 방법을 통하
여 시간의 지양을 꾀하는 바, 그 시간의 지양이란 그 소
설이 포함하고 있는 음악적이고 이념적인 전체 세계에
매 순간마다 완전한 현존성을 부여하고 마술적으로 '정지
된 현재'를 창출하려고 시도하기 때문입니다."236)

『마의 산』을 시대수설의 관점에서 분석하고 있는 루카
치는 『소설의 이론』에서 다음과 같이 말하고 있다.

　　"소설이란 삶의 포괄적인 총체성이 더 이상 인지될 수
　없는 시대의 서사시이며, 또한 의미있는 삶의 내재성(삶
　에 의미가 내재함 - 인용자)이 문제로 되어있음에도 불
　구하고 총체성을 지향하는 성향을 지니고 있는 시대의
　서사시이다."237)

---

236) GW. XI, S. 611f (Einführung in den >Zauberberg<): "Er [= Der
　　Zauberberg] ist ein Zeitroman in doppeltem Sinn: einmal
　　historisch, indem er das innere Bild einer Epoche, der
　　europäischen Vorkriegszeit, zu entwerfen versucht, dann aber,
　　weil die reine Zeit selbst sein Gegenstand ist, den er nicht nur als
　　die Erfahrung seines Helden, sondern auch in und durch sich
　　selbst behandelt. Das Buch ist selbst das, wovon es erzählt; denn
　　indem es die hermetische Verzauberung seines jungen Helden ins
　　Zeitlose schildert, strebt es selbst durch seine künstlerischen Mittel
　　die Aufhebung der Zeit an durch den Versuch, der
　　musikalisch-ideellen Gesamtwelt, die es umfaßt, in jedem
　　Augenblick volle Präsenz zu verleihen und ein magisches 〉 nunc
　　stans 〈 herzustellen."
237) Georg Lukács: Die Theorie des Romans. Ein geschichtsphi-
　　losophischer Versuch über die Formen der großen Epik,
　　Luchterhand Literaturverlag. Frankfurt am Main 1988, S. 47:

일반적으로 시대소설이란 시대의 모사를 시도하기 때문에 어느 정도는 리얼리즘적 속성들이 드러나는 소설로 간주된다. 독일 의학 주간지 발행인에게 보내는 「의학의 정신에 관하여」라는 공개적인 편지에서 토마스 만은 "고지의 호화스런 요양원에는 1차 세계대전 전 유럽의 자본주의적 사회가 반영되어 있으며, 『마의 산』은 전전(戰前) 사회를 비판하는 전경(前景)을 지니고 있는 소설"[238]이라고 밝혔듯이 그렇게 이해할 만한 근거들이 충분히 존재한다.[239]

또한 소설의 줄거리는 1907년에서 1914년까지의 기간을 배경으로 하고 있지만, 작품의 문제성에서는 이미 그 이후의 시대정신까지도 포괄하고 있다. 호화로운 요양원에서의

"Der Roman ist die Epopöe eines Zeitalters, für das die extensive Totalität des Lebens nicht mehr sinnfällig gegeben ist, für das die Lebensimmanenz des Sinnes zum Problem geworden ist, und das dennoch die Gesinnung zur Totalität hat."

238) Vgl. GW. XI, S. 593 (Vom Geist der Medizin): "Der Roman >Der Zauberberg< hat einen sozialkritischen Vordergrund, und da der Vordergrund dieses Vordergrundes medizinische Region ist, die Welt des Hochgebirgs-Luxus-Sanatoriums, in der die kapitalistische Gesellschaft Vorkriegs-Europas sich spiegelt."

239) 카스토르프가 7년 동안 요양원에 머무르게 되는 것도 병원의 수입을 올리기 위한 일종의 의사들의 술책으로 볼 수 있다. (의사들이 의학의 정신을 실천하지 않고 있다는 내용 때문에 『마의 산』 출간 이후 토마스 만은 의사들의 거센 항의를 받는다.) 또 가난한 나프타가 요양원에 머물지 못하고 요양원 근처에 있는 재단사인 루카세크의 집에서 기거하는 것이며, 돈이 떨어진 세템브리니가 더 이상 요양원에 머물지 못하고 요양원 밖에서 생활하는 것이며, 간호사가 온도계를 강매하는 행태를 보이는 것 등등. 그리고 산상세계가 아닌 저 평지세계에서는 돈이 없으면 여자들이 결혼을 하지 못한다는 자본주의적 속성에 대한 비판도 나온다.

대화와 그 밖의 모든 성찰들은 전후 유럽의 문제들을 중심으로 선회한다. 일견하여 작품은 전통소설, 나아가 꼼꼼한 리얼리즘 소설의 인상을 풍긴다.240) 그러나 토마스 만은 「마의 산으로의 안내」에서 "주인공의 이야기는 틀림없이 리얼리즘 소설의 수법으로 전개되지만, 그것은 리얼리즘 소설이 아니다. 그것은 정신적이고 이념적인 것을 위해 리얼리즘적인 것을 상징적으로 고양시키고 투명하게 하는 가운데 지속적으로 리얼리즘적인 것을 뛰어 넘는다. 이미 이야기의 인물 처리에서 그런 면이 부각되는 바, 인물 모두가 독자의 감정에서 볼 때 그들 자체가 보여주는 모습 이상으로 특징적이다"241)라고 얘기하며, 나아가 등장인물들도 "정신적인 범주와 원칙 그리고 세계의 대표자들이며 사도들"242)이라고 토마스 만은 말하고 있다. 그리고 『마의 산』에서는, 주인공

---

240) Vgl. R. Karst: Thomas Mann. Oder Der Deutsche Zwiespalt, S. 93: "Die Romanhandlung spielt in den Jahren 1907 bis 1914, doch in der Problematik des Werkes läßt sich bereits der Geist späterer Zeiten feststellen: die Gespräche in dem vornehmen Sanatorium und mit ihnen alle anderen Überlegungen kreisen um die Fragen Nachkriegseuropas. Auf den ersten Blick macht das Werk den Eindruck eines traditionellen, mehr noch, eines pedantisch realistischen Romans."

241) GW. XI, S. 612 (Einführung in den >Zauberberg<): "Sie [= Die Geschichte des Helden] arbeitet wohl mit den Mitteln des realistischen Romanes, aber sie ist kein solcher, sie geht beständig über das Realistische hinaus, indem sie es symbolisch steigert und transparent macht für das Geistige und Ideelle. Schon in der Behandlung ihrer Figuren tut sie das, die für das Gefühl des Lesers alle mehr sind, als sie scheinen."

242) Ebd., S. 612: "[…] Exponenten, Repräsentanten und Sendboten geistiger Bezirke, Prinzipien und Welten."

한스 카스토르프를 소개하는 구절에서 희망도 미래도 없는 암울한 시대정신에 대하여 다음과 같이 언급되고 있다.

 "우리 주위의 초개인적인 것, 즉 시대 그 자체가 표면적으로는 아무리 눈부시게 움직여도, 근본적으로 모든 희망과 미래가 결여되어 있어, 희망도 미래도 없이 어찌할 바를 모르는 심정을 남몰래 인식하고, 우리들이 의식적이든 무의식적이든 어떠한 식으로든 시대를 향해 던지는 질문, 즉 우리들의 모든 노력과 활동의 궁극적인 초개인적이고 절대적인 의미에 관한 질문에 대해 시대가 계속 공허한 침묵을 지키고 있다면, 그러한 사태로 인한 마비적인 영향은 다름이 아니라 좀더 정직한 인간성이 문제되는 경우에는 거의 피할 수 없을 것이다. 그리고 이러한 마비작용은 정신적·윤리적 차원을 거쳐 개인의 육체적·유기체적 부분에까지 미치게 될 것이다."

 "[…] wenn das Unpersönliche um ihn [= Menschen] her, die Zeit selbst der Hoffnungen und Aussichten bei aller äußeren Regsamkeit im Grunde entbehrt, wenn sie sich ihm als hoffnungslos, aussichtslos und ratlos heimlichzu erkennen gibt und der bewußt oder unbewußt gestellten, aber doch irgendwie gestellten Frage nach einem letzten, mehr als persönlichen, unbedingten Sinn aller Anstrengung und Tätigkeit ein hohles Schweigen entgegensetzt, so wird gerade in Fällen redlicheren Menschentums eine gewisse lähmende Wirkung solches Sachverhalts fast unausbleiblich sein, die sich auf dem Wege über das Seelisch–Sittliche geradezu auf das physische und organische Teil des Individuums erstrecken mag."(50)

즉 시대가 그 근저에 있어서는 희망과 미래를 잃었고, 또한 우리들의 모든 노력에 대하여 오직 침묵을 지킬 뿐 어떤 만족스런 대답을 주지 않았기 때문에, 의지상실의 상황이 정신적인 것을 초월하여 육체에까지 영향을 끼치게 되었다는 것이다.

디어젠은 "토마스 만에게 있어서 시민적 계급과 시민적 세계를 넘어 서는 (그 시대에 대해 - 인용자) 구체적으로 파악할 수 있는 전망이 존재하지 않는다는 전제 하에서는, 그는 다만 가상의 해결책을 전망으로서 제시할 수 있을 따름일 것이다. 그러나 그가 가상의 해결책을 포기했기 때문에 작품자체는 리얼리즘을 견지할 수 있는 것이다"243)라고 말하며 여기서 토마스 만을 리얼리스트로 간주하고 있다. 그것은 토마스 만이 사회적 사실을 형상화하고 경제적·정치적 갈등을 꿰뚫어 보지만 가상의 해결책을 제시하고 있지는 않기 때문인 것이다.244)

---

243) Inge Diersen: Untersuchungen zu Thomas Mann. Die Bedeutung der Künstlerdarstellung für die Entwicklung des Realismus in seinem erzählerischen Werk, 4. Aufl., Berlin 1960, S. 47. hier zitiert nach: Thomas Hollweck: Thomas Mann, München 1975, S. 121: "Unter der Voraussetzung, daß für Thomas Mann eine konkret greifbare Perspektive, die über die bürgerliche Klasse und ihre Welt hinausweist, nicht existiert, könnte er nur Scheinlösungen als Perspektive ausgeben. Der Verzicht auf Scheinlösungen aber bewahrt der Gestaltung den Realismus."

244) Vgl. T. Hollweck: Thomas Mann, S. 121: "Mann wird hier als Realist gezeichnet, weil er gesellschaftliche Tatsachen gestaltet, ökonomisch-politische Konflikte sieht, jedoch keine Scheinlösungen anbietet."

토마스 만은 1925년 베나르트 길레민 Bernard Guillemin 과의 대화에서 "세템브리니와 나프타가 카스토르프의 정신을 얻으려는 노력은 동방과 서방이 독일의 정신을 얻으려는 정치적 노력과 일치하며, 페페르코른의 비극은 그가 실패한다는 데에 있다. 아울러 그는 또한 상징적 의미를 가지고 있다. 그는 독일적인 힘의 낭비를 체현한다. 30년 전쟁이나 1차 세계대전을 생각해 보라"245)고 말하고 있다.

루카치도 "이러한 사상적 투쟁이 토마스 만의 소설『마의 산』의 축을 이루고 있다"246)고 얘기한다. 즉 각 인물들에 반영된 세계상이 주인공 한스 카스토르프를 둘러싼 유럽문화의 전통으로 형상화되어 나타나고 있는 것이다. 각 인물들에 대한 상세한 논의는 이 책 제 Ⅲ장에서 계속하기로 하겠다.

코프만은 "『마의 산』에서는 시간이 말하자면 이중시각 하에서 고찰되어지고 있다"247)라고 하면서, "『마의 산』은 이중적인 의미에 있어서 '차이트로만'이기는 하지만, 서술

---

245) Hans Wysling (Hrsg.): Dichter und ihre Dichtungen. Thomas Mann, S. 508f: "Settembrinis und Naphtas Werben um Hans Castorps Seele entspricht ganz dem politischen Werben der gegenfüßlerlischen österlichen und westlichen Mächte um - Deutschlands Seele. [⋯] Peeperkorns Tragik ist, daß er versagt. Er hat nebenbei auch eine symbolische Bedeutung. Er verkörpert die deutsche Kraftverschwendung. Denken Sie an den Dreißigjährigen Krieg, denken Sie auch an den Weltkrieg."

246) Georg Lukács: Thomas Mann, Aufbau-Verlag Berlin 1957, S. 193: "Dieser ideologische Kampf bildet die Achse seines Romans "Der Zauberberg""

247) H. Koopmann: Die Entwicklung des <intellektualen Romans> bei Thomas Mann, S. 137: "Im "Zauberberg" [⋯] wird die Zeit gleichsam unter doppelter Optik gesehen."

자가 시간을 서술하고자 한다면, 서술자가 시간을 직접적인 방식으로 주제화하지 않을 때 그 때에야만 가능하다"248)라고 말하면서 시간소설로서의 분석을 시도하고 있다. 토마스 만은 이미 그것에 대해 제 7권 첫 부분 「해변 산책 Strandspaziergang」에서 스스로에게 주의를 환기시키며 다음과 같이 서술한다.

"우리는 시간을 이야기할 수 있을까? 시간 그 자체를 순수하게 시간으로서? 아니다. 정말로. 그것은 바보같은 시도이다. '시간은 지나갔다. 시간은 흘러갔다. 시간은 옮겨갔다' - 언제나 이렇게 계속될 수 밖에 없을 것이다. 올바른 상식을 가진 사람이라면 이것을 이야기라고 부르는 사람은 없을 것이다. 그것은 마치 하나의 음이나 화음을 미친 듯이 한 시간 동안 계속 울려대고서, 그것을 음악이라고 하는 것과 마찬가지일 것이다."

"Kann man die Zeit erzählen, diese selbst, als solche, an und für sich? Wahrhaftig, nein, das wäre ein närrisches Unterfangen! Eine Erzählung, die ging: »Die Zeit verfloß, sie verrann, es strömte die Zeit« und so immer fort, - das k nnte gesunden Sinnes wohl niemand eine Erzählung nennen. Es wäre, als wollte man hirnverbrannterweise eine Stunde lang ein und denselben Ton oder Akkord aushalten und das - für Musik ausgeben."(748)

---

248) Ebd., S. 138: "Der "Zauberberg" ist also im doppelten Sinne ein ‚Zeitroman'. Aber wenn der Erzähler die Zeit erzählen will, so ist das nur möglich, wenn er sie nicht auf direkte Weise thematisch werden läßt."

그래서 시간은 직접적으로 이야기되는 것이 아니라 간접적으로 이야기되는 것이다. 몇몇 간헐적인 언급들과 '머리말' 부분을 도외시한다면, 시간이 주제화되어 있는 곳은 단지 소설의 다음의 4곳 뿐이다. 즉 「시간의 의미에 관한 여론(餘論) Exkurs über den Zeitsinn」과 소설의 마지막 세 개의 장의 맨 앞부분들이다.249) 다시 말하자면, 「영원의 수프와 갑작스러운 광명 Ewigkeitssuppe und plötzliche Klarheit」, 「변화 Veränderungen」, 「해변산책 Strandspaziergang」 등의 장들이다. 소설구조상 마지막 세 개의 장들은 『마의 산』에서 매우 중요한 위치에 놓여 있다고 할 수 있다. 각각의 장들은 뒤이어 나오는 이야기의 개별적인 면을 선취하는 것이 아니라, 뒤이어 나오는 이야기와 관련되고 또 앞서 나왔던 이야기처럼 뒤이어 나오는 이야기를 비판적으로 해석하는 논평을 하는 것이다.250) 그러므로 시간이라는 주제가 『마의 산』의 핵심을 이루고 있음은 의심할 여지가 없다.

또한 『마의 산』의 마지막 권 마지막 장인, 제 7권 「청천벽력」의 장은 "한스 카스토르프는 여기 산상에서 그들 곁에 7년간 머물렀다 Sieben Jahre blieb Hans Castorp bei Denen hier

---

249) Ebd., S. 138: "Also nicht direkt ist von der Zeit die Rede, sondern indirekt. Thematisch wird sie, von einigen intermittierenden Bemerkungen und dem "Vorsatz" abgesehen, nur an vier Stellen des Romans: im Exkurs über den Zeitsinn und jeweils zu Beginn der letzten drei Kapitel des Romans."

250) Vgl. ebd., S. 139: "Sie antizipieren nicht Einzelheiten des folgenden Geschehens, sondern stellen einen suf das Folgende bezogenen und das Folgende wie das Vorhergehende kritisch interpretierenden Kommentar dar."

oben"(981)라고 시작된다. 그리고 이 소설의 '머리말 Vorsatz' 에 이 소설을 시작하는 시점을 암시하고 있으며, 로만 카르스트도 "소설의 줄거리는 - 이 용어를 계속 사용한다면 - 1907년에서 1914년까지의 기간을 배경으로 하고 있다"251)고 언명한 바 있다. 그리고 "설마 7년은 걸리지 않을테지! Es werden, in Gottes Namen, ja nicht geradezu sieben Jahre sein!"(10)라고 하며 집필기간도 암시하고 있는데, 이것은 토마스 만이 실제로 『마의 산』을 집필한 기간과도 똑 같이 맞아 떨어진다.252) 이것은 작품 내의 시간과 작품 집필시간이 거의 일치하고 있다는 사실을 보여 준다.

이와 같이 『마의 산』의 주인공 한스 카스토르프가 겪는 시간개념의 신비로움은 시간의 초월을 의미하며, 시간의 초월은 바로 시간의 확대가 될 수 있다. 그리고 시간의 무한한 확대는 공간의 무한한 확대를 가능하게 해 준다. 토마스 만은 당시의 사회적인 문제, 인간적인 문제들을 더욱 뚜렷하고 생생하게 묘사하기 위해서 넓은 세계의 제 문제들을 현실 사회와 격리된 베르크호프 요양원이라는 좁은 세계로 끌어들인 것이라고 볼 수 있다.

---

251) R. Karst: Thomas Mann. Oder Der deutsche Zwiespalt, S. 93: "Die Romanhandlung - bleiben wir bei diesem Terminus - spielt in den Jahren 1907 bis 1914."

252) 11년 간에 걸친 『마의 산』 의 집필기간은 1913년 7월 - 1915년 8월과 또 1919년 4월 - 1924년 9월 두 부분으로 나누어진다. 그래서 실제 『마의 산』의 집필기간은 7년이 조금 넘는다. 위의 각주 6 참조.

3. 성년입문소설253)로서의 『마의 산』

코프만은 『마의 산』을 주인공 한스 카스토르프가 경험하는 성년식의 세 가지 단계로 파악하여 '성년입문소설 Initiationsroman'로서의 규정을 시도하고 있다.254) 토마스 만 자신은 "병과 죽음이 지식, 건강, 삶을 통과하기 위해서 필수적이라는 입장이 『마의 산』을 성년입문소설로 만

---

253) 게로 폰 빌페르트 Gero von Wilpert의 문학용어사전에도 아직 표제어로 나와 있지 않은 이 성년입문소설에 대하여 M. 마르쿠스는, 자아와 세계에 대해 무지하거나 미성숙기의 주인공이 일련의 경험과 시련을 통해 성숙한 인간으로 변화하는 모습을 그린 소설이라고 정의한다. (Vgl. Mordecai Marcus: "What is an Initiation Story?". Critical Approach to Fiction, ed. Kumar & Mckean, New York 1968, S. 206-216); Initiation이라는 말은 원래 인류학적인 용어로서 '통과의례 (通過儀禮) the rites of passage'의 문턱에 들어선다는 뜻이다. (한 용환: 소설학 사전, 고려원 1992, 337쪽 참조); 또한 프랑스의 인류학자 반 주네프는 일생을 살아가며 새로운 상태·장소·지위·신분·연령 등을 거치면서 치르는 갖가지 의식을 통과의례라 했다. 이전의 삶에서 벗어나 새로운 삶으로 들어가기 위한 통과의례에는 '의례적 죽음' 즉 시련이 따른다. 주네프에 따르면 통과의례를 분리·전이·통합의 세 단계로 구분한다. 첫째 단계인 분리는 통과자를 이전의 사회로부터 격리시킨다. 둘째 전이에서는 과거와 미래 사이의 정지된 상태, 즉 가상적 죽음으로 들어간다. 마지막 통합에서 통과자는 새로운 사회적 지위를 부여받는다. 이런 통과의례를 통해 사회는 조화·균형·질서를 유지하게 된다는 것이다. (2000년 3월 4일자 중앙일보 「한국문화코드 2000」)

254) Vgl. Helmut Koopmann: Der Zauberberg als Initiationsroman, in: Der klassisch-moderne Roman in Deutschland, Stuttgart 1983, S. 26-33.

드는 것이다”라고 『마의 산』을 ‘성년입문소설’로서 설명한 바 있다.255) 즉 병과 죽음은 인간의 내면적 성장과 상승을 이끌어 내며, 특히 병은 최고의 건강과 새로운 삶을 얻게 하는 교육적 수단이라고 생각하는 것이다.

이것은 『마의 산』에서 한스 카스토르프가 쇼샤부인에게 “삶에 이르는 길은 두 가지가 있는데, 그 하나는 직선적이고 당당한 보통의 길이고, 다른 하나는 뒷길, 죽음을 뚫고 가는 길로서 이것이 천재적인 길인 것입니다! Zum Leben gibt es zwei Wege: Der eine ist der gewöhnliche, direkte und brave. Der andere ist schlimm, er führt über den Tod, und das ist der geniale Weg!”(827)라고 말한 두 가지 길 중에서 후자에 속하는 것이다. 다시 말해 통과의례의 문턱에 들어서는 성년입문에서는 이전의 삶에서 벗어나 새로운 삶으로 들어가기 위한 ‘의례적 죽음’ 즉 시련이 따른다. 코프만에 의하면 “성년입문과 전환점은 동일한 것이다. 즉 성년입문은 전환점이며, 그 전환점은 외부적인 사건이 아니라, 의식의 일이다 Die Wende und Initiation sind identisch: die Initiation ist jene Wende, der Wendepunkt kein äußerliches Geschehen, sondern eine Sache des Bewußtseins”.256) 그래서 성년입문소설은 새로

---

255) Vgl, GW. Ⅺ. S. 613f (Einführung in den >Zauberberg<): “Diese Auffassung von Krankheit und Tod, als eines notwendigen Durchganges zum Wissen, zur Gesundheit und zum Leben, macht den >Zauberberg< zu einem Initiationsroman (initiation story).”; 이것은 1930년초 하버드대학 교수 하워드 네머로우 Howard Nemerow가 『마의 산』을 ‘성년입문소설 initiation story’로 칭한 데에 기인한다.

256) H. Koopmann: Der klassisch-moderne Roman in Deutschland, S. 34.

운 시대(시간)의 시작을 뜻하는 변화 의식의 자각에 그 목표
를 삼는다.257)

　성년입문의 제 1단계에서는 이제까지의 가치 있는 일이
부정되는데, 『마의 산』에서는 "여기에 오면 사람들은 생각
이 달라지네 Man ändert hier seine Begriffe"(16)라는 말로
집약되고 있다. 요아힘이 카스토르프에게 애기하듯 베르크
호프 요양원에서는 시간의 개념이 상이하며, 3주간이 마치
하루와 같듯이 시간이 매우 빨리 흘러가고 있다.

　"방향전환, 죽음과의 대결 그리고 교육과정의 무의미함
Neuorientierungen, die Konfrontation mit dem Tod und die Si-
nnlosigkeit pädagogischer Prozesse"258)이라는 성년입문의 제
2단계에서는 죽어가는 환자들을 목격하고, 자신도 진찰을
받으면서 인간이란 언젠가는 죽음의 길로 간다는 사실을 실
감한다. 제 6권 「눈」의 장에서 스키타기를 하다가 방향을 잃
이 헤매게 되는데, 이 헤맴 속에서 카스토르프의 내면세계는
"성년입문의식 Initiationsritus"259)이 계속해서 진행된다.

　그리고 마지막으로 "죽음과 병에 대한 일체의 관심 alles
Interesse für Tod und Krankheit"이 곧 "삶에 대한 관심의 표현
Ausdruck für das am Leben"(684)이라는 인식을 하게 된다. 이
인식이 내면세계의 "성년식의 최종 단계 letzte Stufe der
Initiation"260)인 것이다. 즉 "삶에로의 길인 죽음의 체험 Tode-

---

257) Ebd., S. 34: "[…] daraufhin ist der Roman angelegt, damit
　　　aber auch auf das Bewußtmachen jener Veränderungen, die
　　　den Beginn der neuen Zeit bedeuten."
258) Ebd., S. 44.
259) Ebd., S. 52.

serfahrung als Weg zum Leben"인 성년입문의 제 3단계이다.

이와 같은 성년입문의 세 단계가 토마스 만의 반어와 그대로 일치하고 있음을 헬러는 다음과 같은 말로 입증하고 있다.

> "[…] 그래서 반어란 일정한 성장 단계에 도달하는 인간정신을 자연스럽게 파악하게 되는 것이다. 즉 세계를 바라보는 관점과 입장에 따라 세계는 상이한 면모를 갖는다는 통찰에 눈뜨게 되는 그러한 단계에 도달하는 것이다."[261]

토마스 만은 「마의 산으로의 안내」에서 가바인 Gawain, 갈라하트 Galahad, 파르치팔 Perceval[262] 등의 성배문학(聖盃文學)의 주인공들은 다음과 같은 인물이라고 말을 하고 있다.

> "천국과 지옥을 두루 돌아다니고 천국과 지옥을 상대로 겨루며, 그리고 비밀, 병, 악, 죽음의 세계 뿐만 아니라, 〈마의 산〉에서 '매우 의심스러운' 것으로 지칭되는 다른 세

---

260) Ebd., S. 56.

261) E. Heller: Thomas Mann, S. 297: "[…] so wird sie [= Ironie] zur natürlichen Verfassung des Menschengeistes auf einer gewissen Stufe seines Wachstums: auf jener Stufe nämlich, da er sich der Einsicht nicht verschließen kann, daß die Welt ein anderes Gesicht hat je nach dem Blickwinkel und Standort, aus welchem sie einer betrachtet."

262) '파르시팔'은 아라비아 말로 '순수한 바보'라는 뜻이다. 그리고 기독교적 이상의 화신. (Will Durant: The Story of Philosophy, 박상수 譯, 육문사 1995, 432쪽 참조.)

계. 심령학의 세계와도 계약을 맺는 탐구하는 자, 구도자, 그리고 묻는 자는 〈성배〉를 찾기 위한 도정에 있다. 다시 말해 최상의 것, 지식, 깨달음, 가르침, 또 현자의 돌, 삶에의 도취를 추구하는 도정에 있는 것이다."263)

슈피복에 따르면 『마의 산』에서의 한스 카스토르프 역시, 찾아 헤매고 물으며 천국과 지옥을 두루 돌아 다니는 '탐구하는 주인공'으로 등장하고 있다.264) 그렇지만 파르치팔 등의 성배문학의 주인공들은 이미 정해진 자신들의 '성배'를 찾아 떠나지만, 한스 카스토르프는 죽음의 체험 즉 '의식의 일 Sache des Bewußtseins'을 통해 삶으로의 길을 찾음으로써 새로운 시대적 이념인 중용을 받아들이게 되는 것이다.

다시 말해 주인공 한스 카스토르프가 찾는 '성배 Gral'란 "인간의 이념이며, 병과 죽음에 대한 가장 심오한 인식을 통해 찾게되는 장차 도래할 인류애의 개념"265)이며 그리고

---

263) GW. XI, S. 615 (Einführung in den >Zauberberg<): "der Quester, der Suchende und Fragende, der Himmel und Hölle durchstreift, es mit Himmel und Hölle aufnimmt und einen Pakt macht mit dem Geheimnis, mit der Krankheit, dem Bösen, dem Tode, mit der anderen Welt, dem Okkulten, der Welt, die im >Zauberberg< als »fragwürdig« gekennzeichnet ist - auf der Suche nach dem >Gral<, will sagen nach dem Höchsten, nach Wissen, Erkenntnis, Einweihung, nach dem Stein der Weisen, dem aurum potabile, dem Trunk des Lebens."

264) Wolfgang Spiewok: Der "Zauberberg" von Thomas Mann. Ein Studienmaterial, Reineke-Verlag Greifswald 1995, S. 50: "Er [= Hans Castorp] erscheint als "Quester-Held", der suchend und fragend Himmel und Hölle durchstreift."

산상세계에서 방황하던 카스토르프가 인간에 대한 꿈을 꾸
는 「눈」의 장에서 그것을 발견하게 된다. 그러나 토마스 만
은 「마의 산으로의 안내」 마지막 구절266)에서 카스토르프가
찾는 성배 또한 비밀이라고 얘기하는 반어적 언급을 잊지
않는다. 인간 자체가 비밀이기 때문에……

　그리고 토마스 만은 「마의 산으로의 안내」에서, 쇼펜하우어
가 『의지와 표상으로서의 세계』 서문에서 그러하였듯이 독
자에게 『마의 산』을 또 한번 읽기를 요구하는데, 그것도 두
번씩이나 권유하고 있다. 첫 번째 권유는 『마의 산』의 특수
하게 만들어진 모습과 구성적 성격 때문에 독자가 두 번 읽
으면 그 즐거움이 고조되고 심화되기 때문이며,267) 두 번째
권유는 다음과 같은 이유 때문이다.

　　　"한스 카스토르프는 '성배를 찾아가는 자'로서 존재하
　　지만, 여러분들은 그의 이야기를 읽었을 때 그 생각을
　　미처 하지 못했을 것입니다. 그리고 내 자신이 그것을
　　생각했다고 해도 그것은 어느 정도까지는 '생각'일 뿐이

---

265) GW. XI, S. 617 (Einführung in den >Zauberberg<): "[…] die
　　Idee des Menschen, die Konzeption einer zukünftigen, durch
　　tiefstes Wissen um Krankheit und Tod hindurchgegangenen
　　Humanität."

266) Ebd., S. 617: "Der Gral ist ein Geheimnis, aber auch die
　　Humanität ist das. Denn der Mensch selbst ist ein Geheimnis,
　　und alle Humanität beruht auf Ehrfurcht vor dem Geheimnis des
　　Menschen." (그 성배는 비밀이지만, 또한 휴머니즘도 그러하
　　다. 왜냐하면 인간 자체가 비밀이고, 모든 휴머니즘도 인간의
　　비밀에 대한 경외심에 기인하기 때문이다.)

267) Vgl. Ebd., S. 611.

없습니다. 이 책을 이러한 관점 하에 반드시 한 번 더 읽어 보십시오. 그러면 여러분들은 성배가 무엇인지, 그리고 주인공과 이 책 자체가 찾고 있는 지식, 가르침, 저 최상의 것이 무엇인지 알게 될 것입니다."[268]

이와 같이 코프만은 『마의 산』을 성년입문소설로 분석하고 있는데, 『마의 산』이 성년입문소설인 이유는 주인공 카스토르프가 여러 교육자들로부터 교양을 쌓아가지만 끝내는 죽음을 통해 새로운 삶에 대한 비전을 제시해 줌으로써, 중용의 정신 즉 새로운 인도주의적 이념을 탄생케 하기 때문이다. 이런 뜻에서 『마의 산』은 죽음이라는 신비적 세계에서 삶으로 부활하며 그것을 가능하게 하는 상승적 '성년입문소설'이 된다는 것이 코프만의 견해이다.[269]

---

268) Ebd., S. 616f: "Hans Castorp als Gralssucher - Sie werden das nicht gedacht haben, als Sie seine Geschichte lasen, und wenn ich selbst es gedacht habe, so war es mehr und weniger als Denken. Vielleicht lesen Sie das Buch noch einmal unter diesem Gesichtspunkt. Sie werden dann auch finden, was der Gral ist, das Wissen, die Einweihung, jenes Höchste, wonach nicht nur der tumbe Helde, sondern das Buch selbst auf der Suche ist."

269) Vgl. H. Koopmann: Der klassisch-moderne Roman in Deutschland, S. 26.

Ⅲ. 『마의 산』 분석

1. 초월적 체험

 1907년, 견실한 시민계급 출신의 젊은이인 한스 카스토르프 Hans Castorp는 엔지니어 시험에 합격한 후 고향 함부르크를 떠나 다보스로 여행을 하는데, 그 곳 상류층 스타일의 폐결핵 요양원 '베르크호프'에서는 제국군대 사관생도인 사촌 요아힘 침센 Joachim Ziemßen이 치료를 받기 위해 5개월째 체류하고 있다.270) 주인공 카스토르프는 문병할 목적으로, 또 기분전환을 위해서 3주 예정으로 고향을 떠나 멀리 알프스의 고지대에 위치해 있는 다보스로 향하는 것이다. "그는 이번 여행을 특별히 중요한 것으로 생각하지 않았고, 이 여행에 내심으로 커다란 의미를 부여하고 싶지도 않았다 Er hatte nicht beabsichtigt, diese Reise

---

270) Wolfgang Spiewok: Der "Zauberberg" von Thomas Mann, S. 16: "Im Jahre 1907 reist Hans Castorp, ein junger Mann aus gutbürgerlichen Verhältnissen, nach bestandenem Ingenieur-Examen von seiner Vaterstadt Hamburg nach Davos, wo sich in dem vornehmen Lungensanatorium "Berghof" sein Vetter Joachim Ziemßen, Offiziersanwärter im kaiserlichen Heer, seit fünf Monaten zur Heilbehandlung aufhält."

sonderlich wichtig zu nehmen, sich innerlich auf sie ein-
zulassen".[271] 그래서 사실상 그의 여행의 일차적인 목표
는 일상에서의 탈피 즉 휴양이며, 종형(從兄) 요아힘을 문
병하는 일은 오히려 부수적인 의미를 지니는 것이다.

"어제까지만 해도 카스토르프는 일상의 생각에 완전히
사로잡혀 있었다. 최근에 합격한 졸업시험과 눈앞에 다
가온 툰더 및 빌름스 회사(조선, 기계 제조, 보일러 제조
회사)에 실습 차 입사하는 일 등으로 정신이 꽉 매여 있
었기 때문에, 그 같은 기질의 인간이 감당할 수 있는 그
러한 조바심을 지닌 채 이제 다가오는 3주일은 그저 적
당히 지나쳐 갈 것으로 생각하고 있었다."
"Noch gestern war er völlig in dem gewohnten
Gedankenkreise befangen gewesen, hatte sich mit
dem jüngst Zurückliegenden, seinem Examen, und
dem unmittelbar Bevorstehenden, seinem Eintritt in
die Praxis bei Tunder & Wilms (Schiffswerft,
Maschinenfabrik und Kesselschmeide), beschäftigt
und über die nächsten drei Wochen mit soviel
Ungeduld hinweggeblickt, als seine Gemütsart nur
immer zuließ."(12)

"천재도 아니고 바보도 아닌 weder ein Genie noch ein

271) Thomas Mann: Der Zauberberg. Gesammelte Werke in dreizehn
     Bänden, Bd. III, Frankfurt am Main 1974, S. 12 (Was Zitate aus
     dem "Zauberberg" selbst betrifft, wird im folgenden nur die
     arabischen Seitenzahl in Klammern angegeben).

Dummkopf"(49) "단순하고도 젊은 청년 ein einfacher, junger Mensch"(11)인 주인공 카스토르프272)의 여행 의도에서 벌써 이중적인 의미를 느끼게 된다. 또한 다음 글에서는 그가 자란 시민사회에서 중시하는 일보다는, 오히려 시간을 더 중시하는 무의식적인 자아의 분열이 그에게서 드러난다. 즉 삶에 대한 카스토르프의 입장은 그가 태어난 사회 규범에 따라서 생활하고 있지만, 그 속에서 또한 어떤 알 수 없는 불안을 느끼고 있다는 점이다.

> "그는 개인적으로는 일에 금방 피로를 느꼈지만, 일에 대해서 최대한 존중하고 있었다. […] 그리고 그는 자신이 사실은 일보다도 자유로운 시간을 훨씬 더 사랑하는 것을, 그리고 아무런 노고에도 구애받지 않는 자유로운 시간, 이를 악물고 극복해야 하는 장애로 중단되지 않고 눈앞에 널리 펼쳐져 있는 시간 쪽을 훨씬 더 사랑한다는 것을 솔직히 인정하고 있었다. 일에 대한 관계에서 겪는 이러한 갈등은 엄밀히 말하면 해결을 필요로 하는 것이다."
>
> "Vor der Arbeit hatte er den allergrößten Respekt,

---

272) 그러나 소설의 마지막 부분에 가서는 주인공이 결코 단순한 청년이 아니었음을 말하고 있다. "우리들은 이야기 그 자체가 목적이었기에 이야기한 것이지, 자네를 위해 이야기한 것은 아니었다. 자네는 단순한 젊은이였으니까 말이다. 그러나 생각해보면 이것은 결국 자네의 이야기였다. 이런 이야기가 자네에게 일어난 것을 보면 자네도 보기와는 달리 보통내기가 아니었음이 틀림없다. Wir haben sie erzählt um ihretwillen, nicht deinethalben, denn du warst simpel. Aber zuletzt war es deine Geschichte; da sie dir zustieß, mußtest du's irgend wohl hinter den Ohren haben."(994)

> obwohl ihn persönlich die Arbeit ja leicht ermüdete.
> […] und ganz offen gab er zu, daß er eigentlich viel
> mehr die freie Zeit liebe, die unbeschwerte, an der
> nicht die Bleigewichte der Mühsal hingen, die Zeit,
> die offen vor einem gelegen hätte, nicht abgeteilt
> von zähneknirschen zu überwindenden Hindernissen.
> Dieser Widerstreit in seinem Verh ltnis zur Arbeit
> bedürfte genaugenommen der Auflösung."(52-53)

이러한 양면감정 병존 상태의 주인공 카스토르프가 방문하려고 하는 다보스 국제요양원 베르크호프는 세계 각처에서 서로 이질적인 특징을 지닌 인간들이 모여들어 완전히 별개의 한 세계를 이루는 곳이다. 이들은 언어, 지식, 교양의 정도에도 천차만별이어서 주인공 카스토르프에게는 아주 낯선 새로운 세계인 것이다. '<마의 산>'이라는 제명(題名) 자체에서도 어딘지 모르게 무서운 마력같은 것에 이끌려 들어가는 것 같은데, 소설 첫 부분에서 벌써 그 마력이 위력을 발휘한다. 3주일이라는 짧은 체재예정 기간에 비하면 너무 먼 거리이며, 여러 나라를 지나 산을 오르내리고, 남부 독일의 고원에서 보덴 호숫가로 내려가 배로 건너가서 다시 기차를 갈아타고 여러 개의 터널을 지나 초라한 작은 역들에서 여러 번 정차를 하는 등 카스토르프는 벌써부터 "방향조차 알 수 없고 머리가 혼란해지게"273)되는 것이다.

---

273) Vgl, ebd., S. 13: "[…] was verwirrend wirkte, da man nicht

카스토르프가 베르크호프에 도착한 첫 날 저녁, 요아힘과 저녁 식사를 하기 위하여 식당으로 가는 도중에, 카스토르프는 병실에서 들려오는 이상한 소리를 듣고 발이 꼭 묶인 것처럼 서버렸다. 몸을 오싹하게 하는 성질의 소리였기 때문이었다. 테르네스는 이 사건을 "한스 카스토르프는 이미 체류 첫 날에 동물적으로 부패된 어떤 상태 - 병든 육체는 혼란스런 무형식의 모티프와 그러니까 죽음의 모티프와도 결합 관계에 있다 - 에 직면하게 된다"274)라고 하는 다소 그로테스크한 표현을 쓰고 있다.

"그것은 기침소리였다. 틀림없이. - 남자의 기침소리였다. 그러나 그 기침은 이때까지 들은 어떤 기침과도 같지 않았다. 이 기침에 비교한다면 이때까지 들은 기침들은 모두 건강하고 멋진 생명의 발로라고 할 수 있었다. 아무런 욕구나 애정도 느낄 수 없는 기침으로, 정상적으로 터져나오는 것이 아니고 분해된 유기체의 끈적끈적한 죽 속을 무섭도록 힘없이 휘젓는 것처럼 울리는 소리였다."

"Es war Husten, offenbar, - eines Mannes Husten; aber ein Husten, der keinem anderen ähnelte, den

---

mehr wußte, wie man fuhr, und sich der Himmelsgegenden nicht länger entsann."
274) Hans Ternes: Das Groteske in den Werken Thomas Mann. Stuttgart 1975, S. 51: "Hans Castorp begegnet dem Animalisch-Verwesenden - das Krankhatt-Körperliche steht in kombinatorischer Motivbeziehung zum Chaotisch-Formlosen, also auch zum Tode - schon am ersten Tag seines Aufenthalts."

> Hans Castorp jemals gehört hatte, ja, mit dem
> verglichen jeder andere ihm bekannte Husten eine
> prächtige und gesunde Lebensäußerung gewesen war,
> - ein Husten ganz ohne Lust und Liebe, der nicht in
> richtigen Stößen geschah, sondern nur wie ein
> schauerlich kraftloses Wühlen im Brei organischer
> Auflösung klang."(23f.)

이와 같은 무서운 기침소리를 카스토르프는 이제까지 들어 본 일이 없는 것이다. 또한 그에게 배당되어 있는 34호실에서 이틀 전에 미국 여성이 죽어 나갔으며, 겨울에는 죽은 환자의 시체를 썰매로 평지로 내려보낸다는 등 기타 불쾌한 이야기를 요아힘으로부터 듣게 된다. 또 두 아들을 잃고 실성해 있는 어떤 어머니와도 부딪히고, 기흉(氣胸)을 피리처럼 불어대어 사람들을 놀라게 하는 젊은 여성을 만나기도 하며, 한번은 종부성사(終傅聖事)를 거절하려는 어느 소녀가 몸부림치며 울부짖는 모습을 목격하기도 한다.

그리고 요아힘은 카스토르프에게 요양원에서 앞으로 일어날 일에 대해서 "여기에 오면 사람들은 생각이 달라지네 Man ändert hier seine Begriffe"(16)라는 말을 하는데, "실제로 카스토르프는 저녁에 이미 그의 생각이 달라지게 된다".275) 요아힘은 구체적으로 "여기 산상의 우리들 uns hier oben"(16)과 "아래쪽 세상의 생각 Ideen von unten"(16)

---

275) H. Koopmann: Die Entwicklung des <intellektualen Romans> bei Thomas Mann, S. 103: "Castorp ändert in der Tat schon abends seine Begriffe."

이라는 말을 사용하면서 스위스 고산지대에 있는 베르크호프 요양원은 시민적 세계인 카스토르프의 고향 함부르크와 아주 다른 세계임을 암시해 주고 있다. 실례로 카스토르프와 요아힘이 산보를 할 때, 폐가 반쪽 밖에 없어서 오히려 행동이 거침없는 '반폐클럽 **Verein Halbe Lunge**' 회원들을 만나게 되는데, 요아힘은 그들이 방자할 정도로 명랑한 이유를 카스토르프에게 다음과 같이 말한다.

> "그들은 아주 **자유롭지**…… 내 말은 그들은 보다시피 젊은이들이란 말이지. 그들에게는 시간이라는 것이 이제 아무런 역할도 못해. 그러다가 아마도 죽어가겠지. 그런 판에 무엇 때문에 진지한 얼굴을 하겠어? 내가 이따금 하게 되는 생각인데, 병과 죽음은 원래는 진지한 것이 아니라 일종의 빈둥거림인 것 같애. 진지성이란 정확히 말하자면 단지 저 아래의 삶에서만 있는 것이지. 자네도 이 곳에 좀더 있어 보면 차차 그것을 알게 되리라고 생각하네."

> "Sie sind so *frei* … Ich meine, es sind ja junge Leute, und die Zeit spielt keine Rolle für sie, und dann sterben sie womöglich. Warum sollen sie da ernste Gesichter schneiden? Ich denke manchmal: Krankheit und Sterben sind eigentlich nicht ernst, sie sind mehr so eine Art Bummelei, Ernst gibt es genau genommen nur im Leben da unten. Ich glaube, daß du das mit der Zeit schon verstehen wirst, wenn du erst länger hier oben bist."(76)

요양원의 환자들이 자유로운 이유는 그들이 곧 죽게될 것

이기 때문이며, 그래서 그들은 삶이나 현실의 의무로부터
벗어난 자유 즉, 병과 죽음에서 오는 무책임한 '자유'276)를
누리고 있는 것이다. 이것이 바로 요양원의 전반적인 분위
기이며, 그래서 이 곳은 진지한 삶이 지배하는 평지의 세계
와는 아주 대조적인 세계인 것이다.

한스 마이어의 말을 빌면 베르크호프 요양원은 "그래서
예를 들면 출생이 결여되어 있고, 번식도 없고 어린 아이도
없다. 그 결과 국가와 사회적 계약관계를 지닌 나라와 민중
의 가족이라는 것이 없듯이, 결혼과 가정의 시민적 제도 또
한 결여되어 있다. 더 나아가 최소한 사회·경제적인 요소로
서의 노동, 직업, 생업 등이 결여되어 있으며, 말하자면 모
든 담당부서가 결여되어 있다. 즉 경제, 금융, 정치, 사법 그
리고 문화 등등. 전체적으로 총괄하여 말하자면, 지상과 결
부되어 삶을 유지하는 그런 삶의 영역이 결여되어 있는 것
이다".277) 그래서 요양원에 체류하는 인물들은 일상의 평지

---

276) 자유는, 객관성 필연성을 통찰하고 이를 바탕으로 얻어진
　　능력, 즉 자연과 사회의 합법칙성에 정통하여 이를 의식적
　　으로 적용하고 활용하는 능력을 발휘함으로써 자연과 사
　　회에 대한 지배력을 늘려 나가는 데서 성립한다. (한국철
　　학사상연구회편: 철학대사전, 동녘 1994, 1116쪽 참조); 그
　　러나 여기서의 자유란, 건강한 사회에 필수적인 어떠한 윤
　　리적 기준이나 제한에 전적으로 개의치 않는 무제한의 방
　　종과 철저한 무관심, 즉 <마의 산>을 지배하는 병과 죽음
　　의 분위기를 대변하고 있다. 『마의 산』에서는 3, 5, 6, 7권
　　에서 각각 화자의 주석형식으로 <자유>가 언급되고 있다.

277) Hans Mayer: Thomas Mann, Frankfurt am Main 1980, S. 134:
　　"So fehlt zum Beispiel die Geburt, es fehlt die Fortpflanzung,
　　das Kind, und demzufolge fehlen auch die bürgerlichen
　　Institutionen der Ehe und Familie sowie die Volksfamilie, die

세계와는 어떠한 생산적, 실질적 관계도 맺고 있지 않다.

요양원의 환자들은 자기의 건강을 회복시켜 보려는 의지마저 상실하여 가며, 이해할 수 없는 나태한 생활을 해 나간다. 그렇기 때문에 앞으로의 날들에 희망을 건 그러한 밝은 표정은 전혀 찾아 볼 수 없는 것이다. 즉 병과 죽음의 분위기가 요양원에 체류하는 모든 사람들을 비정상적으로 끌고 가거나, 또는 여기에 발을 들여놓는 사람은 누구나 보이지 않는 마적인 힘에 끌려 이러한 무기력한 생활에 감염된다.

  "그 산의 마력에 걸린 사람들은 어떠한 명예심도, 어떠한 목표도, 어떠한 의무감도 가지고 있지 않고 병이 허락하는 한 즐겨 보겠다는 욕망으로만 가득 차 있다."[278]

이러한 그들의 생활에 '계절의 혼란' 및 '모호한 시간개념'이 개입되어 요양원에 있는 환자들은 신체적·정신적으로 더욱 더 병들게 되며, 또한 스스로의 감정의 억제가 불

Nation samt Staat und dem contrat social. Und weiter fehlen Arbeit, Beruf, Erwerb, zumindest als gesellschaftlich-ökonomische Faktoren, es fehlen sozusagen ganze Ministerien: Wirtschaft, Finanz und Politik, Justiz und Kultus - summa summarum: es fehlt die Provinz des Lebens, das, was das Leben an die Erde bindet und das, was es erhält."

278) Hans M. Wolff: Thomas Mann. Werk und Bekenntnis, Bern 1975, S. 57: "Die Verzauberten des Berges haben keinerlei Ehrgeiz, keinerlei Ziele, keinerlei Pflichten und sind nur von dem einen Verlangen beseelt, sich zu vergnügen, soweit die Krankheit es erlaubt."

가능하게 되어 대수롭지 않은 자기의 주장을 고집하면서
언제 어디서나 난폭한 행동을 드러내게 된다.

　　"이렇게 하여 세월이 흐름에 따라, 베르크호프 요양원
에는 어떤 악령이 배회하기 시작하였다. [···] 도대체 무
엇이 시작되었다는 말인가? 무엇이 일어나기 시작했다는
말인가? 다투고 싶은 병. 일촉즉발의 신경과민이었다.
누구나가 서로 독설을 퍼붓는 경향, 분노의 폭발…… 그
렇다. 손찌검을 할 것 같은 분위기였다. 격한 언쟁, 걷잡
을 수 없는 욕설이 매일같이 개인들 간에 또는 그룹 사
이에서 벌어졌는데, 싸움의 국외자들은 아우성치는 당사
자들의 모습을 언짢게 느낀다든지 중재에 나서는 대신
오히려 그 모습에 공감을 하고, 열중하며 꼭 같이 도취
해 버리는 것이 특색이었다."

　　"Wie so die Jährchen wechselten, begann etwas
umzugehen im Hause ＞Berghof＜, ein Geist, [···] Was
gab es denn? Was lag in der Luft? − Zanksucht.
Kriselnde Gereiztheit. Namenlose Ungeduld. Eine
allgemeine Neigung zu giftigem Wortwechsel, zum
Wutausbruch, ja zum Handgemenge. Erbitterter Streit,
zügelloses Hin− und Hergeschrei entsprang alle Tage
zwischen einzelnen und ganzen Gruppen, und das
Kennzeichnende war, daß dieNichtbeteiligten, statt von
dem Zustande der gerade Ergriffenen abgestoßen zu
sein oder sich ins Mittel zu legen, vielmehr
sympathetischen Anteil daran nahmen und sich dem
Taumel innerlich ebenfalls überließen."(948)

 이러한 양상들은 다른 차원에서 볼 때는 유럽사회가 병들어 우울하고, 여러 사상의 대립으로 더 이상 나아갈 수 없는 막다른 상황을 나타내는 것이며, 전운이 감도는 당시의 암담한 세계를 상징적으로 표현한 것이라고 할 수 있다.

 이상에서 카스토르프가 도착한 요양원의 세계는 그가 기대하는 것처럼 3주 후에 다시 이전과 똑같은 인간으로 예전의 세계로 돌아갈 수 있을 만큼 평지와 같은 평행서상의 세계기 아니라 그 곳은 마적인 분위기가 감도는 병과 죽음의 세계인 것이다. 이처럼 베르크호프는 "음울한 허무, 유리창에 달라붙는 희뿌연 솜, 눈보라와 안개에 두툼하게 쌓여 버린 세계 das trübe Nichts, die Welt in grauweiße Watte, die gegen die Scheiben drängte, in Schneequalm und Nebeldunst dicht verpackt"(650)이며 "하얀 암흑에 휩싸인 혼돈, 무질서, 상식을 벗어난 엽기적 탈선 ein Chaos von weißer Finsternis, ein Unwesen, die phänomenale Ausschreitung einer über das Gemäßigte hinausgehenden Region"(652)이 지배하는 세계이다.

 요양원은 사실상 말 그대로의 휴양을 위한 장소가 아니라 이미 반쯤 죽은 자들이 무위도식하는 저승세계이다. 주인공 카스토르프의 고산여행은 <지하세계로의 여행>[279]인 것이다. 그러나 또한 싱그러운 바람과 맑은 공기가 심신을 상쾌하게 하는 세계이기도 하지만 환자들은 이 요양원의 깨끗하고 맑은 공기가 전혀 인식되지 않고 있다. 그래서

---

279) Vgl. H. Koopmann: Die Entwicklung des >intellektualen Romans< bei Thomas Mann, S, 69: "Castorps Fahrt in das Hochgebirge war eine Fahrt in die Unterwelt."

요양원의 맑고 건조한 대기가 치료에 유익하기도 하고, 반
대로 잠재된 병을 끌어내기도 한다는 의사 베렌스 Behrens
의 말에서 요양원 세계의 이중적 의미가 드러난다.

> "그러니까 이 곳의 공기 말인데, 이것은 병을 낫게 하
> 는데 좋다고 당신은 생각할 것입니다. 그렇지 않습니까?
> 물론 그렇기도 하지요. 그러나 병 자체에도 매우 유리합
> 니다. 그것은 일단 병을 조장하고 신체에 반란을 일으켜
> 잠재된 병을 폭발시킨다는 것도 아셔야 합니다. 이러한
> 발병 말입니다."
>
> "Also die Luft hier bei uns, die ist gut gegen die
> Krankheit, meinen Sie, nicht wahr? Und das ist auch
> so. Aber sie ist auch gut für die Krankheit, verstehen
> Sie mich, sie fördert sie erst einmal, sie revolutioniert
> den Körper, sie bringt die latente Krankheit zum
> Ausbruch, und so ein Ausbruch."(255)

한마디로 병과 죽음이 지배하는 이 베르크호프 요양원
은 코프만이 말하는 "안개 낀 무 das dunstige Nichts"의 세
계이며, "백색의 초월 weißliche Transzendenz"의 세계인 것
이다.280)

소설 첫 부분이 "우리가 얘기하고자 하는 한스 카스토
르프의 이야기 Die Geschichte Hans Castorps, die wir
erzählen wollen"(9)로 시작되는 『마의 산』에서, 토마스 만

---

280) H. Koopmann: Der klassisch-moderne Roman in Deutschland,
    S. 52.

은 시간이라는 “이 비밀에 싸인 요소의 의심스러움과 독특한 이중성 die Fragwürdigkeit und eigentümliche Zwienatur dieses geheimnisvollen Elementes”(9)을 겸하여 암시하기 위하여 “이야기란 지나간 것이어야 한다 Geschichten müssen vergangen sein”(9)라고 말한다. 이와 같은 시간에 대한 언급은 다음에 나오는 공간에 대한 언급과 더불어 벌써부터 이 소설에의 접근이 쉽지 않음을 암시하고 있다.

“여행을 떠나 이틀만 지나면, 인간은 자기가 여느 때에 의무, 이해관계, 근심, 희망이라고 부르던 모든 것으로부터, 즉 일상생활로부터 멀어지고 만다. [⋯] 인간과 고향과의 사이를 돌고 날면서 퍼져가는 공간은 보통, 시간만이 갖고 있다고 믿어지는 힘을 나타낸다. 즉 공간도 시간과 마찬가지로 시시각각 내적 변화를 일으킨다. 그리고 그 변화는 시간에 의해 일어나는 변화와 매우 비슷하지만 어떤 의미로는 그 이상의 것이다. 공간도 시간과 마찬가지로 망각의 힘을 갖고 있다. 더구나 공간은 인간을 갖가지 관계에서 해방시키고 자유롭고 근원적인 상태로 옮겨놓는 힘을 가지고 있다. 사실 공간은 고루(固陋)한 속물까지도 순식간에 방랑자와 같은 인간으로 만들어 버린다. 시간은 망각의 물이라고 하지만, 객지의 공기도 그러한 종류의 음료수인 것이다. 그리고 그 효력은 시간의 흐름만큼 철저하지는 못하더라도 그 대신 효력은 더욱 더 빠르다.”

“Zwei Reisetage entfernen den Menschen seiner Alltagswelt, all dem, was er seine Pflichten, Interessen, Sorgen, Aussichten nannte [⋯] Der Raum,

der sich drehend und fliehend zwischen ihn und seine
Pflanzstätte wälzt, bewährt Kräfte, die man
gewöhnlich der Zeit vorbehalten glaubt; von Stunde zu
Stunde stellt er innere Veränderungen her, die den
von ihr bewirkten sehr ähnlich sind, aber sie in
gewisser Weise übertreffen. Gleich ihr erzeugt er
Vergessen, er tut es aber, indem er die Person des
Menschen aus ihren Beziehungen löst und ihn in einen
freien und urspr nglichen Zustand versetzt, − ja,
selbst aus dem Pedanten und Pfahlbürger macht er im
Handumdrehen etwas wie einen Vagabunden. Zeit,
sagt man, ist Lethe; aber auch Fernluft ist so ein
Trank, und sollte sie weniger gründlich wirken, so tut
sie es dafür desto rascher."(12)

　이 인용문에서 중요한 것은 이미 이루어진 <관찰>로써
진술되는 것이 아니라, <현재의 화법>[281])으로 진술되고 있
다는 것이다. 즉, 보편적 진리라는 뜻을 내포한다. 카스토
르프가 베르크호프 요양원에 도착한 첫 날 저녁 식당에서,
그의 방문은 이 병원에서의 "영원히 끝도 없는 단조로움
속에서의 하나의 단락, 하나의 매듭(구성) ein Einschnitt,
eine Gliederung in dem ewigen, grenzenlosen Einerlei"(26)이
라는 말을 요아힘으로부터 듣게 된다. 이미 식당에서의 저

---

281) Vgl. H. Koopmann: Die Entwicklung des <intellektualen Romans>
　　 bei Thomas Mann, S. 104: "[…] und das ist nicht unwichtig, hier
　　 nicht etwa als bereits gemachte Beobachtungen mitgeteilt, sondern
　　 im Modus der Gegenwart vorgetragen."

녁 대화는 카스토르프로 하여금 <마의 산>에서의 시간의
문제성에 대해서 주의를 환기시킨다. 그러나 카스토르프는
여기에서 <마의 산>에서의 시간의 특별함에 대한 몇 가지
만을 경험하는 것이 아니라 또한 이 새로운 시간 자체의
문제성에 대해서도 성찰을 시도한다.282) 이 비판적 성찰은,
소설의 거의 첫 부분에 나오는 이같은 "여기 산상에서의
시간과 공간의 이중적 성질 die Doppel-Natur des Raumes
und der Zeit ‚hier oben'"283)을 깨닫는 데 기여한다.

　시간개념의 혼란으로서 카스토르프가 가장 먼저 경험하
게 되는 것은, 그에게는 3주가 측정할 수 있는 시간 단위
이지만 요아힘에게는 3주일 같은 것은 "여기 산상에 사는
우리들에게는 거의 아무 것도 아닌 시간 fast nichts für
uns hier oben"(16)이 되고, 3주일 지나면 집으로 간다라는
것은 "저 아래 세상의 생각 Ideen von unten"(16)이 된다는
얘기이다. 또한 요아힘은 산상에서의 시간은 분명히 빨리
지나갈 것이라고 확신하는 카스토르프에게 다음과 같이
대답한다.

　　"빠르다고 할 수도 있고, 느리다고도 할 수 있지. 시간
　　이 도대체 흘러가지도 않는다고 말하고 싶군. 이건 전혀

---

282) Ebd., S. 104: "Schon die Abendliche Unterhaltung im Restaurant
　　macht Castorp also auf die Problematik der Zauberberg-Zeit
　　aufmerksam. Castorp erfährt hier aber nicht nur einiges über die
　　Eigenart der Zauberberg-Zeit; er versucht auch, die Problematik
　　dieser neuen Zeit selbst zu durchdenken."
283) Ebd., S. 104.

시간이 아니야. 삶도 아니고…… 그렇지, 삶이라고 할
수는 없어"

"Schnell und langsam, wie du nun willst. Sie
vergeht überhaupt nicht, will ich dir sagen, es ist
gar keine Zeit, und es ist auch kein Leben, - nein,
das ist es nicht."(26)

또한 인문주의자 로도비코 세템브리니 Lodovico Settembrini
는 요양원 세계를 시간이 아무런 의미도 갖지 않는 암흑의 세
계, 죽음의 세계에 비유하며 "우리들은 주(週)라는 단위는 모르
고 지냅니다. 우리들의 시간단위에서는 1개월이 최소단위입니
다. 우리들은 큰 단위로 계산합니다. 이것은 음지에서 사는 사
람들의 특권입니다 Wir kennen das Wochenmaß nicht. Unsere
kleinste Zeiteinheit ist der Monat. Wir rechnen im großen Stil,
- das ist ein Vorrecht der Schatten"(85)라고 말한다. 카스토르
프는 세템브리니의 이 말을 통해 점점 더 평지세계와 산상세계
를 구별짓는 법을 배우게 된다.

그리고 체온을 잴 때는 1분이나 7분이라는 것이 사실 어
떤 것인가 하는 것을 실감할 수 있기 때문에, 즉 시간의 본
질을 알 수 있기 때문에 하루 네 번 7분 동안 체온을 재는
일이 즐겁다는 요아힘의 말에 대해 카스토르프는 오히려
다음과 같은 발언을 한다.

"그렇지만 시간은 도대체 '본원적인' 것이 아니야. 시간
은 길다고 생각하면 긴 것이고 짧다고 생각하면 짧은 것
이야. 그것이 실제로는 얼마나 길고 짧은 것인지는 아무

도 모르지."

    "Die Zeit ist doch überhaupt nicht 〉eigentlich〈.
Wenn sie einem lang vorkommt, so ist sie lang,
und wenn sie einem kurz vorkommt, so ist sie
kurz, aber wie lang oder kurz sie in Wirklichkeit
ist, das weiß doch niemand."(95)

    토마스 만은 카스토르프와 요아힘 두 사람의 시간개념에
대한 이 대화에 다음과 같은 화자의 말을 삽입하고 있다.

    "카스토르프는 평상시에는 이러한 철학적인 말을 거의
하지 않았지만, 이상하게도 지금은 그렇게 하고 싶은 충
동을 느꼈다. 요아힘이 반박했다. '왜 그렇다는 거지? 그
렇지 않아. 우리들은 시간을 측정하고 있잖아. 그 때문에
시계도 있고 달력도 있는 것이지. 한 달이 지났다고 한
다면, 그건 자네에게나 나에게나 우리 모든 사람에게 지
나간 것이야'."
    "Er war durchaus nicht gewohnt, zu
philosophieren, und fühlte dennoch den Drang dazu.
Joachim widersprach. »Wieso denn. Nein. Wir messen
sie doch. Wir haben doch Uhren und Kalender, und
wenn ein Monat um ist, dann ist er für dich und mich
und uns alle um.«"(95)

    이미 6개월이나 <마의 산>에 체류하면서도 요아힘은 측
정 가능한 객관적 시간이 존재를 조금도 의심하지 않는다.
반면에 카스토르프는 시간을 오로지 개인의 주관적인 감
정과의 관계에서 규정하려고 한다.

"난 오늘 머리가 아주 명석하네. 도대체 시간이란 무엇인가? [⋯] 공간은 감각기관으로 인식할 수 있네. 시각과 촉각으로 말이야. 그건 좋아. 그러나 도대체 시간을 인식하는 기관은 무엇일까? [⋯] 우리들은 시간이 경과한다고 하네. 좋아, 시간이 경과한다고 치자구. 그러나 시간을 계산하기 위해서는…… [⋯] 시간이 계산될 수 있기 위해서는 시간이 균등하게 경과해야만 하네. 그러나 균등하게 경과한다는 것이 어디에 씌어져 있는가? 우리들의 기분으로는 시간이 균등하게는 경과하지 않네. 의식적으로 그렇다고 가정하고 있을 뿐, 우리들의 시간 단위란 단지 관습일 뿐이지."

"Ich bin sehr scharf im Kopf heute. Was ist denn die Zeit? [⋯] Den Raum nehmen wir doch mit unseren Organen wahr, mit dem Gesichtssinn und dem Tastsinn. Schön. Aber welches ist denn unser Zeitorgan? [⋯] Wir sagen: die Zeit läuft ab. Schön, soll sie also mal ablaufen. Aber um sie messen zu können…… [⋯] Um meßbar zu sein, müßte sie doch gleichm ßig ablaufen, und wo steht denn das geschrieben, daß sie das tut? Für unser Bewußtsein tut sie es nicht, wir nehmen es nur der Ordnung halber an, daß sie es tut, und unsere Maße sind doch bloß Konvention."(96)

하지만 카스트르프는 이처럼 명석한 시간논리를 급격히 망각한다. 도착한 그 이튿날 요아힘과의 산책 후 자기 방에서 처음으로 '안정 요양 Liegekur'을 하지만 그것이 얼마나 오래 걸렸는지 알지 못하며, 낮잠을 자고 난 다음에도

"얼마만큼 잤는지 알지도 못하게"284) 된다. 또한 "그 복잡한 시간론은 다 잊어버렸고, 이제는 머리가 몽롱해 졌으며"285), 심지어 몇 살이냐고 묻는 세템브리니의 질문에 자기 나이도 생각해 낼 수 없을 정도로 시간개념이 달라지게 된 것이다.

이처럼 카스토르프는 요양원에 도착한 지 채 하루도 지나기 전에 평지세계의 시간 감각을 상실하면서 산상세계의 마술적 시간 속으로 빠져 들어간다. 이것은 앞선 성년입문소설로서의 『마의 산』에서의 제 단계처럼, 카스토르프가 체험하는 시간해체의 첫 번째 단계는 측정 가능한 물리적·객관적 시간이 심리적·주관적 시간에 의해 상대화되는 것286)이라고 할 수 있다.

소설의 제 5권 첫장 「영원의 수프와 갑작스러운 밝음 Ewigkeitssuppe und plötzliche Klarheit」에서 주인공 카스토르프는 드디어 병상에 눕게 되며, 3주 예정의 "청강생 Hospitant"287)에 지나지 않았던 카스토르프는 이제 환자로서

---

284) Vgl. GW. Ⅲ (Der Zauberberg), S. 106: "Wie lange das dauerte, wußte er nicht."

285) Vgl. ebd., S. 118: "ich habe alles vergessen, den ganzen Komplex."

286) '상대화하는 것 alles zu relativieren, Relativierung aller Figuren' 또한 대표적인 토마스 만의 반어이다. (H. Koopmann: Thomas Mann. Theorie und Praxis der epischen Ironie, in: Thomas Mann, hrsg. v. H. Koopmann, Darmstadt 1975, S. 363f.)

287) Vgl. GW. Ⅲ (Der Zauberberg), S. 84: "Sie sind gesund, Sie **hospitieren** hier nur, wie Odysseus im Schattenreich?" (당신은 건강한데 여기는 단순히 **청강생**으로서 오셨다는 말씀이군요, 저승을 찾아간 오뒷세우스처럼?) (강조표시는 인용자); auch ebd., S. 103: "die Liegekur, die lasse ich mir gefallen, die will ich

정식으로 <마의 산>에 머무르게 되는 것이다. 이와 동시에 시간의 해체는 여태까지의 경험적·개인 심리적인 상대화의 단계에서 형이상학적 무시간성(無時間性)이라는 새로운 단계로 접어든다. 제 5권 첫장에서 화자는 직접 시간의 신비를 얘기하면서 이미 병이 든 주인공을 대신하여 새로운 단계로 접어든 그의 시간해체의 체험을 설명한다.

> "우리들이 병자로서 침대에서 보내는 나날이, 그것이 아무리 '긴' 나날의 연속이라 해도 얼마나 빨리 지나가 버리는가를 독자들이 상기해 준다면 지금으로서는 충분하다. 매일이 똑같은 나날의 되풀이이기는 하지만, 매일이 똑같은 나날이라고 한다면 '되풀이'라는 것은 사실은 옳다고 할 수 없을 것이다. 오히려 단조로움이라든지, 정지하고 있는 지금이라든지, 또는 영원이라고 불러야 할 것이다. 당신에게 정오의 수프가 어제 운반되었고 그리고 내일도 또 운반되게 될 것과 마찬가지로 운반되어 온다. […] 아무튼 수프가 날라져 오는 것을 보는 순간 현기증을 느끼고, 시간의 구분을 모르게 되고, 그것이 녹아버려 당신의 눈에 삼라만상의 참된 모습으로 비치는 것은 베갯머리에 영원의 수프가 운반되어 오는 전후의 넓이도 없는 현재인 것이다. 그러나 영원과 관련해서 지루함에 대해 말을 한다는 것은 매우 역설적이라 할 것이다."
>
> "Für jetzt genügt es, daß jedermann sich erinnert, wie rasch eine Reihe, ja eine 〉 lange 〈 Reihe von

---

wohl mitmachen, aber das Messen wäre zuviel für einen **Hospitanten**." (안정요양 정도는 해도 좋아. 그 정도야 함께 할 수 있지. 그러나 체온까지 잰다는 것은 **청강생**에게는 좀 지나쳐.) (강조표시는 인용자)

Tagen vergeht, die man als Kranker im Bette
verbringt: es ist immer derselbe Tag, der sich
wiederholt; aber da es immer derselbe ist, so ist es im
Grunde wenig korrekt, von 〉Wiederholung〈 zu
sprechen; es sollte von Einerleiheit, von einem
stehenden Jetzt oder von der Ewigkeit die Rede sein.
Man bringt dir die Mittagssuppe, wie man sie dir
gestern brachte und sie dir morgen bringen wird. […]
indes du die Suppe kommen siehst, die Zeitformen
verschwimmen dir, rinnen ineinander, und was sich
als wahre Form des Seins dir enthüllt, ist eine
ausdehnungslose Gegenwart, in welcher man dir ewig
die Suppe bringt. Mit Bezug auf die Ewigkeit aber von
Langerweile zu sprechen, wäre sehr paradox."(257f.)

똑같은 행위가 계속해서 반복되어 간다면 이것은 변화
가 없다는 것을 의미하며, 변화가 없다는 것은 시간의 흐
름이 나타나지 않는다는 것이다. 그래서 이러한 것을 <정
지하고 있는 지금>이라고 할 수 있다. 여기서의 '정지하고
있는 지금 ein stehendes Jetzt'이라는 말은 쇼펜하우어의 『
의지와 표상으로서의 세계』에서 따온 말로, <마의 산>에서
의 병자의 시간체험은 주관적인 우연한 체험이 아니라 쇼
펜하우어의 무시간성의 체험과 일치함을 보여준다.

"현재는 경험적으로 포착하면 모든 것 중에서 가장 덧
없는 것이지만, 경험적인 직관의 형식들을 초월하는 형
이상학적인 눈으로 보면, 지속하는 유일한 것, 즉 스콜라
철학자들의 정지된 현재로 표시된다."[288)

『마의 산』 제 7권 첫장 「해변의 산책 Strandspaziergang」
마지막 부분에서는 다음과 같은 서술이 있다.

> "중세 학자들은, 시간은 우리들의 착각이며, 인과 관계
> 와 연속에 의한 시간의 경과는 우리들의 감각 기관의 산물
> 이며, 사물의 진정한 존재는 불변의 현재라고 가르쳤다."
> "Die Lehrer des Mittelalters wollten wissen, die Zeit
> sei eine Illusion, ihr Ablauf in Ursächlichkeit und
> Folge nur das Ergebnis einer Vorrichtung unsrer
> Sinne und das wahre Sein der Dinge ein stehendes
> Jetzt."(757)

토마스 만은 1938년 「쇼펜하우어」라는 에세이에서 "감
각경험으로부터 벗어나 초월과 무시간성으로 구제되는 것,
그것은 바로 도덕적이며 귀족적인 개념쌍인데 쇼펜하우어
는 의심할 바 없이 이 한 쌍의 개념에 의존해 있었다"[289]
라고 하며, 다음과 같이 이 '정지된 현재 nunc stans'에 대
해 확인시켜 주고 있다.

---

288) Arthur Schopenhauer: Die Welt als Wille und Vorstellung Ⅰ.
    Zweiter Teilband, Zürich 1977, S. 352: "Empirisch aufgefaßt, das
    Flüchtigste von Allem, stellt sie dem metaphysischen Blick, der
    über die Formen der empirischen Anschauung hinwegsieht, sich
    als das allein Beharrende dar, das nunc stans [Beharrende Jetz
    t] der Scholastiker."
289) GW. Ⅸ, S. 548 (Schopenhauer): "Was damit gerettet, aus der
    Empirie in die Transzendenz und Zeitlosigkeit gerettet wurde,
    das war ein moralisches und aristokratisches Begriffspaar, an
    dem Schopenhauer zweifellos hing."

> "정말 우리는 어떤 '견본'들이나 사건, 대체물이나 모양
> 을 인식하게 될 것이 아니라 오직 존재하는 것만을, 의
> 지의 순수 객관성(실재성)만을 그 여러 단계에 있어서 인
> 식하게 될 것이며, 스콜라 철학자들의 말을 빌면 우리의
> 세계는 하나의 '정지된 현재', 흐려지지 않은 영원한 이
> 념들의 '정지된 현재'라는 것이다."[290)

이와 같이 요양위에서의 일과는 어제와 오늘 그리고 내일
이 완전히 똑같아서, 카스토르프는 "길게도 짧게도 느끼지
않고 언제나 똑같은 나날의 연속인 평일 weder kurz- noch
langweiligen Normaltag, der immer derselbe war"(265)을 보내
는 데 익숙해져 간다. 그래서 카스토르프는 요양원에서의 하
루하루는 구분되지 않는다는 것을 깨닫는다.

제 4권 첫장에서, 아직 8월 초에 불과한데 눈이 오는 것에
대해서 카스토르프는 화가 난 것같이 빈정대는 어투로 요아
힘에게 묻자, 요아힘은 다음과 같이 대답한다.

> "이제부터도 또 여름같은 날씨가 없다고는 할 수 없어. 9
> 월에도 그런 날이 아주 많으니 말이야. 그러니까 사실은 여
> 기서는 계절의 구별이 없다고 하는 거지. 말하자면 계절이
> 마구 뒤섞여서 달력대로는 지켜지지 않는 거란 말이야."

---

290) Ebd., S. 548: "In Wahrheit würden wir keine 〉 Exemplare 〈,
keine Begebenheit, keinen Wechsel, keine Vielheit erkennen,
sondern nur das Seiende, die unmittelbare und reine Objektität
des Willens auf ihren verschiedenen Stufen, und unsere Welt
würde also, mit den Scholastikern zu reden, ein 〉 nunc stans 〈
sein, ein stehendes Jetzt ungetrübter und ewiger Ideen."

> "Will's Gott, so wird es noch schöne Sommertage
> geben. Selbst im September ist das noch sehr wohl
> möglich. Aber die Sache ist die, daß die Jahreszeiten
> hier nicht so sehr voneinander verschieden sind,
> weißt du, sie vermischen sich sozusagen und halten
> sich nicht an den Kalender."(134)

8월에도 눈이 내리며, 또 계절의 구분을 해 주는 활엽수 같은 것이 자라지도 않는 요양원의 분명치 않은 4계절 때문에 카스토르프는 계절의 질서가 무너진 듯한 느낌을 가졌고, 이것은 더욱 더 시간해체를 가속화시킨다. 그래서 크리스치안젠은 소설 『마의 산』은 "시간의 기만적 성격, 시간형식의 초월성 der trügerische Charakter der Zeit, die Transzendentalität der Zeitform"291)이 테마로 되고 있다고 말하고 있다. 특히 <마의 산>에서 항상 볼 수 있는 '눈'은 시간적으로 뿐만 아니라 공간적으로도 평지와 유리된 세계로서, 앞에서 얘기한 사물의 진정한 존재가 드러나는 세계라고 할 수 있는 <영원한 현재>의 속성을 지니고 있음을 나타내 주고 있다.

카스토르프의 마술적 시간체험은 레오 나프타 Leo Naphta 가 등장하는 제 6권의 「또 한 사람 Noch jemand」 장에서 요아힘과 밤에 별을 보며 별자리를 이야기하면서 "나는 침대의자에 누워 유성을 보고 있으면 그 3천년도 '요즈음'이 되

---

291) Börge Kristiansen: Thomas Manns Zauberberg und Schopenhauers Metaphysik, S. 241.

어 버려 wenn ich so liege und mir die Planeten besehe, dann werden die dreitausend Jahre auch zu 〉 neulich 〈 ”(514)라고 말할 정도가 되고, 또 미의 여신인 아프로디테를 모신 테에베 근처에 있는 사원의 천장에서 발견된 “12궁 즉 황도대 der Tierkreis; zodiacus”(513)에 관해 이야기하면서 “영원이란 ‘직진, 직진’이 아니라, ‘돌고 도는 회전목마’ die Ewigkeit ist nicht 〉 geradeaus, geradeaus 〈, sondern〉 Karussell, Karussell 〈”(515)라고 생각하며, “모든 것이 회귀하는, 지속적 방향이 없는 영원과 순환의 오일렌슈피겔292)의 유희에 경의를 표시 zu Ehren der Eulenspiegelei des Kreises und der Ewigkeit ohne Richtungsdauer, in der alles wiederkehrt”(515)한다.

이것은 달리 말하면 이제까지 ‘정지되어 있는 지금’으로 여기고 있던 <마의 산>의 시간을 순환시간으로 체험한다는 것을 의미한다. 그리고 제 2권의 「세례반과 이중의 모습을 한 할아버지에 관하여 Von der Taufschale und vom Großvater in zwiefacher Gestalt」 장에서는 ‘증(曾) Ur’ 소리가 야기하는 신비적 분위기 속에서 순환적 시간체험이 암시되어 있으며, 제 4권 「히페 Hippe」 장에서는 옛 동급생 프리비슬라프 히페와 이상할 정도로 닮은 쇼샤부인으로 인해 카스토르프는 그때까지 <정지하고 있는 지금> 또는 <영원한 현재>로 여겼던 <마의 산>의 시간을 순환시간으로 체험하며 <마의 산>에 완전히 갇혀 버리게 된다.

---

292) 14세기에 널리 알려졌던 독일의 장난꾼 이름. 이 인물을 주인공으로 한 많은 이야기들이 있다.

이상에서 주인공 한스 카스토르프는 베르크호프 요양원에서 평지세계의 시간개념이 지양된 무시간성과 <영원한 현재>의 체험을 하며 시간과 공간에 대한 다음과 같은 고백을 한다.

"시간이란 무엇인가? 그것은 수수께끼이다. 실체가 없으면서도 전능한 것이다. 현상계에 존재하는 하나의 조건으로 공간 속의 물체의 존재와 운동과 결부하여 혼합되어 있는 하나의 운동이다. […] 시간은 활동적이 동사적인 속성을 지니고 있으며 무엇인가를 '야기한다'. 시간은 도대체 무엇을 야기하는가? 변화이다!"

"Was ist die Zeit? Ein Geheimnis, – wesenlos und allm chtig. Eine Bedingung der Erscheinungswelt, eine Bewegung, verkoppelt und vermengt dem Dasein der Körper im Raum und ihrer Bewegung. […] Die Zeit ist tätig, sie hat verbale Beschaffenheit, sie 〉 zeitigt 〈. Was zeitigt sie denn? Ver nderung!"(479)

2. 교양화 과정

『마의 산』의 무대가 되고 있는 베르크호프 요양원이 당시의 자본주의 사회의 일단면을 엿볼 수 있는 곳이라는 것은 작품의 여러 군데에서 나타나 지만,293) 그 중에서도 "한스 카스토르프는 ‘원무과’란 곳에서 요양원 경영의 영업적인 중심 부를 흥미를 갖고 들여다 보았다 Hans Castorp gewann dort [= in der 'Verwaltung'] mit Interesse einen gewissen Einblick in das kaufmännische Zentrum des Anstaltsbetriebes”(185)라고 묘사하고 있는 제 4권 「의문과 고찰」의 장에서 결정적으로 드러난다.

이 요양원에 있는 환자들은 세계 여러 나라에서 왔으며 그 중에서도 주인공 한스 카스토르프의 내면성장을 위해 교육자로서의 역할을 하는 인물들로서는 세템브리니, 나프타, 쇼샤부인, 페페르코른 등을 들 수 있다. 각 인물의 등장 시점과 역할은 아주 다르며, 그 개요는 다음과 같다.

『마의 산』은 전체적으로 7권으로 구성되어 있는데, 제 5권 까지가 1부이며 제 6, 제 7권은 2부를 구성한다. 제 1부는 비시민적 세계를 대표하는 쇼샤부인과 인문주의자 세템브리니의 대립을 그리고 있으며 제 5권 마지막 장 「발푸르기스의 밤 Walpurgisnacht」에서 그 절정을 이루며, 여기서 쇼샤부인은 잠시 요양원을 떠난다. 제 2부는, 전반부에서는 새로이 등장한 예수회원 나프타와 세템브리니의 대립을 묘사하고 있으며, 중반부에서는 나프타와 세템브리니의 결론없는 논쟁과 제 1부 마지막에 요양원을 떠났던 쇼샤부인과 함께 새로이 등장한 페페르코른이라는 인물이 서로 대비되고 있다.

토마스 만이 한 인물을 묘사할 때에는 대개 이와 대립되는 또 다른 인물을 등장시키기 때문에294) 이 책에서도

---

293) Vgl. oben Anm. 239.

세템브리니와 나프타, 쇼샤부인과 페페르코른, 세템브리니와 쇼샤부인 등의 순서로 카스토르프의 교양화 과정을 살펴보고, 또한 코프만이 "반어적 서술기법은 무엇보다도 『마의 산』에서 한 전형을 보여주고 있다"295)고 말했듯이 『마의 산』에 나타난 반어적 양상도 아울러 고찰해 보기로 하겠다.

1) 세템브리니와 나프타

토마스 만은 등장인물의 비밀을 바로 말하지 않고 외모를 자세히 묘사해서 독자들이 스스로 알 수 있도록 하기 때문에, 여기서도 세템브리니와 나프타의 인물묘사를 먼저 살펴보고 그리고 삶과 죽음, 건강과 병, 정신과 자연 등에 대한 각각의 대립적인 견해가 주인공 한스 카스토르프에게 어떤 식의 교육적인 작용을 하고 있으며, 또한 거기에는 반어성이 어떻게 내재되어 있는지 살펴보기로 하자. 제 3권 「

---

294) Vgl. Helmut Koopmann: Thomas Mann, Darmstadt 1975, S. 362: "Zuweilen wird schon in der Schilderung einer Figur ihre Kontrafaktur mitgeschildert."; 토마스 만 스스로의 말에 의하면, 그렇게 함으로써 새로운 대립 즉 새로운 균형을 얻게 되는 것이다 (Vgl. Hans Wysling (Hrsg.): Dichter und ihre Dichtungen. Thomas Mann, Frankfurt am Main 1975, S. 509: "Hier haben wir wieder einen neuen Gegensatz - und ein neues Balancieren").

295) Helmut Koopmann: Humor und Ironie, in: Thomas-Mann-Handbuch, Stuttgart 1995, S. 850: "[…] vor allem der Zauberberg ist ein Musterbeispiel einer derart ironischen Darstellungskunst"

악마 Satana」의 장에서 등장하는 세템브리니에 관한 묘사는
다음과 같이 모순적인 양상을 보이고 있다.

"그 신사의 나이는 쉽게 추측할 수 없었지만, 30세와
40세의 중간임에 틀림없었다. 왜냐하면 전체적으로 보아
서는 젊은 것 같아 보였으나, 관자놀이 부근에는 백발이
보이기 시작했고, 그것보다도 머리 쪽은 머리숱이 상당
히 적었기 때문이었다. [⋯] 이 복장은 우아하다고 하기
에는 거리가 먼 것이었다. [⋯] 그런데도 그는 눈 앞의
인물이 신사라는 것을 분명히 느꼈다. 그 외국인의 교양
이 있어 보이는 표정, 자유롭고 아름답다고 말할 수 있
는 태도 등으로 그것을 조금도 의심하지 않았다. 그러나
낡아 버린 복장과 우아한 태도의 결합, 검은 눈과 부드
럽게 위로 올라간 콧수염은 한스 카스토르프에게, 성탄
절 때 고향 집 뜰에서 연주를 하고는 검은 빌로드 같은
눈을 들고 모자를 내밀어, 창문으로부터 던져지는 10페
니히짜리 동전을 받는 그런 외국인 악사들을 곧바로 연
상시켰다."
"Sein Alter wäre schwer zu schätzen gewesen,
zwischen dreißig und vierzig mußte es wohl liegen,
denn wenn auch seine Gesamterscheinung jugendlich
wirkte, so war sein Haupthaar doch an den Schläfen
schon silbrig durchsetzt und weiter oben merklich
gelichtet: [⋯] Sein Anzug war weit entfernt,
Anspruch auf Eleganz zu erheben; [⋯] Trotzdem sah
er wohl, daß er einen Herrn vor sich habe; der
gebildete Gesichtsausdruck des Fremden, seine freie,
ja schöne Haltung ließen keinen Zweifel daran. Diese

> Mischung aber von Schäbigkeit und Anmut, schwarze
> Augen dazu und der weich geschwungene Schnurrbart
> erinnerten Hans Castorp sogleich an gewisse
> ausländische Musikanten, die zur Weihnachtszeit in
> den heimischen Höfen aufspielten und mit
> emporgerichteten Sammetaugen ihren Schlapphut
> hinhielten, damit man ihnen Zehnpfennigstücke aus
> den Fenstern hineinwürfe."(82)

슈피복은 "토마스 만은, 호감을 주면서도 약간은 비웃는 듯한 반어적인 묘사로 세템브리니를 한스 카스토르프의 삶 속에 등장시키고 있다"296)고 말하고 있는데, 위의 묘사를 보면 이 견해에 동의하지 않을 수 없다.

이태리인 세템브리니의 웅변은 전혀 사투리가 없는 멋진 순수성과 정확성 때문에 듣는 이에게 일종의 독특한 쾌감을 주었다.(91) 그의 발음에는 외국인다운 악센트가 전혀 없었다. 오히려 발음이 너무 정확하기 때문에 독일 사람이 아니라는 것을 알게 될 정도였다.(83) 그 자신도 자기가 사용하는 세련된 싱싱하고도 신랄한 어법과 어형, 아니 문법상의 변화와 활용까지도 즐기는 듯한 태도는 "조형적 plastisch"이라고 할 수 있다.(91) 그는 본질적으로 죽음의 세계에 친근감을 느끼는 카스토르프를 이성과 진보의 밑

---

296) W. Spiewok: Der "Zauberberg" von Thomas Mann, S. 52: "Mit
    dieser sowohl sympathischen als auch ein wenig spöttisch-ironi-
    schen Zeichnung läßt Thomas Mann Settembrini in das Leben des
    Hans Castorp eintreten."

음이 존재하는 의무와 일의 세계인 평지세계로 되돌려 보
내기 위하여 많은 노력을 한다.(123f, 345, 462) 세템브리니
는 합리주의자이며 진보주의자로 자처하는 인문주의자이
다. 그는 형식, 아름다움, 자유, 명쾌함, 향락을 긍정하고
존중하고 사랑하는 것처럼 평지세계에서 통용되는 건강과
육체를 긍정하고 존중하고 사랑한다.[297] (그런데 건강을
주장하는 세템브리니가 요양원의 환자라는 것 또한 바어
적이다.)

반면에 나프타는 처음부터 낯설고 위협적인 인물로 묘
사되는데, 세템브리니와 비교를 해 보면 친밀감과는 아주
거리가 먼 인물로 묘사되고 있다.[298]

> "[…] 나프타라는 이름이었다. 마르고 키가 작은 사나
> 이로 수염은 깎았지만 마치 찌르는 듯한, 부식적(腐蝕的)
> 이라고 해도 좋을 만큼 흉해서 사촌들은 깜짝 놀랐다.
> 그는 모든 면에서 날카로운 인상을 풍겼다. 얼굴 인상을
> 결정하고 있는 매부리코와 엷게 다물어진 입술이며, 엷
> 은 회색눈에 끼고 있는 테가 가느다란 두꺼운 안경알까
> 지 모든 것이 차디찬 느낌을 주었고, 계속되고 있는 침
> 묵으로 보아 한번 입을 열었다하면 신랄(辛辣)하고 이론
> 이 정연할 것이라는 인상이었다."

---

297) Vgl. GW. Ⅲ (Der Zauberberg), S. 348 : "Ich bejahe, ich ehre
und liebe den Körper, wie ich die Form, die Schönheit, die
Freiheit, die Heiterkeit und den Genuß bejahe, ehre und liebe."
298) W. Spiewok: Der "Zauberberg" von Thomas Mann, S. 53: "Naphta
wird von Anfang an als fremdartig, bedrohlich, im Vergleich zu
Settembrini als weit weniger sympathisch vorgestellt."

> "[…] Naphta mit Namen. Er war ein kleiner, magerer
> Mann, rasiert und von so scharfer, man möchte sagen:
> ätzender Häßlichkeit, daß die Vettern sich geradezu
> wunderten. Alles war scharf an ihm: die gebogene
> Nase, die sein Gesicht beherrschte, der schmal zusa-
> mmengenommene Mund, die dickgeschliffenen Gläser
> der im übrigen leichtgebauten Brille, die er vor seinen
> hellgrauen Augen trug, und selbst das Schweigen, das
> er bewahrte und dem zu entnehmen war, daß seine
> Rede scharf und folgerecht sein werde."(517)

나프타의 외모는 토마스 만이 「또 한 사람」이라는 장을 쓰기 직전인 1922년 1월에 만나 개인적으로 알게 된 루카치를 닮아 있다. 토마스 만은 루카치를 비인에서 단 한번 만났는데, 그의 육감적·정신적으로 금욕적인 천성, 그의 이론들의 거의 불가사의할 정도의 추상성에 깊은 인상을 받았었다.299) 소설 속에서는 나프타가 "숙녀복 재단사인 루카세크의 방을 빌려 쓰고 있는 한 사람 der andere Aftermieter Lukaçeks, des Damenschneiders"(517)으로 묘사되는데, 나프타가 셋방을 얻어 사는 집주인의 이름이 루카세크인 것만 보더라도 나프타의 원형은 루카치임을 짐작할 수 있다.

세템브리니와 나프타는 경쟁적으로 카스토르프를 교육시

---

299) K. Schröter: Thomas Mann, S. 104: "Thomas Mann war Georg
Lukács ein einziges Mal kurz nach dem Krieg in Wien begegnet
und beeindruckt von seiner im Sinnlichen wie im Geistigen
asketischen Natur, von der fast unheimlichen Abstraktheit seiner
Theorien."

키고 있는데, 그것은 "육체란 자연이며 der Körper ist Natur"(348), 그 '자연'300)은 정신과 대립된다는 나프타의 이원론과 자연이나 육체는 바로 정신이라는 세템브리니의 일원론의 대립으로 표현된다.

　　"당신은 정신이란 하찮은 것이라고 생각하시는 모양이군요. 그러나 정신이 원래 이원적이라는 것은 어쩔 수 없습니다. 이원론, 반대명제 이런 것이야말로 세계를 움직이는 원리, 정열적, 변증법적, 지적 원리인 것입니다. 세계를 적대적인 두 개의 부분으로 나누어 생각하는 것, 이것이 정신입니다. 모든 일원론은 지루한 것입니다."
　　"Sie bleiben dabei, daß Geist Frivolität bedeutet. Aber er kann nichts dafür, daß er von Hause aus dualistisch ist. Der Dualismus, die Antithese, das ist das bewegende, das leidenschaftliche, das dialektische, das geistreiche Prinzip. Die Welt feindlich gespalten sehen, das ist Geist. Aller Monismus ist langweilig."(520)

---

300) 토마스 만은 자연이란 단어를 여러 가지 의미에서 사용하고 있다. 자연이 정신과 관련해서 사용될 때는 일면 인간 속에 내재하는 우주적인 생명력, 즉 <육체>, <육체적인 것>, <육적인 것>, <관능적인 것>, <동물적인 것> 등의 의미로 사용된다. 자연이 갖는 이같이 많은 표현들이 내포한 공통적인 특징은 정신성의 결여이다. 그러나 그의 후기 작품에서는 <삶의 원천>이라는 의미에서 <神들, 무한한 존재들>, <무의 시저인 것>, <강한 것>, <모체석(母體的)인 것>, <어두운 창조적인 것> 등의 의미로 사용된다(金哲子: 토마스 만에서 自然과 精神의 關係, 실린 곳: 토마스 만 총서, 문학과 지성사 1982, 89쪽 이하 참조).

즉 나프타는 육체를 타락되고 부패한 것으로 생각하며 건강을 비인간적인 것으로 보며 오히려 병과 죽음을 찬양하는데 반해 세템브리니는 건강, 삶, 육체를 찬양하는 일원론자임을 다음 예문들에서 알 수 있다.

> "자연은 [⋯] 당신의 정신 따위는 전혀 필요로 하지 않습니다. 자연은 그 자체가 정신이니까요."
> "Die Natur [⋯] hat Ihren Geist durchaus nicht nötig. Sie ist selber Geist."(519)
> "죽음은 무서운 것도 신비스러운 것도 아니며, 명백히 이성적인, 생리적으로 필연적인 환영할 만한 현상으로, 필요 이상으로 죽음에 대한 생각에 몰두하는 것은 생의 권리를 침해하는 것이다. [⋯] 죽음의 체험은 결국, 생의 체험이어야 합니다. 그렇지 않다면 죽음의 체험은 순전히 환상에 불과한 것입니다."
> "Der Tod war weder ein Schrecknis noch ein Mysterium, er war eine eindeutige, vernünftige, physiologisch notwendige und begrüßenswerte Erscheinung, und es wäre Raub am Leben gewesen, länger als gebührlich in seiner Betrachtung zu verharren. [⋯] Das Erlebnis des Todes muß zuletzt das Erlebnis des Lebens sein, oder es ist nur ein Spuk."(633)

미리 말한다면 나프타와 세템브리니는 각각 "한 편은 부정과 무의 예찬, 다른 한 편은 항구적인 긍정과 정신의 생에 대한 애정 Verneinung hie und Kult des Nichts - hie ewiges Ja und liebende Neigung des Geistes zum Leben!"(818)을 표방한

다. 이러한 세템브리니는 나프타의 등장 이전에는 주인공 한스 카스토르프와 병에 관한 견해를 피력하고 있다. 왜냐하면 죽음이란 것이 어린 한스 카스토르프의 정신과 감각에 작용한 것은 짧은 시기에 세 번이나 체험되었기 때문이었다. 그래서 죽음의 모습은 새로운 경험이 아니며 오히려 "특출한 원칙으로 죽음과 인척관계에 있는 im »genialen Prinzip« dem Tod verschwistert"[301] 것처럼 이제는 차라리 완전히 익숙해져 버렸다. 어린 카스토르프에게 각인된 할아버지의 죽음에 대한 인상은 다음과 같이 묘사되고 있다.

> "죽음은 경건하고 명상적이며 슬프고 아름다운, 즉 종교적인 성질을 갖고 있지만, 그러나 또 이것과는 전혀 다른 정반대의 성질, 지극히 육체적이고 물질적인 성질, 아름답지도 명상적이지도 경건하지도 아니한, 사실은 슬프다고도 할 수 없는 성질을 갖고 있다."
>
> "Es hatte mit dem Tode eine fromme, sinnige und traurig schöne, das heißt geistliche Bewandtnis und zugleich eine ganz andere, geradezu gegenteilige, sehr körperliche, sehr materielle, die man weder als schön, noch als sinnig, noch als fromm, noch auch nur als traurig eigentlich ansprechen konnte."(43)

또한 카스토르프는 세템브리니에게 어리석으면서도 동시에 병에 걸려 있다는 것이 아주 이상하게 느껴진다고 얘기하며, 또 세상에서 가장 비참한 것은 이 두 가지가 짝

---

301) E. Heller: Thomas Mann, S. 241.

을 이루었을 때라고 강변하면서 다음과 같이 병에 대한 친밀감을 표시한다.

> "어떤 표정을 지어야 할지 정말 모르겠습니다. 왜냐하면 병에 걸린 인간에게는 진지함과 존경을 보여야 하니까요, 그렇지 않습니까? 감히 말한다면 병은 어떤 의미에서는 존엄한 것이라고 말할 수 있으니까요. […] 어리석은 사람은 건강하고 평범해야 하며, 그리고 병은 인간을 섬세하고 영리하고 출중하게 만들고 있다고 사람들은 생각하고 있습니다."
>
> "Man weiß absolut nicht, was man für ein Gesicht dazu machen soll, denn einem Kranken möchte man doch Ernst und Achtung entgegenbringen, nicht wahr, Krankheit ist doch gewissermaßen etwas Ehrwürdiges, wenn ich so sagen darf. […] Man denkt, ein dummer Mensch muß gesund und gew hnlich sein, und Krankheit muß den Menschen fein und klug und besonders machen."(138)

이와 같은 병의 예찬은 죽음에 대한 간접적 공감이라고 볼 수 있는 것이다. 그러나 세템브리니는 카스토르프에게 "병은 조금도 고귀하지 않고 존경할 만한 것도 아니며, 이러한 생각이 병 자체이거나 또는 병으로 이끌게 된다 Krankheit ist durchaus nicht vornehm, durchaus nicht ehrwürdig, - diese Auffassung ist selbst Krankheit oder sie führt dazu"(139)라고 하면서 다음과 같이 단언한다.

"[…] 병은 어리석음과 절대로 양립하지 않을 정도로
고귀하고 존경할 만한 것이 아니라, 오히려 굴욕을, 그렇
습니다, 인간의 고통스럽고 이념을 상하게 하는 굴욕을
의미하며, 개개의 경우에는 위로를 하고 소중히 하는 것
도 좋지만, 정신적으로 존경하는 것은 도착증(倒錯症)인
것으로 - 이 점을 명심해 주십시오 - 모든 정신적 도착
의 시작입니다."

"[…] daß Krankheit, weit entfernt, etwas
Vornehmes, etwas allzu Ehrwürdiges zu sein, um mit
Dummheit leidlicherweise verbunden sein zu dürfen,
vielmehr *Erniedrigung* bedeutet, - ja, eine
schmerzliche, die Idee verletzende Erniedrigung des
Menschen, die man im Einzelfalle schonen und
betreuen möge, aber die geistig zu ehren *Verirrung* -
prägen Sie sich das ein! - eine Verirrung und aller
geistigen Verirrung Anfang ist."(140f.)

그래서 세템브리니는 나프타의 등장 이전에는, 본질적으
로 죽음의 세계에 친근감을 느끼는 카스토르프를 이성과 진
보의 믿음이 존재하는 의무와 일의 세계인 평지세계로 되돌
려 보내기 위하여 많은 노력을 한다. 그러나 『마의 산』 제 6
권 「또 한 사람」의 장에서의 나프타의 등장 이후, 「정신적
수련 Operationes spirituales」의 장에서의 병과 죽음에 관한
세템브리니와 나프타의 열띤 논쟁에서, 나프타가 "인간이라
는 것은 병이라는 것과 같은 말이기 때문에 그래서 병은 아
주 인간적"302)이라고 한 말에서 카스토르프는 그때까지 신
뢰했던 세템브리니보다는 오히려 나프타에게 더 공감을 하

게 된다. 계속해서 나프타는 다음과 같이 말을 한다.

> "인간은 본질적으로 병을 앓는 것이며, 병을 앓는다는 것은 인간을 비로소 인간으로 만드는 것이다. […] 인간의 존엄성과 고귀성은 정신에, 병에 있는 것이다. 한마디로 말하면 인간은 병을 앓고 있으면 있을수록 그만큼 더 인간이 되며 병의 수호신은 건강의 수호신보다 더 인간적인 것이다. […] 천재란 병 이외의 아무 것도 아니다! 어느 시대나 건강한 사람은 병이 이룩한 것에 의해 살아온 것이다!"

> "Der Mensch sei wesentlich krank, sein Kranksein eben mache ihn zum Menschen, […] in der Krankheit beruhe die Würde des Menschen und seine Vornehmheit; er sei, mit einem Worte, in desto höherem Grade Mensch, je kränker er sei, und der Genius der Krankheit sei menschlicher als der der Gesundheit. […] dem Genie, – als welches nichts anderes als eben Krankheit sei! Als ob nicht die Gesunden allezeit von den Errungenschaften der Krankheit gelebt hätten!"(643)

계속 이어지는 두 교육자 사이의 논쟁에서 카스트르프는 "세템브리니씨도 확실히 열성스러운 교육자, 방해가 될 정도로 귀찮을 정도로 열성스러운 교육자였지만 그의 교육원리는 금욕적, 자아 부정적인 객관성의 점에서 나프타의 원

---

302) Vgl. GW. Ⅲ (Der Zauberberg), S. 642: "Krankheit sei höchst menschlich, setzte Naphta sofort dagegen; denn Mensch sein, heiße krank sein."

리와는 도저히 맞설 수가 없었다”303)고 생각하면서도 곧
“로도비코 세템브리니는 객관적 진리를 추구하는 것을 인
간의 윤리성의 최고 법칙이라고 생각하고 있다. 세템브리니
의 이 생각은 경건하고 진지한데 반하여 나프타가 진리를
인간에게 관계시키고, 인간을 위하는 것이 진리라고 주장하
는 것은 성실하지 않고 방종하다”304)고도 생각한다. 이것은
앞의 장에서 언급한 “이것도 아니며 저것도 아니다, 저것도
옳고 이것도 옳다 ein Weder-Noch und Sowohl-Alsauch”305)라
는, 전형적인 토마스 만의 반어라 할 수 있다. 카스토르프는
결국 두 사람에 대하여 각각 다음과 같은 결론을 내리고 있
다. 물론 곧바로 이어지는 「눈」의 장에서 카스토르프의 죽
음에의 공감은 극복된다.

　　“아, 세템브리니씨! 그는 문필가, 다시 말하면, 정치가
　　의 손자요, 인문주의자의 아들이 될 만도 했다. 그는 비
　　판과 아름다운 해방을 가슴뜨겁게 염원하면서도 노상에
　　서 아가씨들에게 콧노래를 부르고 있다. 한편 날카로운

---

303) Ebd., S. 645: “Herr Settembrini war gewiß ein eifriger Pädagog,
　　eifrig bis zum Störenden und Lästigen; aber in Hinsicht auf
　　asketisch ich-verächterische Sachlichkeit konnten seine Prinzipien
　　mit denen Naphta's überhaupt keinen Wettstreit wagen.”
304) Ebd., S. 645: “[…] die objektive, wissenschaftliche Wahrheit, der
　　nachzustreben für Lodovico Settembrini das oberste Gesetz aller
　　Menschensittlichkeit bedeutete. Das war fromm und streng von
　　Herrn Settembrini, während es von Naphta lax und liederlich war,
　　die Wahrheit auf den Menschen zurückzubeziehen und zu
　　erklären, Wahrheit sei, was diesem fromme!”
305) GW. XII, S. 91 (Betrachtungen eines Unpolitischen).

작은 사나이 나프타는 굳은 서약에 몸이 묶여 있었다.
그 나프타는 자유사상 같은 말만을 입에 담는 음탕자에
가깝고 한편 세템브리니는 말하자면 도덕광이라고도 할
수 있다."

  "Ach, dieser Herr Settembrini! Nicht umsonst war
er ein Literat, das heißt: eines Politikers Enkel und
Sohn eines Humanisten. Auf Kritik und schöne
Emanzipation war er hochherzig bedacht und trällerte
die Mädchen auf der Straße an, während den
scharfen, kleinen Naphta harte Gelübde banden. Und
doch war dieser beinahe ein Wüstling vor lauter
Freigeisterei und jener dagegen ein Tugendnarr,
wenn man wollte."(646)

  그러나 교육과정의 가장 은밀한 매력은 한스 카스토르
프가 어느 교리에도 휩쓸리지 않는다는 점이며,306) 토마스
만 자신도 유보에 관해 다음과 같이 말하고 있다.

  "카스토르프의 유보와 관련하여 말하자면, 분열되고 불
  운하며 극단적 문제성을 지니고 있는 예수회원 나프타는
  여러 가지 면에서 세템브리니에 비하여 객관적으로 옳습
  니다. 하지만 나는 비록 전적으로 어느 편도 아니지만 세
  템브리니 식으로 삶의 기쁨을 추구하는 편에 다소 호감을
  갖고 있습니다."307)

---

306) K. Schröter: Thomas Mann, S. 101: "Aber der heimlichste Reiz der
    Erziehungsgeschichte ist der, daß Hans Castorp sich keinem
    Theorem unterwirft."
307) Hans Wysling (Hrsg.): Dichter und ihre Dichtungen. Thomas

이 말에서는 물론 토마스 만이 1차 세계대전 이후의 극단적 보수주의의 탈피와 관계가 있음을 알 수 있으며, 또한 그의 형 하인리히 만과의 화해가 그 근저에 깔려 있는 것이다.

『마의 산』의 핵심이 되는 장이라고 할 수 있는 제 6권 「눈」의 장의 꿈속에서, 세템브리니와 나프타 사이에서 어느 쪽에도 치우치지 않으면서 그저 고개만 끄덕이는 한스 카스토르프의 태도는 어떠한 일방적인 확정을 내릴 수 없는 유보로서의 반어를 결정적으로 드러낸다고 할 수 있다. 카스토르프는 세템브리니와 나프타를 각각 비판308)하면서 다음과 같은 고백을 한다.

Mann, S. 509: "Mit dem Castorpschen Vorbehalt ... Naphta - eine zerrissene, unglückliche, zutiefst problematische Natur - hat zwar sachlich in vielen Punkten gegen Settembrini recht. Doch ich bin mehr auf Seiten Settembrinischer Lebensfreudigkeit - wenn ich auch vollkommen auf keiner Seite bin."

308) 세템브리니에 대해서는 "세템브리니는 언제나 이성의 각적(角笛)을 불면서 미친 사람까지도 냉정하게 만들 수 있다고 자부하고 있지만, 악취미다. 확실히 속물 근성과 단순한 윤리와 비종교에 지나지 않는다 Settembrini bläst immer nur auf dem Vernunfthörnchen und bildet sich ein, sogar die Tollen ernüchtern zu können, das ist ja abgeschmackt. Es ist Philisterei und bloß Ethik, irreligiös, soviel ist ausgemacht"(685)라고 비판하고, 나프타에 대해서는 "그러나 나는 키 작은 나프타와도 동조할 수가 없다. 신과 악마, 선과 악의 뒤범벅으로, 개인이 거꾸로 추락하여 공동체 속에의 신비스러운 침몰을 목적으로 하는 나프타의 종교도 동조할 수 없다 Doch will ich's auch mit des kleinen Naphta Teil nicht halten, mit seiner Religion, die nur ein guazzabuglio von Gott und Teufel, Gut und Böse ist, eben recht, damit das Einzelwesen sich kopfüber hineinstürze, zwecks mystischen Unterganges im Allgemeinen"(685)라고 비판한다.

"나는 영혼 내부에서 태양의 아들들과 생각을 나누고 나프타의 생각에는 물들지 말도록 하자. 그러나 세템브리니의 생각에도 물들지 않으리라. 두 사람은 다 수다장이에 지나지 않는다. [⋯] 저 두 사람의 교육자! 저 두 사람의 논쟁과 대립 그 자체가 뒤범벅에 지나지 않고 혼란한 소용돌이인 것으로 머릿속이 조금이라도 자유롭고 마음이 경건한 사람이라면 아무도 그러한 것에 현혹당하지 않는다. 귀족성에 대한 두 사람의 논쟁, 고귀성에 대한 토론, 죽음과 삶 – 병과 건강 – 정신과 자연, 이것은 서로 과연 모순된 것일까, 문제가 되는 것일까? 아니다. 그것은 문제가 되는 것이 아니고, 어느 것이 고귀한가 하는 것도 문제가 되지 않는다. 죽음의 모험은 삶 속에 포함되며 그 모험이 없으면 삶이 아니며, 그 한가운데에 신의 아들인 인간의 위치가 있는 것이다."

"Ich will es mit ihnen halten in meiner Seele und nicht mit Naphta – übrigens auch nicht mit Settembrini, sie sind beide Schwätzer. [⋯] Die beiden Pädagogen! Ihr Streit und ihre Gegensätze sind selber nur ein guazzabuglio und ein verworrener Schlachtenlärm, wovon sich niemand betäuben läßt, der nur ein bißchen frei im Kopfe ist und fromm im Herzen. Mit ihrer aristokratischen Frage! Mit ihrer Vornehmheit! Tod oder Leben – Krankheit, Gesundheit – Geist und Natur. Sind das wohl Widersprüche? Ich frage: sind das Fragen? Nein, es sind keine Fragen, und auch die Frage nach ihrer Vornehmheit ist keine. Die Durchgängerei des Todes ist im Leben, es wäre nicht Leben ohne sie, und in der Mitte ist des Homo Dei Stand."(685)

그래서 세템브리니와 나프타 사이에서 두 사람 모두에 대해 계속 유보적 입장을 취하는 주인공 카스토르프의 태도는 반어적인 것이라 할 수 있다.309)

2) 쇼샤와 페페르코른

이태리어와 불어로 이루어진 클라브디아 쇼샤라는 이름을 가진 부인은 주인공 한스 카스토르프를 <마의 산>에 7년 동안 머물게 하는데, 그녀는 러시아 사람으로서 유럽보다는 동양적 세계에 더 가까우며, 유럽의 시민적 세계와는 대비되는 인물이다. 그러한 쇼샤를 둘러싼 최근의 연구 동향에서는 뵘을 필두로, 토마스 만의 강한 자서전적인 성격과 함께 동성애를 위주로 다루고 있다.310) 뵘은 여태까지의 쇼샤에 대한

309) Vgl. H. Koopmann: Humor und Ironie, S. 851: "Hans Castorps Haltung zwischen Settembrini und Naphta: darin spricht sich Ironie aus, einschließlich der vielen Vorbehalte, die er am Ende beiden gegenüber entwickelt."

310) Karl Werner Böhm: Die homosexuellen Elemente in Thomas Manns "Der Zauberberg", in: H. Kurzke (Hrsg.): Stationen der Thomas-Mann-Forschung. Aufsätze seit 1970, Würzburg 1985, S. 145-165; K. W. Böhm: Zwischen Selbstzucht und Verlangen. Thomas Mann und das Stigma Homosexualität, Würzburg 1991; Klaus Harpprecht: Thomas Mann. Eine Biographie, Reinbek bei Hamburg 1995; Anthony Heilbut: Thomas Mann. Eros and Literature, New York 1996; Manfred Dierks: Der Wahn und die Träume. Eine fast wahre Erzählung aus dem Leben Thomas Manns, Düsseldorf 1997; Vgl. Eckhard Heftrich: Vom Verfall zur Apokalypse. Über Thomas Mann, Frankfurt am Main 1982,

연구로 다음의 4가지 입장을 들고 있는 바, 그것은 "긍정적인 교양요소 positiver Bildungsfaktor", "저승세계로 이끄는 헤르메스적 인물 Hermes-Psychagogos-Figur und Führerin durch den Hades", "남성적 아시아 상의 구현 Verkörperung des Mannschen Asienbildes", "카스토르프의 모성고착의 표현 Ausdruck der Castorpschen Mutterfixierung" 등이다.311)

본 장에서는 쇼샤부인의 키르키즈인 눈과 관능적인 외모에 충동적인 매력을 느끼는 카스토르프를 중심으로, 앞장에서의 세템브리니와 나프타의 정신적 영역으로의 교육적 작용과는 그 성격이 다른, 죽음의 에로틱에서 이루어지는 주인공의 인식을 반어와 결부시켜 살펴보고자 한다. 먼저 그녀에 관한 인물묘사부터 살펴보자.

"그녀는 중키로 한스 카스토르프의 취향에 꼭 맞는 적

S. 103-156. 헤프트리히는 토마스 만 자신이 동성애적 경향이 있었고 특히 그가 1차 세계대전 직후에 정치적 문제로 고민하고 있을 때는 이 문제가 심각했다는 사실을 그의 일기 「1918-1921」에서 알 수 있다고 한다. 또한 쿠르츠케는 헤프트리히의 이같은 분석에 다음과 같이 힘을 실어주고 있다. "1918년에서 1921년까지의 토마스 만의 일기에 대한 헤프트리히의 철저한 분석은 토마스 만의 일상적인 것과 에로스의 혼란, 형제갈등 그리고 정치적 고민 등등을 밝혀주고 있다. Eckhard Heftrichs gründliche Analyse der Tagebücher von 1918-1921 erklärt das Alltägliche, die Verwirrungen des Eros, den Bruderkonflikt und die politische Ratlosigkeit." Zit. nach: H. Kurzke: Tendenzen der Forschung seit 1976, in: Stationen der Thomas-Mann-Forschung, Würzburg 1985, S. 13.

311) K. W. Böhm: Die homosexuellen Elemente in Thomas Manns "Der Zauberberg", S. 150.

절한 신장이었지만 중키인데 비해 다리가 길고 허리도
굵지 않았다. 의자에 기대지 않고 몸을 구부리고 앉아
팔짱낀 양팔을 포갠 다리의 허벅지 위에 얹고 등을 굽혀
양쪽 어깨를 앞으로 떨어뜨리듯 했기 때문에 목덜미 뿐
만 아니라 등뼈까지 몸에 딱 붙은 스웨터의 밑에서 보일
정도였다. 마루샤의 가슴처럼 불룩하게 풍만하지는 않았
지만, 소녀같은 작은 가슴이 양쪽에서 팽팽하게 불거져
나오고 있었다."

　"Sie war nur von mittlerer Größe, einer in Hans
Castorps Augen höchst angenehmen und richtigen
Größe, aber verhältnismäßig hochbeinig und nicht
breit in den Hüften. Sie saß nicht zurückgelehnt,
sondern vorgebeugt, die gekreuzten Unterarme auf
den Oberschenkel des übergeschlagenen Beines
gestützt, mit gerundetem Rücken und vorfallenden
Schultern, so daß die Nackenwirbel hervortraten, ja,
unter dem anliegenden Sweater beinahe das Rückgrat
zu erkennen war und ihre Brust, die nicht so hoch
und üppig entwickelt wie bei Marusja, sondern klein
und mädchenhaft war, von beiden Seiten zusamme-
ngepreßt wurde."(299)

　또한 그녀의 길게 째진 키르키즈인의 눈과 그녀의 부드
러우면서 단정치 못한 태도, 그리고 뒷 머리칼을 누르면서
바로 하려는 그녀의 손은 카스토르프를 매혹시켰다.312) 그

---

312) Vgl. W. Spiewok: Der "Zauberberg" von Thomas Mann, S. 54:
　　"Ihre geschlitzten Kirgisenaugen entzücken Castorp ebenso wie ihre
　　weiche, nachlässige Haltung und ihre Hand, die - Clawdias

녀의 손은 카스토르프가 속해 있는 사회의 부인들의 손처
럼 손질이 된 세련된 손 같지는 않았지만, "꽤 넓적하고
손가락이 짧으며 어딘지 원시적이고 어린애 같은 여학생
의 손 같은 데가 있었다. Ziemlich breit und kurzfingrig,
hatte sie etwas Primitives und Kindliches, etwas von der
Hand eines Schulmädchens".(110)

이와 같은 쇼샤부인에 관한 묘사만으로도 『마의 산』의
관능적인 성격313)을 확인할 수가 있는데, 그것을 토마스
만은 1920년 3월 12일자 그의 일기에서 다음과 같이 확인
시켜주고 있다.

> "『마의 산』은 내가 쓴 것 중에서 가장 관능적인 작품
> 일 것이지만, 그러나 냉철한 문체로 쓰여진 작품일 것이
> 다."314)

    Haarfülle am Hinterkopf stützend und ordnend - [⋯]"

313) 베르크호프 요양원을 <환락의 장소 Lustort> 라고 언급하는
대목에서 결정적 단서를 찾을 수 있다. "그건 그렇고, 당신
은 하루를 어떻게 지냈습니까 - 이 환락의 장소 체재의 첫
날을 말입니다 Und wie haben Sie also Ihren Tag verbracht, -
den ersten Ihres Aufenthaltes am diesem Lustorte?"(122), "'이
환락의 장소에서!' 여기는 환락의 장소가 아닌가요? 나는
여기를 환락의 장소라고 보고 있습니다 >An diesem
Lustort!< Ist es vielleicht kein Lustort? Ich will meinen, daß
es einer ist".(308) (이 문장들은 각각 제 3권과 제 5권에서
세템브리니가 카스토르프에게 하는 말이지만, 또 달리 제 5
권에서는 이 소설의 주요 등장인물이 아닌 어느 환자 입에
서도 이 요양원을 환락의 장소라고 하는 말이 언급된다.)

314) Thomas Mann: Tagebuch 12. März 1920, hier zitiert nach: H.
Kurzke: Thomas Mann, S. 189: "Der Zauberberg wird das
Sinnlichste sein, was ich geschrieben haben werde, aber von

한스 카스토르프가 병과 죽음의 세계 그리고 관능의 세계인 <마의 산>에 빠져들게 되는 결정적 원인은 쇼샤부인에 대한 그의 관심 때문이며, 또한 카스토르프가 그녀에게 관심을 가지게 되는 결정적인 이유는 카스토르프가 13세 때에 동성애적 연정을 느껴 연필을 빌린 적이 있는 그의 옛 동급생 프리비슬라프 히페와 이상할 정도로 닮았다는 사실 때문이다.

> "[…] 한스 카스토르프는 그녀의 광대뼈가 높고 눈이 가늘다는 것을 힐끗 보고 말았다…… 그때 무엇인가 또 누군가에 대한 막연한 추억이 그의 마음을 가볍게 잠시 동안 스쳐 지나갔다……"
> "[…] wobei Hans Castorp flüchtig bemerkte, daß sie breite Backenknochen und schmale Augen hatte … Eine vage Erinnerung an irgend etwas und irgendwen berührte ihn leicht und vorübergehend, als er das sah…"(111)

이 기억은 제 4권 「히페」의 장에서 그 해답이 나오는데, 그는 클라브디아가 연상시키는 것이 프리비슬라프 히페라는 것을 꿈속에서 깨닫게 된다. 이것을 헬러는, 기억 속에서만 나오는 히페는 죽음을 뜻하며315) 그리고 "클라브디아 쇼샤는 히페의 여성적인 화신이다 Clawdia Chauchat ist Hippes weibliche Inkarnation"316)라고 말한다. 토마스 만은 이후 클라

---

kühlem Styl."
315) E. Heller: Thomas Mann, S. 240.
316) Ebd., S. 240.

브디아와 히페의 유사성을 강조하는데, 이것은 이 책 제 Ⅰ
장에서 언급한 야프가 말한 낭만주의적 반어에 해당한다고
볼 수 있다. 결국 카스토르프는 「발푸르기스의 밤」의 장에서
운명의 사육제날 밤에 클라브디아와 히페를 완전히 동일시
하여 다음과 같이 사랑을 고백한다.

“클라브디아, 나는 결코 너를 ‘당신’이라고 부르지 않겠
어. 생사를 걸고서라도, […] 나는 옛날부터 너를 알고
있었어. 너를, 너의 뭐라고 말할 수 없이 기울어진 눈을,
너의 입술을, 너의 말하는 목소리를 훨씬 이전부터 알고
있었어. 전에도 한번 내가 아직 김나지움 학생이었을 때
나는 너에게 연필을 빌린 적이 있었어. 드디어는 드러내
놓고 너와 사귀고 싶어서 말이야. 왜냐하면 나는 너를
비이성적일 정도로 사랑하고 있었거든. 그리고 베렌스가
내 몸에서 발견한 흔적, 내가 이전에도 병을 앓았다는
것을 증명하는 흔적은, 이것은 의심할 여지없이 거기에
서 온 흔적이야. 너에 대한 나의 오래된 사랑이 남긴 흔
적이야…… […] 나는 너를 사랑해. 나는 늘 너를 사랑
하고 있었어. 왜냐하면 너는 나의 생명, 나의 ‘너’, 나의
꿈, 나의 운명, 나의 모든 소망, 나의 영원한 동경이기
때문이야……”

“Clawdia. Jamais je te dirai ⟩vous⟨, jamais de la
vie ni de la mort, […] Mais quant à ce que je t'ai
reconnue et que j'ai reconnu mon amour pour toi, −
oui, c'est vrai, je t'ai déjà connue, anciennement, toi
et tes yeux merveilleusement obliques et ta bouche et
ta voix, avec laquelle tu parles, − une fois déjà,
lorsque j'étais collégien, je t'ai demandé ton crayon,

pour faire enfin ta connaissance mondaine, parce que
je t'aimais irraisonnablement, et c'est de là, sans
doute, c'est de mon ancien amour pour toi que ces
marques merestent que Behrens a trouvées dans mon
corps, et qui indiquent que jadis aussi j'étais malade
... [⋯] Je t'aime, je t'ai aimée de tout temps, car tu
es le Toi de ma vie, mon rêve, mon sort, mon envie,
mon   ternel d sir ..."(474f.)[317)]

이 히페 모티브는 한스 카스토르프가 어릴 적부터 이미
잠재적으로 지니고 있던 죽음에의 공감을 상징하고 있는 것
이다. 이 점은 히페의 이름인 '프리비슬라프 Pribislav'가 중
세 독어로 '事前同寢 präbîslâf'를 연상시키고 있는 사실을 보
더라도 미루어 짐작할 수 있으며, 더욱이 연필 빌리는 모티

---

317) Im folgenden wird die deutsche Übersetzung von Helmut
     Bartuschek angeführt. Thomas Mann: Der Zauberberg, Fischer
     Taschenbuch Verlag. Frankfurt am Main 1967, S. 764f:
     "Clawdia! Nie werde ich >Sie< zu dir sagen, nie im Leben noch
     im Tode. [⋯] Ich habe dich schon seit jeher gekannt, dich und
     deine wundervoll schräggeschnittenen Augen und deinen Mund
     und deine Stimme, mit der du jetzt zu mir spricht - damals als
     ich noch ein kleiner Gymnasiast war, da wollte ich schon mal
     deinen Bleistift von dir haben, um endlich deine Bekanntschaft
     in der Welt zu machen, weil ich dich wahnsinnig liebte, und von
     dieser alten, langen Liebe zu dir sind mir sicherlich die Spuren
     geblieben, die Behrens in meinem Körper ans Licht geholt hat
     und die darauf hindeuten, daß ich auch damals krank war ... [⋯]
     Ich liebe dich. Ich habe dich schon seit je geliebt, denn du bist das
     DU meines Lebens, mein Traum, mein Schicksal, mein ganzes
     Verlangen, meine ewige Sehnsucht ..."

브가 결국은 쇼샤부인과의 성적인 결합에 이르는 계기가 된
다는 사실을 보면 더욱 뚜렷해진다.[318] 왜냐하면 연필은 "명
백한 男根 상징 ein explizites Phallussymbol"[319]이기 때문이
다. 그러므로 쇼샤부인이 연필을 가진 쇼샤로 묘사되는 것도
일종의 반어이다. 이것을 뵘은 "자웅동체적 균형 he-
rmaphroditische Ausgewogenheit"[320]이라고 하며, 카스토르프
는 제 6권 「변화 Veränderungen」의 장에서 쇼샤부인이 떠난
직후 "특별히 매혹적인 자웅동체의 식물 eine besonders
reizende Pflanze, zwittrig"(505)에 관심을 기울이게 된다.

조르크가 얘기했듯이 "병과 죽음에 대한 카스토르프의
매혹과 평지의 형식세계의 시민으로서 병과 죽음과 결부
된 자기정체의 해체는 요양원의 러시아인 환자인 쇼샤부
인과의 관계로 정화(晶化)되는데",[321] 그러한 쇼샤부인은
병에 관하여 다음과 같은 생각을 가지고 있다.

> "병이 나에게 다시 자유를 줍니다. 벌써 이 곳에 세 번
> 째 있는 거예요. 이번에는 여기서 일년을 보냈어요."
> "C'est la maladie qui me la rend. Me voilà à cet

---

318) 안삼환:『마의 산』의 반어성과 정치성, 630쪽 참조.

319) Frederick Alfred Lubich: Die Dialektik von Logos und Eros
im Werk von Thomas Mann, Heidelberg 1986, S. 121.

320) K. W. Böhm: Die homosexuellen Elemente in Thomas Manns
"Der Zauberberg", S. 150.

321) K.-D. Sorg: Gebrochene Teleologie, S. 177: "Castorps Faszina-
tion für die Krankheit und den Tod und die damit einhergehende
Auflösung seiner Identität als Bürger der Formwelt des
Flachlandes kristallisiert sich in seiner Beziehung zu Madame
Chauchat, einer russischen Patientin des Sanatoriums."

endroit pour la troisième fois. J'ai passé un an ici, cette fois."(471)[322]

따라서 이 병을 구실로 하여 쇼샤부인은 여러 곳의 요양원을 자유분방하게 전전하는데, "이와 같은 시간소비의 야만적인 대담성은 바로 아시아적 행동방식이다 diese barbarische Großartigkeit im Zeitverbrauch ist asiatischer Stil"(339)라고 세템브리니는 말하고 있으며, 한마디로 쇼샤부인은 서구적인 전통과 교양과는 거리가 먼 비문명인이다. 그래서 엔드라이에크는 "클라브디아가 자유를 원하며 그것도 병에서 자유를 얻는다고 고백하지만, 그러나 그녀의 자유는 몰락의 자유이다. 왜냐하면 그 자유는 삶과 형식에 반(反)하는 자유로 실현되기 때문이다"[323]라고 말하고 있다. 또한 카스토르프는 클라브디아에 대한 그의 사랑을 병으로 파악한다. 그는 육체에 대한 갈망이, 아름다움을 동경하고 죽음으로 이끌고 가는 관능적 쾌락으로 휩쓸려 들어가는 것을 알고 있다.[324]

카스토르프는 「발푸르기스의 밤」의 장에서 쇼샤부인에

---

322) Thomas Mann: Der Zauberberg, S. 761: "Die Krankheit gibt sie [= Freiheit] mir wieder. Nun bin ich schon das drittenmal hier. Ein Jahr habe ich diesmal hier verlebt."

323) Helmut Jendreiek: Thomas Mann. Der demokratische Roman, Düsseldorf 1977, S. 292: "Clawdia gesteht selbst, daß sie die Freiheit will und daß sie ihre Freiheit aus ihrer Krankheit gewinnt. Aber ihre Freiheit ist eine Freiheit des Verfalls, weil sie sich als Freiheit gegen die Form und darum gegen das Leben realisiert."

324) Ebd., S. 292.

게 사랑을 고백하는데, 독일어가 아니라 프랑스어로 말하
는 이유를 다음과 같이 해명하고 있다.325)

> "그러나 너하고는 우리나라 말보다도 프랑스어로 말하
> 고 싶어. 프랑스어로 말하는 것은 내게는 말하지 않고
> 말하는 것이니까 말이야. 어떤 의미에서는, 그렇지, 책임
> 이 없다고나 할까, 혹은 꿈속에서 말하는 것 같기 때문
> 이지."
>
> "Pourtant, avec toi je préfère cette langue à la
> mienne, car pour moi, parler français, c'est parler sans
> parler, en quelque manière, – sans responsabilité, ou
> comme nous parlons en rêve."(469)326)

사랑에 빠진 카스토르프는 "삶은 물질도 아니고, 정신도
아니며 양자의 중간물이다 Das Leben war nicht materiell, und
es war nicht Geist. Es war etwas zwischen beidem"(385)라고
말하기도 하고, 또 "그러나 삶은 물질은 아닐지라도 쾌감과

---

325) 외국어 사용은 반어 형성에 영향을 끼친다. 왜냐하면 외국어
　　로 말을 할 경우, 말하는 사람과 그가 말하는 외국어 사이에는 모
　　국어를 말할 때와는 다른 거리감이 생긴다. 이런 거리감은 토마스
　　만의 전형적인 반어이기 때문이다. (토마스 만의 외국어 사용에
　　관한 최근의 논문으로는 다음의 논문 참조. Kaung-Eun Choi:
　　Fremdwörter und Fremdsprachen bei Thomas Mann, Christian-
　　Albrechts-Universität 1993.)

326) Thomas Mann: Der Zauberberg, S. 760f: "Und doch, mit dir plaudre
　　ich lieber in dieser Sprache als in der meinen, denn Französisch
　　sprechen, das bedeutet mir: >Sprechen<, ohne etwas Bestimmtes zu
　　sagen, ohne Verantwortungsbewußtsein gewissermaßen, so, wie wir
　　im Traume reden."

혐오를 느끼게 할 정도로 관능적이고, 자기자신을 감지할 수
있을 민감해진 물질의 음탕한 모습, 존재의 음란한 형식이다
Aber wiewohl nicht materiell, war es sinnlich bis zur Lust und
zum Ekel, die Schamlosigkeit der selbstempfindlich-reizbar
geworden Materie, die unzüchtige Form des Seins"(385)라고 얘
기하기도 한다. 그러나 죽음에 공감하는 관능적 사랑은 "몸
안이 벌레 먹은 innerlich wurmstichig"(203) 것과 같이 삶 자
체를 죽음으로 변질시킨다. 그래서 카스토르프는 나중에 제
6권 「눈」의 장에서 쇼샤부인에 대한 사랑에 대해 다음과 같
은 비판적 인식을 하게 된다.

> "(죽음은) 쾌락이지 사랑은 아니라고 나의 꿈은 말한다.
> 죽음과 사랑, 이것은 잘못된 몰취미한 배합이다! 사랑은
> 죽음에 대립하는 것이다. 이성이 아니라, 사랑만이 죽음
> 보다 강한 것이다. 사랑만이, 이성이 아니라 사랑만이 올
> 바른 생각을 주는 것이다. 형식도 사랑과 착한 마음씨에
> 서 생기는 것이다."
>
> "Lust, sagt mein Traum, nicht Liebe. Tod und
> Liebe, – das ist ein schlechter Reim, ein
> abgeschmackter, ein falscher Reim! Die Liebe steht
> dem Tode entgegen, nur sie, nicht die Vernunft, ist
> stärker als er. Nur sie, nicht die Vernunft, gibt
> gütige Gedanken. Auch Form ist nur aus Liebe und
> Güte."(686)

물론 이 인식의 가운데에 토마스 만은 "죽음은 위대한
힘이다 Der Tod ist eine große Macht"(685)라든가, "이성은

죽음 앞에서는 어리석은 존재가 된다 Vernunft steht albern vor ihm da"(686)라는 반어적인 표현을 빠뜨리지 않는다.

쿠르츠케는 이 인식의 꿈의 내용은 이중적인 의미라고 하면서, 만약에 그 장면을 정확히 읽으면, 카스토르프가 죽음을 사상적으로는 부정하지만 감정적으로는 긍정하고 있음이 잘 드러난다고 한다.327) 그러나 카스토르프의 쇼샤 부인에 대한 관능적 사랑의 탐닉은 곧 죽음에 대한 탐구로서 천재적 교양화 과정의 일부가 된다. 다음의 구절에서 어쩌면 『마의 산』의 주제가 드러난다고 할 수 있다.

> "그래서 그 내부에 있는 것이 무엇인가 하면, 잘 기억하고 있습니다만, 나는 오래 전부터 병이나 죽음에 대해서는 잘 알고 있었고, 여기서 사육제날 밤에 그랬듯이 벌써 어렸을 때부터 비이성적으로 그대에게 연필을 빌린 적이 있단 말입니다. 그러나 비이성적인 사랑이 바로 천재적인 것입니다. 왜냐하면 죽음은 천재적 원리, 이원적 원리, 현자의 돌, 또는 교육적 원리이기도 하기 때문입니다. 그리고 죽음에의 사랑은 삶과 인간에의 사랑으로 통하고 있기 때문이지요. […] 삶에 이르는 길은 두 가지가 있는데, 그 하나는 직선적이고 당당한 보통의 길이고, 다른 하나는 뒷길, 죽음을 뚫고 가는 길로서 이것이 천재적인 길인 것입니다!"
>
> "Und was ich in mir hatte, das war, ich weiß es genau, daß ich von langer Hand her mit der

---

327) Vgl. H. Kurzke: Thomas Mann, S. 205: "Entsprechend zweideutig ist der Gedankentraum auch inhaltlich. Liest man ihn genau, so zeigt sich deutlich, daß er emotional bejaht (Treue zum Tode im Herzen), was er gedanklich verneint."

Krankheit und dem Tode auf vertrautem Fuße stand und mir schon als Knabe unvernünftigerweise einen Bleistift von dir lieh, wie hier in der Faschingsnacht. Aber die unvernünftige Liebe ist genial, denn der Tod, weißt du, ist das geniale Prinzip, die res bina, der lapis philosophorum, und er ist auch das pädagogische Prinzip, denn die Liebe zu ihm führt zur Liebe des Lebens und des Menschen. […] Zum Leben gıbt es zwei Wege: Der eine ist der gewöhnliche, direkte und brave. Der andere ist schlimm, er führt über den Tod, und das ist der geniale Weg!"(827)

이상에서 슈피복의 말처럼, 한스 카스토르프가 사랑에 빠지게 되는 쇼샤부인은 카스토르프의 굳은 시민적인 사고에 동요를 일으키게 하며 또 카스토르프로 하여금 사랑, 도덕성, 관용에 대한 새로운 표상을 얻도록 한다.328)

『마의 산』 제 2부 중반부에서 가로늦게서야 등장하는 페페르코른은 제 1부에서 요양원을 떠났던 쇼샤부인의 동반자로서 그녀와 동시에 요양원에 나타난다. 그것은 주인공 카스토르프에게 심각한 혼란을 야기시키며, 그래서 페페르코른은 "이중적 구조의 필수불가결한 eine doppelte strukturelle Notwendigkeit" 성격을 띠는 "다의적인 인물 vieldeutige Figur"329)이라 할 수 있다. 왜냐하면 카스토르프가 「눈」의 장

---

328) Vgl. W. Spiewok: Der "Zauberberg" von Thomas Mann, S. 54: "Frau Clawdia Chauchat, in die sich Hans Castorp verliebt, bringt seine steife Bürgerlichkeit ins Wanken und läßt ihn neue Vorstellungen von Liebe, Moralität und Toleranz gewinnen."

에서 꿈을 꾼 이후 나프타와 세템브리니의 역할은 본질적으로 쇠진하여 새로운 교육자의 도래가 당연시되었고, 또 쇼샤부인이 다시 등장했지만 혼자 등장한 것이 아니라는 사실이다. 그러나 이렇듯 중요한 인물에게 토마스 만은 상세한 묘사를 오랫동안 불투명하게 내버려둔다. 이중적으로 묘사되는 이 인물을 살펴보자.

> "그러나 이 경우에 어떻게 해서라도 표현해 본다면, 이마에 깊은 주름을 새기고 왕자와 같은 얼굴에 비통하게 찢어진 입술을 한 페터 페페르코른은 언제나 두 가지 경향의 어느 쪽이기도 하여, 그를 보면 그 어느 쪽도 그에게는 알맞으며 두 가지가 그에게는 하나가 되는 것처럼 보여, 이쪽이기도 하고 저쪽이기도 하고, 저쪽이기도 하고 이쪽이기도 하다는 것이었다. 아, 이 바보같은 노인, 이 지배자적인 무(無)!"
>
> "Um dieses allenfalls auszusprechen, durfte man einzig sagen, aber dies geradezu, daß Pieter Peeperkorn mit seiner hochfaltigen Königsmaske und seinem bitter zerrissenen Munde jeweils beides war, daß beides auf ihn zu passen und in ihm sich aufzuheben schien, wenn man ihn ansah: dies und jenes, das eine und das andere. Ja, dieser dumme alte Mann, dies herrscherliche Zero!"(818)

페페르코른은 네덜란드 식민지 자바의 커피재배업자로서 동양과 서양을 동시에 대표하고 있는 인물이며, 쇼샤부인이

---

329) H. Kurzke: Thomas Mann, S. 206.

질병과 죽음을 상징하는 것과는 정반대로 건강과 삶을 긍정
하는 디오니소스적 인물이다. 그래서 슈피복은 "페페르코른
의 형상에서는 니체의 디오니소스적 삶의 개념과 활력설이
구성요소로 들어있다 In die Gestalt des Peeperkorn sind
Bestandteile des dionysischen Lebensbegriffes Friedrich
Nietzsches und des Vitalismus eingegangen"330)라고 말한다. 주
인공 카스토르프에게 페페르코른은 다음과 같은 말을 한다.

    "삶에 대한 감정의 패배, 이것은 불충분함이라는 것입
니다. 이 불충분함에는 어떠한 구제도, 동정도, 위엄도
없으며, 사정없이 조롱으로 배척받을 뿐입니다. 젊은이,
처치되고, 침이 뱉어질 뿐인 것입니다……"
    "Die Niederlage des Gefühls vor dem Leben, das ist die
Unzulänglichkeit, für die es keine Gnade, kein Mitleid
und keine Würde gibt,g sondern die erbarmungslos und
hohnlachend verworfen ist, --- er-ledigt, junger
Mann, und ausgespien…"(784)

또한, 그는 이렇게 말하기도 한다.

    "우리들의 감정은, 알겠습니까, 삶을 눈뜨게 하는 남성
적인 힘입니다. 삶은 꾸벅꾸벅 졸고 있습니다. 삶은 눈을
떠 신성한 감정과 도취적인 결혼을 하려고 합니다. 감정
은, 젊은이, 신성합니다, 인간은 느끼는 한 신성합니다. 인
간은 신의 감정기관입니다. 신은 인간에 의해 느끼고자 인

---

330) W. Spiewok: Der "Zauberberg" von Thomas Mann, S. 55.

간을 만들었습니다. 인간은, 신이 눈을 뜨고 도취된 삶과
결혼하기 위한 기관에 불과한 것입니다. 인간이 감정적으
로 무력하다면 신의 굴욕이 시작되어, 신의 남성적인 힘의
패배, 우주의 파국, 상상할 수 없는 공포가 됩니다.”

 “Unser Gefühl, verstehen Sie, ist die Manneskraft,
die das Leben weckt. Das Leben schlummert. Es will
geweckt sein zur trunkenen Hochzeit mit dem
göttlichen Gefühl. Denn das Gefühl, junger Mann, ist
göttlich. Der Mensch ist göttlich, sofern er fühlt. Er
ist das Gefühl Gottes. Gott schuf ihn, um durch ihn
zu fühlen. Der Mensch ist nichts als das Organ, durch
das Gott seine Hochzeit mit dem erweckten und
berauschten Leben vollzieht. Versagt er im Gefühl, so
bricht Gottesschande herein, es ist die Niederlage von
Gottes Manneskraft, eine kosmische Katastrophe, ein
unausdenkbares Entsetzen.”(836f.)

이와 같이 페페르코른은 긍정적 삶과 남성력의 상징이며,
또한 그는 “동적인 힘이 물질세계의 전부이다 Dynamik sei
alles in der Welt”(801)라고 생각한다. 카스토르프는 그를 존
경하며 위대한 인물을 만난 것이라고 생각하지만, 공교롭게
도 그는 클라브디아의 여행 반려자라서 카스토르프는 그만
머리가 몽롱해져 버린다.

페페르코른은 삶을 사랑하고, 축제와 도취를 사랑하고, 신화
와 근원적 자연을 사랑하는 인물이다. 니체처럼 그는 디오니소
스와 그리스도에 비교가 된다.331) 그는 소설 속에서 나프타와
세템브리니를 왜소하게 만들고, 클라브디아의 위험성을 중립화

시켜 주며, 카스토르프를 강하게 만들어주는 기능을 한다.

> "그는 아무 말도 하지 않았었지만, 그의 얼굴은 아주
> 의미심장하고, 표정과 몸짓이 힘차고, 박력이 있고, 인상
> 적이어서 모두 귀를 기울이고 있었다. 한스 카스토르프
> 도 무엇인가 아주 중요한 것을 들은 것처럼 느꼈다. 구
> 체적인 이야기를 듣지 못한 것을 의식했다 하더라도 아
> 무도 그것을 아쉽게 생각하지는 않았다."
>
> "Er hatte nichts gesagt; aber sein Haupt erschien so
> unzweifelhaft bedeutend, sein Mienen- und Gestenspiel
> war dermaßen entschieden, eindringlich, ausdrucksvoll
> gewesen, daß alle und auch der lauschende Hans
> Castorp höchst Wichtiges vernommen zu haben meinten
> oder, sofern ihnen das Ausbleiben sachlicher und zu
> Ende geführter Mitteilung bewußt geworden war,
> dergleichen doch nicht vermißten."(763)

소설의 마지막에 페페르코른이 아무 것도 말하지 않았
다는 것은 교양소설에서는 허락될 수 없는 성질의 것이지
만 카스토르프 스스로는 어느 누구보다도 그의 영향을 많
이 받는다. 하지만 쿠르츠케는, 페페르코른이 소설의 구조
속으로 그대로 끼워진 것에 대해서는 논란이 되고 있으며,
특히 한스 카스토르프에게 있어서의 그의 의미는 상당히
의문스럽다고 얘기한다.332) 심지어 그는 "페페르코른은 실

---

331) H. Kurzke: Thomas Mann, S. 206: "Peeperkorn liebt das Leben,
    die Feste und den Rausch, den Mythos und die elementare Natur.
    Wie Nietzsche vergleicht er sich mit Dionysos und mit Christus."

제적인 인물이 아니라 그러한 인상을 주는 희화화된 인물
이며, 한스 카스토르프가 노련하게 돈을 걸수 있는 소설의
카드놀이 패"333)라고 얘기한다.

그리고 "페페르코른은 살아있는 인물이라기 보다는 오
히려 삶과 고통의 알레고리이고, 확신에 찬 비지성적인 사
자(使者)이기보다는 오히려 생의 철학의 비판"334)이라는
그의 주장에서 우리는 또 한번 페페르코른의 서술에 대한
토마스 만의 반어를 엿볼 수 있다. 계속해서 쿠르츠케는
다음과 같이 말한다.

> "그[= 페페르코른]의 '프로그램'은 우스꽝스러움으로
> 남고 그는 좌절한다. 그 성격과 프로그램의 정신사적 배
> 경은 생의 철학이며, 종국에 가서는 바로 니체이다."335)
> "Sein "Programm" bleibt eine Skurrilität; er scheitert.
> Der geistgeschichtliche Hintergrund des Charakters
> und des Programms ist die Lebensphilosophie, in letzter
> Konsequenz also Nietzsche."

---

332) Vgl. ebd., S. 205: "Es ist umstritten, ob er bruchlos in die
Struktur des Romans eingefügt ist. Fraglich ist besonders seine
Bedeutung für Hans Castorp."

333) Vgl. ebd., S. 206: "Dennoch ist nicht zu übersehen, daß Peeperkorn
eine Karikatur ist. Er ist keine wirkliche Persönlichkeit, er macht
vielmehr nur den Eindruck einer solchen. Er ist nur eine Spielmarke
des Romans, die Hans Castorp geschickt einzusetzen weiß."

334) Vgl. ebd., S. 206: "Dennoch ist er mehr eine Allegorie des Lebens
und Leidens als eine lebendige Gestalt, mehr eine Kritik der
Lebensphilosophie als eine überzeugende antiintellektuelle Botsch-
aft."

335) Ebd., S. 206.

카스토르프는 “페페르코른의 미완의 파토 fragmentarisches Pathos Peeperkorns”336)에 경도되어, 정신이라고 자처하는 두 사람보다 페페르코른을 더 경탄과 호기심을 갖고 바라본다.

“이 휘청거리는 신비[= 페페르코른]는 어리석음과 명석함을 분명히 초월하고 있었을 뿐만 아니라, 세템브리니와 나프타가 교육목적으로 고압 전류를 일으키려고 하어 끼낸 반대개념을 초월하고 있있다. […] 기지, 말, 정신이 문제되지 않고 사실, 현재, 생활, 즉 지배자 기질의 사람이 본령을 발휘하는 문제와 사실이 전면에 나오게 되면, 정세는 두 사람의 논객에게 불리하게 되어 두 사람의 무대로는 되지 않으므로, 두 사람은 어둠 속으로 들어가서 눈에 띄지 않게 되고 이제 페페르코른이 주도권을 쥐어서, 그가 결정하고, 판정하고, 지시하고, 주문하고, 명령하게 되었던 것이었다 …”

“Dies torkelnde Mysterium, das offenkundig nicht über Dummheit und Gescheitheit allein, das über soviel andre Oppositionen noch hinaus war, die Settembrini und Naphta beschworen, um zu erzieherischem Behufe Hochspannung zu erzeugen. […] Ganz zweifellos dagegen gestaltete die Lage sich zu ihrem Nachteil, wenn es nicht länger um Witz und Wort und Spiritus, sondern um Sachen, um Irden-Praktisches, kurz, um Fragen und Dinge ging, in denen Herrschernaturen sich eigentlich bewähren: dann war's um sie geschehen, sie traten in den Schatten, wurden unscheinbar, und Pee-

---

336) Vgl. R. Baumgart: Das Ironische und die Ironie in den Werken Thomas Manns, S. 143.

perkorn ergriff das Zepter, bestimmte, entschied, beorderte, bestellte und befahl…"(819)

그런데 삶을 긍정하는 그의 태도에 견주어 보았을 때, "폭포수 밑에서의 울리는 물소리 das Geräusch des Zieles [= Wasserfall]"(860) 체험 이후의 페페르코른의 자살은 상당히 반어적으로 보인다. 왜냐하면 페페르코른은 카스토르프와 쇼샤부인의 에로틱한 관계와 자신의 성적 무기력을 괴로워한 나머지 자살을 하지만, 그러나 옌드라이에크는 그의 자살은 나프타의 자살처럼 자기모순에 의한 자멸행위가 아니라 "디오니소스적 삶의 긍정에 모순되지 않고 삶의 긍정의 일부를 이루며 그것의 표현이며, 신비적이며 종교적으로 느끼는 삶의 의무"337)라고 말하고 있기 때문이다. 그러므로 카스토르프에 대한 페페르코른의 영향은 외적으로는 의미있는 종합적 인간상으로 수용되지만, 내적으로는 새로운 시대적 이념을 받아들이지 못하는 무기력한 인간상을 보여주는 것이었다.

토마스 만은 1923년 가을 어느 호텔에서 동석한 하우프트만의 인상을 페페르코른으로 적용시켰음을 1952년에 출간한 에세이 「게르하르트 하우프트만 Gerhart Hauptmann」에서 "내 소설 속에 우뚝 솟은 기묘하게 비극적인 인물인 민헤르 페페르코른은 (그를) 두고 얘기한 것이었다 Gemeint war die

---

337) Vgl. H. Jendreiek: Thomas Mann, S. 315: "Peeperkorns Suizid ist kein Widerspruch zu seiner dionysischen Lebensbejahung, sondern ihr Teil und Ausdruck, mythisch-religiös empfundene Lebenspflicht."

wunderlich tragische Gestalt, die sich in meinem Roman erhob, Mynheer Peeperkorns Gestalt"[338]라고 밝힌 바 있다.

또한 토마스 만은 『마의 산』 출판 이후 그의 결례를 하우프트만에게 편지로 사죄하였으며, 이에 대해 하우프트만은 <포시쉐 차이퉁>에 다음과 같은 글을 싣고 있다.

> "『마의 산』에서 우리는 토마스 만의 전부를 볼 수 있다. 하지만 우리는 또한 『마의 산』에서 우리의 병든 문화의 단면 또는 시대상을 보기도 한다. 내가 토마스 만에게 감탄을 금치 못하는 것은, 예리하고, 주도면밀하며, 분리시키기도 하고 통일시키기도 하는 그의 시선, 즉 그의 눈에 비친 것을 전달할 때의 주도면밀함과 정확함이다. 그러한 고도의 특성은 『마의 산』에서 비로소 완성을 보고 있다."[339]
>
> "Im Zauberberg haben wir den ganzen Thomas Mann. Wir haben aber auch darin den Durchschnitt oder Querschnitt durch unsere kranke Kultur. Was ich an Thomas Mann bewundere: den scharfen, gewissenhaften, sowohl trennenden wie einigenden Blick, die gleiche Gewissenhaftigkeit und Genauigkeit, wenn er das Gesehene mitteilt. Solche hohen Eigenschaften sind erst mit dem Zauberberg zur Reife gelangt."

이에 대해 엔드라이에크는 『부덴브로크 일가』 이래 격

---

338) GW. Ⅸ, S. 814 (Gerhart Hauptmann).
339) Gerhart Hauptmann, Vossische Zeitung vom 5. Juni 1925. <포시쉐 차이퉁>은 1704-1934까지의 베를린 시의 일간지.

렬하게 논쟁이 일었던 몽타즈 기법의 원칙에 따르면 페페르코른을 하우프트만과 동일시하는 것은 나프타를 루카치와 동일시하는 것보다는 다소 그 강도가 약하다고 하고 있다.340)

이상에서 비이성적이며 관능적인 삶을 대변하는 두 인물인 쇼샤부인과 페페르코른을 살펴보았듯이, 한스 카스토르프의 쇼샤부인과 페페르코른에 대한 관심은 에로스와 거리라는 변증법적인 긴장관계를 토대로 하고 있음을 알 수 있다. 이와 같이 카스토르프는 쇼샤부인에 대한 사랑을 통해서 내면세계를 체험하게 되고, 또 페페르코른을 통해 디오니소스적 삶의 개념을 인식하게 되어서, 세템브리니와 나프타의 정신적 영역으로의 변증법적인 교육적 작용과는 달리 새로운 중도적 인간으로 형성되어 가는 것이다.

3) 세템브리니와 쇼샤

『마의 산』을 주로 세템브리니와 나프타의 대립에서 주인공 한스 카스토르프의 교양화 과정을 고찰하는 것과는 대조적으로, 삶의 세계를 구현하는 세템브리니와 죽음의

---

340) Vgl. H. Jendreiek: Thomas Mann, S. 319: "Nach den Verfahrensprinzipien dieser spätestens seit den "Buddenbrooks" in heftigen Polemiken diskutierten Montagetechnik ist Peeperkorn mit Gerhart Hauptmann so wenig identisch wie Naphta mit Georg Lukács."

세계를 구현하는 쇼샤부인의 대립되는 작용도 간과할 수
없다. 쿠르츠케는 다음과 같은 말을 하고 있다.

　　　"많은 해설들에서 읽을 수 있는 것처럼, 전체적인 소설
　　구조로 보아 나프타와 세템브리니 사이에 한스 카스토르프
　　가 있다고 생각하는 것은 옳지 않다."[341]

　　뷔슬링도 세템브리니의 상대역은 쇼샤부인이며, 그녀의 관
능적 작용은 카스토르프를 첫눈에 사로잡는다고 하며,[342] 또
한 카르타우스도 "쇼샤부인과 세템브리니는 똑같이 카스토르
프에게 영향을 미치려고 애쓰는 경쟁자이며, 그 때문에 쇼샤
부인과 세템브리니는 긴장 관계에 있다"[343]라고 보고 있다.
　　제 5권 「백과사전 Enzyklopödie」의 장에서 세템브리니는
쇼샤부인을 겨냥해서 카스토르프에게 "당신은 여기에 널리
퍼지고 있는 공기에 영향을 받지 말고 당신의 유럽적인 생

---

341) H. Kurzke: Thomas Mann, S. 196: "Es ist nicht richtig, daß
　　 die Struktur des Romans im Ganzen Hans Castorp zwischen
　　 Naphta und Settembrini stelle, wie man in vielen Interpre-
　　 tationen lesen kann."
342) Vgl. Hans Wysling: Der Zauberberg, in: Thomas-Mann-Handbuch,
　　 hrsg. v. H. Koopmann, Stuttgart 1995, S. 405: "Settembrinis
　　 Gegenspielerin ist Madame Chauchat, eine katzenhaft schleichened
　　 Russin, deren erotische Ausstrahlung den Gast aus Hamburg vom
　　 ersten Augenblick an bestrickt."
343) Ulrich Karthaus: Thomas Mann. Der Zauberberg, in: Deutsche
　　 Romane des 20. Jahrhunderts, hrsg. v. Paul Michael Lützeler.
　　 Königstein/Ts.: Athenäum 1983, S. 97: "Konkurrent Settembrinis
　　 im Einfluß auf Hans Castorp ist Madame Chauchat, und deshalb
　　 ist die Beziehung Settembrinis zu ihr gespannt."

활 양식에 적합한 말을 사용하십시오. 여기에는 특히 다분히 아시아적인 분위기가 만연해 있습니다 - 모스크바 계의 몽고인이 우글거리고 있는 것도 우연이 아닙니다. Reden Sie nicht, wie es in der Luft liegt, junger Mensch, sondern wie es Ihrer europäischen Lebensform angemessen ist! Hier liegt vor allem viel Asien in der Luft, - nicht umsonst wimmelt es von Typen aus der moskowitischen Mongolei!"(339)라고 하며, 특히 시간에 대한 무관심은 아시아의 미개한 광활성과 연관이 있다고 말하며 카스토르프에게 시간낭비의 위험을 역설하고 있다. 이처럼 세템브리니와 쇼샤부인의 대립은,『마의 산』에서는 주인공 카스토르프를 둘러싸고 다음과 같이 아시아와 유럽의 비교로 서술되고 있다.

> "세템브리니가 분류하고 표현하는 바에 의하면, 두 가지의 원리가 서로 지배하려고 싸우고 있었다. 권력과 정의, 압제와 자유, 미신과 지식, 보수적 원리와 끓어오르는 운동의 원리, 즉 진보의 원리가 그것이었다. 하나를 아시아적 원리라고 부른다면, 또 하나는 유럽적 원리라고 부를 수 있다. 유럽은 반항, 비평, 혁명적 행동의 땅인데 반하여, 아시아는 부동(不動), 무위(無爲)의 안정을 구현하고 있다. 두 가지의 힘 중에 어느 것이 최후의 승리를 얻을 것인가는 생각할 여지없이 명백한 것으로 - 계몽의 힘, 합리적인 완성력이 최후의 승리자라는 것이었다."

> "Nach Settembrini's Anordnung und Darstellung lagen zwei Prinzipien im Kampf um die Welt: die Macht und das Recht, die Tyrannei und die Freiheit, der Aberglaube und das Wissen, das Prinzip des

Beharrens und dasjenige der gärenden Bewegung, des Fortschritts. Man konnte das eine das asiatische Prinzip, das andere aber das europäische nennen, denn Europa war das Land der Rebellion, der Kritik und der umgestaltenden Tätigkeit, während der östliche Erdteil die Unbeweglichkeit, die untätige Ruhe verkörperte. Gar kein Zweifel, welcher der beiden Mächte endlich der Sieg zufallen würde, − es war die der Aufklärung, der vernunftgemäßen Vervollkommnung."(221)

그리고 세템브리니는 나프타와의 대립에서 말하기를, "나는 감상적인 현세도피에 대항해서 현세를, 즉 삶의 관심을 옹호하며, 또 낭만주의에 대항해서 고전주의를 옹호한다 ich vertrete die >Welt<, die Interessen des Lebens gegen sentimentale Weltflucht, - den Classicismo gegen die Romantik"(348)고 하고 있는데, 이것은 "클라브디아 쇼샤는 낭만주의 취향의 인생태도의 상징이고 해체와 몰락의 화신이다. 한스 카스토르프에게 그녀는 질병 쪽으로 유혹하는 작용을 한다. 이것은 그녀에 대한 한스 카스토르프의 사랑은 자기존재의 심연에 대해 느끼는 공감이다"344)라는 옌드라이에크의 말에서 뒷받침되고 있다. 한 마디로 죽음과 몰락을 상징하는 쇼샤부인은 그녀의 관능적인 매

---

344) H. Jendreiek: Thomas Mann, S. 287: "Sie [= Clawdia Chauchat] ist Symbol romantizistischer Lebenshaltung, Personifikation der Auflösung und des Verfalls. Auf Hans Castorp wirkt sie als Verführung zur Krankheit, seine Liebe zu ihr ist Sympathie mit dem Abgrund."

력으로 카스토르프를 시험하여, 그 젊은이를 <음부 Hörselberg> 속으로 붙들어 매는 사랑의 신이라 일컬어지는 아프로디테이자 비너스이다.345)

여기서 이제 토마스 만의 낭만주의에 관한 언급을 살펴 볼 계제가 되었다.346) 왜냐하면 쇼샤부인에게서 발견되는 기질과 토마스 만의 죽음에의 공감은 독일 낭만주의적 전통과 밀접한 관계가 있으며, 또 독일인에게 잠재해 있는 독일적 내면성과도 관련이 있기 때문이다. 토마스 만은 1945년 「독일과 독일인 Deutschland und die Deutschen」에서 독일 낭만주의에 대해 다음과 같이 말하고 있다.

> "독일 낭만주의, 그것은 바로 저 가장 아름다운 독일의 특성이라 할 수 있는 독일 내면성의 표현이 아니고 그 무엇이겠습니까? 너무나 동경과 몽상에 가득찬 것, 환상적이고 유령적인 것, 심오하고 기괴한 것, 또한 수준높은 기교적 세련성, 모든 것을 부유(浮遊)시키는 반어는 낭만주의의 개념과 관련을 맺고 있습니다. 그러나 독일 낭만

---

345) Vgl. E. Heftrich: Zauberbergmusik. Über Thomas Mann, Frankfurt am Main 1975, S. 69, 237ff. hier zitiert nach: U. Karthaus: Thomas Mann. Der Zauberberg, S. 97f: "Zunächst durch ihre erotische Attraktivität, die sie auf Hans Castorp ausübt; sie ist Frau Venus, die den jungen Mann im Hörselberg festhält, also die lateinisch-mittelalterlich benannte Aphrodite."

346) 토마스 만과 낭만주의에 관해서는 다음의 논문 참조. Hans Eichner: Thomas Mann und die deutsche Romantik, in: Wolfgang Paulsen (Hrsg.): Das Nachleben der Romantik in der modernen deutschen Literatur, Heidelberg 1969, S. 152-173; Volkmar Hansen: Thomas Manns Heine-Rezeption, Hamburg 1975.

주의를 논할 때, 제가 생각하는 것은 결코 그런 것이 아
닙니다. 그것은 오히려 말로 표현할 수 없는 어둠의 힘
과 경건성입니다. 말하자면 그것은 하계(下界)의 비합리
적이고 마성적인 삶의 힘, 삶의 근원적 원천을 스스로
가깝게 느끼고 이성적 세계관찰과 세계행위의 단순함에
대하여 보다 깊은 지식이나 보다 깊은 신성과 결합된 반
명제를 제기하는 영혼의 고대성(古代性)입니다."347)

또한 쿠르츠케에 의하면, "토마스 만은 낭만주의에 대한
포괄적인 개념을 일찍부터 파악하고 있었다. 그것은 문학
사적인 개념이라기 보다는 오히려 일반적인 개념이었다.
그 개념은 원래 니체로부터 각인되었으며 대부분 리하르
트 바그너의 작품과 연관되어 있다. 이에 따른 낭만적인
것이란 병적인 것과 병든 것, 퇴폐적인 것, 기교적인 것,
세련된 것과 육욕적인 에로틱이다."348)

---

347) GW. XI, S. 1142 (Deutschland und die Deutschen): "Die deutsche
Romantik, was ist sie anderes als ein Ausdruck jener schönsten
deutschen Eigenschaft, der deutschen Innerlichkeit? Viel Sehns-
üchtig-Verträumtes, Phantastisch-Geisterhaftes und Tief- Sku-
rriles, auch ein hohes artistisches Raffinement, eine alles
überschwebende Ironie verbindet sich mit dem Begriff der
Romantik. Aber nicht dies ist es eigentlich, woran ich denke,
wenn ich von deutscher Romantik spreche. Es ist vielmehr eine
gewisse dunkle Mächtigkeit und Frömmigkeit, man könnte auch
sagen: Altertümlichkeit der Seele, welche sich den chthonischen,
irrationalen und dämonischen Kräften des Lebens, das will sagen:
den eigentlichen Quellen des Lebens nahe fühlt und einer nur
vernünftigen Weltbetrachtung und Weltbehandlung die Widerse-
tzlichkeit tieferen Wissens, tieferer Verbundenheit mit dem
Heiligen bietet."

이상에서 삶의 세계를 구현하는 세템브리니와 죽음의
세계를 구현하는 쇼샤부인의 대립을 통해서도 주인공 한
스 카스토르프의 교양화 과정은 계속 진행되는데, 이제 그
에게 죽음에의 공감이 어떻게 삶으로의 공감으로 극복되
는지 살펴보기로 하자.

3. 죽음의 극복과 반어성

클라우스 슈뢰터는 소설 『마의 산』의 영역이 어떤 것인
가를 다음과 같이 앞질러 예시해 주고 있다.

> "그 시대의 인간의 품위에 가장 어울리는 교양소설인
> 이 작품에서 병리학, 역사, 신학에 관한 모든 사색은 **인
> 생의 걱정거리 자식**인 '주인공'에게 **시민정신**을 교육시키
> 고, 그를 **죽음에의 공감**으로부터 해방시키는 것을 목적
> 으로 삼는다."[349]

---

348) H. Kurzke: Thomas Mann, S. 180: "Einen globalen Begriff von
der Romantik hatte Thomas Mann schon früh. Es war mehr ein
genereller als ein literarhistorische Begriff. Er war wesentlich von
Nietzsche geprägt und bezog sich meistens auf das Werk Richard
Wagners. Das Romantische ist danach das Morbide und Kranke,
das Dekadente, Artistische, Raffinierte und Wollüstig-Erotische."

349) Vgl. K. Schröter: Thomas Mann, S. 90: "[…] den Zauberberg, diesen
menschenwürdigsten Bildungsroman der Epoche, in dem alles
Spekulieren über Pathologie, Historie, Theologie darauf abzielt, den
«Helden», das *Sorgenkind des Lebens*, zur *Lebensbürgerlichkeit* zu
erziehen, ihn von der Sympathie mit dem Tode abzuwenden."

‘죽음에의 공감 Sympathie mit dem Tode’이란 말은 1917년 6월 작곡가 한스 피츠너 Hans Pfitzner와의 저녁 대화로부터 토마스 만이 수용했던 말로서, 그것은 모든 반정치적·정치적 논쟁을 넘어서서 당시 토마스 만의 생활 분위기를 광범위하게 포괄하고 있었다. 그 말은 그가 당시에 문학적으로, 음악적으로 연대의식을 느끼고 있던 낭만주의의 공식과 기본 감정이었을 뿐만 아니라, 가장 개인적인 것을 표현해 주는 것이기도 했다.[350] 그래서 앞에서 언급되었던 토마스 만의 ‘죽음에의 공감’은 독일 낭만주의 전통과 밀접한 관계가 있으며, 또 독일인에게 잠재해 있는 독일적 내면성과도 관련이 있는 것이다.

<마의 산>에서 죽음에 공감하고 있던 카스토르프는 베렌스의 다음과 같은 과학적 주장에서 “삶에 관심이 있으면 그것은 곧 죽음에 관심이 있는 것 Wenn man sich für das Leben interessiert, so interessiert man sich namentlich für den Tod”(371f.)임을 깨닫는데, 이처럼 과학적으로 증명된 “삶은 죽음 Leben ist Sterben”(372)이라는 것은 베른하르트 하임리히가 말하는 “명제와 반명제는 서로 역설의 상황에 처해있다”[351]는 것과 마찬가지로 그것 또한 토마스 만의 반어를 나

---

350) Ebd., S. 90.

351) Bernhard Heimrich: Der Begriff der Parekbase in der Ironie-Terminologie F. Schlegels, in: Ironie als literarisches Phänomen, hrsg. v. Hans-Egon Hass/ Gustav-Adolf Mohrlüder, Köln 1973, S. 166. “These und Antithese stehen zueinander in der Konstellation des Paradoxen.”; 또한 슐레겔은 “반어란 명제와 반명제의 분석이다 Ironie ist die Analyse der These und Antithese”(LN, Nr. 802)라고 하였다.

타내는 것이다.

> "산화작용이라고도 할 수 있습니다. 생명도 주로 세포
> 속의 단백질의 산화작용에 지나지 않습니다. 이것에 의
> 해 그 아름다운 유기체에 열이 생기고, 이것이 가끔 도
> 를 넘는 일이 있습니다만. 그렇습니다. 생이란 죽음입니
> 다. 이것은 말로 적당히 얼버무릴 수가 없습니다. 어떤
> 프랑스 인이 타고난 가벼운 기분으로 말했듯이 유기적
> 파괴입니다. 확실히 생명에 그런 데가 있습니다. […] 생
> 명이라는 것은 물질이 교체되면서 형태는 그대로 유지하
> 는 것입니다."

> "Auch Oxydation. Leben ist hauptsächlich auch bloß
> Sauerstoffbrand des Zelleneiweiß, da kommt die
> schöne tierische Wärme her, von der man manchmal
> zu viel hat. Tja, Leben ist Sterben, da gibt es nicht
> viel zu beschönigen, – une destruction organique,
> wie irgendein Franzos es in seiner angeborenen
> Leichtfertigkeit mal genannt hat. Es riecht auch
> danach, das Leben. […] Leben ist, daß im Wechsel
> der Materie die Form erhalten bleibt."(372)

죽음의 세계를 구현하는 쇼샤부인에게 사랑에 빠진 카스
토르프는 「탐구 Forschungen」의 장에서 "병은 삶의 방종한
형태였다 Krankheit war die unzüchtige Form des Lebens"(398)
는 것을 깨닫고, "삶은 물질도 아니었고 정신도 아니었으며,
그것은 양자의 중간물로서 폭포수에 걸린 무지개처럼, 또는
불길처럼 물질을 소재로 하는 한 현상이었다 Das Leben war

nicht materiell, und es war nicht Geist. Es war etwas zwischen beidem, ein Phänomen, getragen von Materie, gleich dem Regenbogen auf dem Wasserfall und gleich der Flamme"(385) 는 것을 또한 깨닫는다. 그리고 쇼샤부인의 육체를 암시하는 "삶의 형상을 그는 보았다. 아름다운 사지를, 살을 소재로 한 아름다움을 보았다 Er sah das Bild des Lebens, seinen blühenden Gliederbau, die fleischgetragene Schönheit".(399)

그래서 결국 「발푸르기스의 밤」의 장에서 카스토르프는 클라브디아와 히페를 완전히 동일시하여, 인체에의 사랑은 인문적인 관심이요 교육적인 힘이라고 말을 하면서 쇼샤 부인에게 불어로 다음과 같이 사랑을 고백하는데, 이것은 그의 사고의 변화가 '죽음에의 공감'에서 '삶으로의 공감' 으로 넘어가는 것을 암시한다.

> "아, 사랑이란…… 육체, 사랑, 죽음, 이 셋은 원래 하나인 것입니다. 왜냐하면 육체는 병과 쾌락이며, 육체 야말로 죽음을 초래하는 것이기 때문이지요. 그렇습니다. 사랑과 죽음, 이 둘은 어느 쪽도 육체적인 것으로, 거기 에 이 둘의 무서움과 위대한 마술이 있는 것이지요. 그 러나 죽음은, 한편으로는 의심스럽고 염치를 모르는, 얼 굴을 붉게 만드는 것임과 동시에, 한편으로는 또 아주 장중하고 존엄한 힘으로 - 돈을 벌고, 부화뇌동하며 흥 겨워 웃어대는 삶보다 훨씬 더 고귀한 것입니다. 몇 세 기를 누비며 요설을 늘어놓고 허풍을 치는 모든 인간적 진보보다 훨씬 더 존경할 만한 것이지요. 왜냐하면 죽음 은 역사와 인간의 위대함, 경건한 믿음과 영원 등 모든

것을 자체 내에 통합하는 막강한 것이기 때문입니다. 또 죽음은 우리에게 막강한 영향을 미치는 신성한 것이어서 우리들이 모자를 벗고 발끝으로 걷지 않으면 안되는 것이기 때문입니다…… 이와 마찬가지로 육체도, 그리고 육체에의 사랑도 음탕하고 싫은 성질의 것으로 육체는 자기를 두려워하고 자기를 부끄러워하여 그 표면을 붉게 물들이는 것이지만, 그러나 이와 동시에 육체는 또 존경할 만한 위대한 빛인 것으로 유기적 생명의 멋진 형상, 형태와 미의 신성한 기적입니다. 이에 대한 사랑, 인체에의 사랑은, 역시 아주 인문적인 관심이며 세상의 모든 교육학보다도 교육적인 힘인 것이지요……"

"Oh, l'amour, tu sais … Le corps, l'amour, la mort, ces trois ne font qu'un. Car le corps, c'est la maladie et la volupté, et c'est lui qui fait la mort, oui, ils sont charnels tous deux, l'amour et la mort, et voilà leur terreur et leur grande magie! Mais la mort, tu comprends, c'est d'une part une chose mal fam e, impudente qui fait rougir de honte; et d'autre part c'est une puissance très solennelle et très majestueuse, − beaucoup plus haute que la vie riante gagnant de la monnaie et farcissant sa panse, − beaucoup plus vénérable que le progrès qui bavarde par les temps, − parce qu'elle est l'histoire et la noblesse et la piété et l'éternel et le sacré qui nous fait tirer le chapeau et marcher sur la pointe des pieds … Or, de même, le corps, lui aussi, et l'amour du corps, sont une affaire indécente et fâcheuse, et le corps rougit et pâlit à sa surface par frayeur et honte de lui−même. Mais aussi il est une grande gloire

adorable, image miraculeuse de la vie organque,
sainte merveille de la forme et de la beauté, et
l'amour pour lui, pour le corps humain, c'est de même
un intérêt extrêmement humanitaire et une puissance
plus éducative que toute la pédagogie du monde!
..."(476f.)[352]

그리고 우리는 여기서 바로 다음에 오는 장이 「변화」란

---

352) Thomas Mann: Der Zauberberg, S. 765f: "Oh, die Liebe, weißt du ... Leib, Liebe, Tod, diese drei sind nur eines. Denn der Leib, das ist die Krankheit und die Wollust, und er, er gebiert aus sich den Tod, ja, sie sind fleischlich, alle beide, die Liebe und der Tod, und daraus erwächst ihr Schrecken und ihre große Magie! Aber der Tod, begreifst du, ist von hier gesehen etwas Anrüchiges, etwas Schimpfliches, etwas Ekles, das den Menschen vor Scham erröten läßt; von dorther gesehen aber ist er, der Tod, etwas Hoheitsvolles, sehr Feierliches, sehr Majestätisches-etwas viel Erhabeneres als das lachende Leben, das irdische Güter anhäufende und seinen Bauch füllende Leben-, etwas viel Ehrwürdigeres als all der menschliche Fortschritt, der sich durch die Jahrhunderte schwatzt und schwindelt: - weil er der allgewaltige Tod, alles in sich vereint: die Geschichte und die menschliche Größe, die Frömmigkeit und die Ewigkeit, weil er das Heillige ist, das so mächtig auf uns wirkt, daß wir den Hut vor ihm abnehmen und auf den Zehenspitzen dahinschreiten ... Gleicherweise nun liegt auch im Fleisch und in der fleischlichen Liebe etwas Schamloses und Peinliches, und der Leib errötet und erblaßt in seiner Fleischlichkeit aus Schrecken und Scham über sich selber. Aber auch er ist ein verehrungswürdiges, prachtvolles Werk und wunderbares Gebilde des organischen Lebens, ein heiliges Wunder der Form und der Schönheit, und die Liebe zu ihm, zu dem Menschenleibe, ist gleicherweise ein höchst humanitäres Anliegen und eine erziehlichere Macht als alle Pädagogik der Welt! ..."

장이라는 것도 토마스 만의 반어 정신인 "거대한 세밀주의 gigantische Miniaturismus"[353]의 발로이며, "세부적인 것을 다룸에 있어 모든 개별적인 것에 대해 전체적 관계를 잃지 않도록 무한한 노고와 헌신적 인내, 성실성을 가지고 온갖 주의를 기울이는"[354] 토마스 만의 치열한 산문정신임을 느낄 수 있다.

이제 쇼샤부인은 사육제 직후 요양원을 일시 떠나게 되고, 그리고 새롭게 나프타가 등장하여 주인공 한스 카스토르프를 둘러싸고 세템브리니와 열띤 논쟁을 벌인다. 계속 이어지는 두 교육자 사이의 논쟁에서 카스토르프는 차츰 거리를 가지게 되며, 종국에는 어느 쪽에도 치우치지 않는 태도를 취하는데, 이것은 앞의 장에서 언급한 대로 어떠한 일방적인 확정을 내릴 수 없는 <유보로서의 반어>를 드러낸다고 할 수 있다.

그러던 어느 날 카스토르프는 <영원한 현재> 만이 계속되는 요양원 생활의 단조로움과 무기력을 부끄럽게 생각하여 스키를 배울 결심을 한다. 몇 차례의 연습을 통하여 스키를 탈 수 있게 되고 그러다 어느 하루 스키를 타고 흰 눈이 덮인 아름다운 계곡을 따라 가다가 길을 잃고 눈보라에 갇혀버리게 된다. 생사의 갈림길에서 카스토르프는 꿈을 꾸는데 그 꿈은 새로운 인간상

---

353) Bruno Hillebrand: Theorie des Romans, München 1980, S. 288.
354) Ebd., S. 288: "[…] für das Detail, mit unendlichem Fleiß, mit hingebender Geduld und Treue widmet er jeder Einzelheit seine volle Aufmerksamkeit, ohne das Ganzu je aus dem Auge zu verlieren."

에 대한 비전을 제시하고 있다. 물론 흰 눈이 뒤덮인 자연 속에서 주인공 카스토르프의 환상적인 체험 속에 죽음의 다의적인 성격이 드러나고 있다. 처음에는 아름다운 남극의 바닷가에서 서로 아름답게 어울려 지내는 "태양과 바다의 자식들 Menschen, Sonnen-und Meereskinder"(679)과 어린아이에게 젖을 먹이는 어머니의 광경을 보게 되는데, 이것은 인간본성에 내재하는 착함, 즉 아름다운 공동체에 대한 비전, 나아가 휴머니즘석 이상을 나타내고 있다. 그러나 다음 순간에는 신전 안에서 어린 생명을 잔혹하게 뜯어먹는 마녀의 광경을 보게 된다.(679-683) 즉 인간사의 아름다운 공동체와, 그 배후의 신전에서 벌어지는 잔인한 피의 향연을 연달아 목격하게 되는 것이다. 카스토르프는 "지독하게 아름답고, 지독하게 무서운 꿈이었다 Ganz reizend und fürchterlich geträumt"(683)라고 이중적인 의미로 말하면서 다음과 같은 인식에 도달한다.

> "나는 인간의 위치를 꿈꾸었고, 신전에서 무서운 피의 향연이 행해지고 있는데도 인간이 예의바르고 총명하고 경건한 공동생활을 즐기는 것을 꿈꾸었다. 태양의 아들들은 이 잔인성을 차분히 고려하기 때문에 저렇게 예의바르고 서로를 위로하고 있는 것일까? 그렇다면 그들은 정말로 우아하고 훌륭한 결론을 이끌어 내었다고 할 수 있다."

> "Mir träumte vom Stande des Menschen und seiner höflich-verständigen und ehrerbietigen Gemeinschaft, hinter der im Tempel das gräßliche Blutmahl sich abspielt. Waren sie so höflich und

reizend zueinander, die Sonnenleute, im stillen Hinblick auf eben dies Gräßliche? Das wäre eine feine und recht galante Folgerung, die sie da zögen!"(684f.)

즉 카스토르프는 병과 건강, 삶과 죽음 등의 대립이 어느 한 쪽으로도 치우치지 않아야 된다는 것을 깨닫게 되는 것이다. 그것은 바로 독일적 이념인 중도의 정신으로서 휴머니즘에 대한 인식이라고 할 수 있다.

"그것은 중도의 이념이다. 진정 그것은 하나의 독일적 이념이다. 그래, 바로 독일적 이념이다. 왜냐하면 독일적 본질이란 중도이고 중립적이고 중재적인 것이 아니겠는가? 그리고 큰 틀에 있어서 중도적 인간이 독일인이 아니겠는가? 그렇다, 독일적인 것을 말하는 자는 중도를 말하는 자이고, 중도를 말하는 자는 시민적인 것을 말하는 자인 것이다."[355]

이제 주인공 한스 카스토르프는 죽음, 즉 삶의 체험과 초월적인 시간을 체험함과 동시에 인생의 모든 대립적 갈등을 극복하고 있는 것이다. 그러면서 그는 그의 교육자

---

[355] GW. XI, S. 396 (Lübeck als geistige Lebensform): "Es ist die Idee der Mitte. Das ist aber eine deutsche Idee. Das ist die deutsche Idee, denn ist nicht deutsches Wesen die Mitte, das Mittlere und Vermittelnde und der Deutsche der mittlere Mensch im großen Stile? Ja, wer Deutschtum sagt, der sagt Mitte; wer aber Mitte sagt, der sagt Bürgerlichkeit."

들, 세템브리니, 나프타, 쇼샤부인을 생각하며 다음과 같은
고백을 한다.

　　“나는 이 위의 사람들이 있는 곳에서 모험과 이성에
대해 여러 가지로 경험을 했다. 나는 나프타와 세템브리
니와 함께 위험하기 그지없는 산들을 돌아다녔다. 나는
인간에 대한 모든 것을 알고 있다. 나는 인간의 살과 피
를 맛보고 병든 클라브디아에게 프리비슬리프 히페의 연
필을 돌려주었다. 그리고 살과 피를 맛본 자는 죽음도
맛본 것이다. 그러나 그것만으로는 전부가 아니고 교육
적으로 생각하면, 오히려 그것은 처음에 지나지 않는다.
거기에 다른 절반, 반대의 절반이 첨가되어야 한다. 왜냐
하면 죽음과 병에 대한 관심은 삶에 대한 관심의 한 형
태에 불과하기 때문이다.”
　　“Ich habe viel erfahren bei Denen hier oben von
Durchgängerei und Vernunft. Ich bin mit Naphta und
Settembrini im hochgefährlichen Gebirge umgekommen.
Ich weiß alles vom Menschen. Ich habe sein Fleisch und
Blut erkannt, ich habe der kranken Clawdia Pribislav
Hippe's Bleistift zurückgegeben. Wer aber den Körper,
das Leben erkennt, erkennt den Tod. Nur ist das nicht
das Ganze, – ein Anfang vielmehr lediglich, wenn man
es pädagogisch nimmt. Man muß die andere Hälfte dazu
halten, das Gegenteil. Denn alles Interesse für Tod und
Krankheit ist nichts als eine Art von Ausdruck für das
am Leben.”(684)

　　그리고 다음으로 세템브리니와 나프타를 각각 비판하면서

"죽음의 모험은 삶 속에 포함되며 그 모험이 없으면 삶이 아니며, 그 한가운데에 신의 아들인 인간의 위치가 있는 것이다 Die Durchgängerei des Todes ist im Leben, es wäre nicht Leben ohne sie, und in der Mitte ist des Homo Dei Stand"(685)라는 고백을 한다.

장편소설『마의 산』의 핵심이 되는 장은 제 6권 「눈」의 장이라고 할 수 있는데, 거기서도 핵심이 되는 문장은 다음의 단 한 문장이다. 동시대 유럽이 나아갈 정신적 방향을 암시하고 있는 이 문장은 작품전체를 통틀어 문장으로서는 유일하게 이탤릭체로 씌어져 있어 시각적으로도 강조되어 있다.

> *"인간은 선과 사랑을 위해 결코 죽음에다 자기 사고의 지배권을 내어주어서는 안된다. "*
>
> *"Der Mensch soll um der Güte und Liebe willen dem Tode keine Herrschaft einräumen über seine Gedanken. "(686)*

그러나 4페이지(683-686)에 이르는 이러한 꿈속에서의 다짐에도 불구하고 그가 베르크호프 요양원으로 다시 돌아와 한 숨을 자고 났을 때는 이미 그 꿈은 아련하게 잊혀지고 만다. "눈 속에서 꿈을 꾼 것은, 희미해져 가기 시작했다. 눈 속에서 생각한 것은 그날 밤 사이에 벌써 알 수 없게 되었다 Was er geträumt, war im Verbleichen begriffen. Was er gedacht, verstand er schon diesen Abend nicht mehr so recht".(688)

그래서 토마스 만은 1925년 길레민과의 대화에서, "나의 책의 구성적 결함은 「눈」의 장이 마지막에 있지 않다는 것이다. 작품이 상승하면서 그렇게 상승하는 긍정적인 체험 속에서 정점에 도달하는 것으로 되어있지 않고 하강하고 있다"356)고 말함으로써 토마스 만다운 반어를 우리에게 또 한번 체험하게 해 준다.

그리고 작품『마의 산』속에서도 토마스 만은 세템브리니로 하여금 주인공 한스 카스토르프에게 다음과 같이 반어에 관해 이야기해 주도록 만들고 있다.

> "당신은 여기서 유행하고 있는 반어에 대해 경계를 해야 합니다, 엔지니어! 무릇 반어라는 이 정신적 태도에 경계를 해 주십시오! 반어가 수사법의 솔직한 고전적인 수단이 아닌 이상, 또 건전한 감성을 한시라도 현혹시키는 일이 없는 반어가 아닌 이상 반어는 방종한 것으로 변하여 문명의 장애가 되고 침체와 반정신, 악덕과 불결의 장난터로 됩니다. 우리들을 둘러싸는 이 분위기는 이런 진흙의 식물을 번성하게 하는 데에 적절한 것입니다. 따라서 내가 말씀 드리는 것이 당신에게 잘 이해가 되었으면 합니다만 그것이 잘 될 것인지 걱정이 되기도 합니다."357)

> "Hüten Sie sich vor der hier gedeihenden Ironie,

---

356) H. Wysling (Hrsg.): Dichter und ihre Dichtungen. Thomas Mann, S. 509: "Ein kompositioneller Fehler meines Buches ist, daß das Schneckapitel nicht am Ende steht. Die Linie senkt sich, anstatt sich nach oben zu wenden und in jenem positiven Erlebnis zu gipfeln."
357) Vgl. E. Behler: Ironie und literarische Moderne, S. 21.

Ingenieur! Hüten Sie sich überhaupt vor dieser
geistigen Haltung! Wo sie nicht ein gerades und
klassisches Mittel der Redekunst ist, dem gesunden
Sinn keinen Augenblick mißverständlich, da wird sie
zur Liederlichkeit, zum Hindernis der Zivilisation,
zur unsauberen Liebelei mit dem Stillstand, dem
Ungeist, dem Laster. Da die Atmosphäre, in der wir
leben, dem Gedeihen dieses Sumpfgewächses
offenbar sehr günstig ist, darf ich hoffen oder muß
fürchten, daß Sie mich verstehen."(309)

결 론

　지금까지 토마스 만의 『마의 산』에 나타난 반어성을 살펴보았다. 그것을 올바르게 파악하기 위해서 먼저 자기부정을 통한 역설적인 표현방식인 고대 수사학적 반어와 이상과 현실의 괴리를 극복하기 위해 '부유(浮遊)'하는 낭만주의적 반어에 대한 일반적 고찰을 시도하였고, 그 후에 서사적 반어라 부를 수 있는 토마스 만의 반어를 생과 정신, 즉 '시민성'과 '예술성'이라는 그의 타고난 이원성에 기초하여, 쇼펜하우어, 바그너, 니체와 더불어 확인해 보았다. 정신과 생 사이에서의 중간적·중재자적 위치에 토마스 만의 반어의 원천이 있으며, 그것이 바로 그의 투철한 서사적 산문정신의 출발점인 것이다.

　전통의 단절과 인간성 상실에 대한 불안과 우려가 팽배하고 있던 세기말의 암울한 '데카당스'적 분위기에서 청년기를 보낸 토마스 만의 초기 작품에서는 예외없이 삶과 죽음의 갈등과 몰락의 과정 등이 주로 다루어지고 있다. 또한 그의 형 하인리히 만과 후기 시민사회를 바라보는 안목의 차이로 빚어진 소위 '형제논쟁'에서 토마스 만은 「한 비정지인의 고찰」에서 분명히 보수적·국수적 입상을 취하였고, 민주적·현실참여적 입장을 취한 그의 형을 '문명문사'라고 비난하였다. 이런 점에서 그의 장편소설 『마의 산』은 하나의 큰 전환점을 이루는 작품이다. 물론『마의 산』에서도 여전히 시민성과 예술성, 삶과 죽음, 병과 건강 등 양극적인 개념들이 문제가 되긴 하지만,『마의 산』의 핵심 요약문이라 할 수 있는 "인간은 선과 사랑을 위해 결코 죽음에다 자기 사고의 지배권을 내어주어서는 안된다"는 주인공 한스 카스토르프의 인식을 보면 이 때의 토마스 만은 「한 비정치인의 고찰」에서보다 한 걸음 더 현실세계에 접근했음을 알 수 있기 때문이다.

『마의 산』은 그 해석의 관점에 따라 교양소설, 시대소설, 시간소설, 성년입문소설 등으로 분석될 수 있다.『마의 산』이 지니는 이 여러 가지 양상들이 바로 토마스 만의 반어성인 것이다. '전형적으로 독일적인' 교양소설적 전통 하에서 전세계를 포괄하려고 하니까 작품이 길어지고 여러 방면을 고찰하게 되었고, 또 무엇인가를 직접적으로 말하면 진부한 것이 되어 버리므로 철학적 깊이도 더해야 했다. 이런 모든 필연성 때문에 자연스럽게 반어가 생겨나는 것이다.

주인공 한스 카스토르프는 그를 교육시키려는 세템브리니, 나프타, 쇼샤부인, 페페르코른 등의 교육자들의 노력과 그 대립으로 인해 전통적인 의미의 교양을 쌓아 나가는 듯하지만, 결국은 어느 쪽에도 치우치지 않고 거리를 유지하는데 이것이 바로 '이것도 아니며 저것도 아니고, 저것도 옳고 이것도 옳은 것 ein Weder-Noch und Sowohl-Alsauch'358)이라

---

358) GW. XII, S. 91 (Betrachtungen eines Unpolitischen).

는, 전형적인 토마스 만의 반어이다. 즉『마의 산』의 핵심이 되는「눈」의 장의 꿈속에서, 세템브리니와 나프타 사이에서 어느 쪽에도 치우치지 않으면서 그저 고개만 끄덕이는 한스 카스토르프의 태도는 확정하지 않고 결단을 내리지 않는 <유보로서의 반어>를 결정적으로 드러낸다고 할 수 있다.

특히 교양소설적 전통 하에 있는 주인공 한스 카스토르프의「눈」의 장에서의 인식은 우리에게 아주 의미심장한 메시지를 전해주는 듯 하지만, 애써 얻은 그의 인식마저도 다시 상대화되어 금방 모호해지게 되는 것 또한 토마스 만의 반어의 특징이다. 소설『마의 산』에서는「눈」의 장에서의 인식 이후 새로운 인물 페페르코른의 등장으로 새로운 대립이 이루어지게 된다. 즉 카스토르프는「눈」의 장에서 세템브리니와 나프타의 논쟁에 대한 자기 나름의 합명제를 얻어 내지만, 그것을 다시 잊어버려서 새로운 교육자 페페르코른이 등장하게 되는 것이다.359) 그러나 페페르코른의 카스토르프에 대한 영향은 외적으로는 의미있는 종합적 인간상으로 수용되지만, 내적으로는 새로운 시대적 이념을 받아들이지 못하는 무기력한 인간상을 보여주는 것이었다. 그래서 카스토르프는 병과 죽음이 지배하는 베르크호프 요양원에서 하산하여 현실적 삶으로 방향을 돌

---

359) Vgl. H. Kurzke: Thomas Mann, S. 196f: "Castorp, eine gewisse unabhängigkeit wahrend, bildet im Abschnitt Schnee seine eigene traumhafte Synthese aus antithetischen Debatten der beiden Kampfhähne. Er vergißt sie wieder, und es kommt ein neuer Gast: die "Persönlichkeit", Mynheer Peeperkorn."

린다. 바로 참전이다. 이 결과는 '교양이상 Bildungsideal'에 도달하지 못했다고 볼 수 있으므로 전통적 의미에서의 교양소설로 간주할 수 있는 가능성을 희박하게 만든다.

결국 『마의 산』에서 주인공 한스 카스토르프는 그의 교육자들의 의견을 곧이곧대로 고스란히 받아들이지는 않았다. 즉 그들 교육자들의 의견을 통해 그가 자신의 지평을 현저히 확장하긴 하지만, 그에게 그들의 의견은 절대적 가치를 지니지 못한다.

결론적으로 "토마스 만에게 있어서 이성적 세계관과 낭만적 세계관의 사이에서 인간의 진정한 가능성이 중용에 존재하는 한에는 <마의 산>의 반어는 소크라테스적 개념에서의 진실추구의 수단이기도 하다."[360)]

『마의 산』에 대한 연구는 지금까지 무수하게 많이 나왔지만, 작품전체가 반어로 얽히고 설킨 구조를 띠고 있음을 뚜렷이 각인시켜 준 연구는 드물었다. 그래서 토마스 만의 작품들 중에서도 특히 하나의 큰 전환점을 이루는 『마의 산』에 대한 분석을 반어, 반어성과 결부지어 연구하는 것은 『마의 산』에 대한 이해를 보다 더 넓히기 위해서도 반드시 필요한 작업임에 틀림없고, 그런 점에서 『마의 산』에

---

360) Vgl. R. Baumgart: Das Ironische und Ironie in den Werken Thomas Manns, S. 147: "Die Zauberberg-Ironie ist also im Sinne des sokratischen Begriffes ein Mittel der Wahrheitsfindung, insofern für Thomas Mann die wahre Möglichkeit des Menschen in der Mitte zwischen den Antithesen der rational-pragmatischen und der romantisch-dualistischen Weltanschauung liegt."

나타난 반어성을 다룬 이 책은 나름대로의 의의를 가질 수 있을 것으로 믿는다. 다만 반어 자체의 정의를 내리는 일이 쉽지 않기 때문에, 앞으로의 『마의 산』 연구나 나아가 토마스 만의 다른 작품연구에 있어서도 철학을 배경으로 한 심도 있는 반어 연구가 반드시 나와야 한다는 생각이다. 광범하고도 심도 있는 철학적 연구가 뒷받침된 토마스 만의 반어 연구는 이 책을 보완할 뿐만 아니라 나아가서 토마스 만의 전체 작품들을 보다 종합적으로 이해하기 위해서도 절실히 요청되는 작업이다.

참 고 문 헌

Ⅰ. Primärliteratur

Mann, Thomas: Der Zauberberg, Fischer Taschenbuch Verlag, Frankfurt am Main 1986.

Mann, Thomas: Gesammelte Werke in dreizehn Bänden, Bd. Ⅲ, Frankfurt am Main 1974.

Mann, Thomas: Betrachtungen eines Unpolitischen, GW Ⅻ.

Mann, Thomas: Chamisso, GW Ⅸ.

Mann, Thomas: Das Bild der Mutter, GW Ⅺ.

Mann, Thomas: Der autobiographische Roman, GW Ⅺ.

Mann, Thomas: Deutschland und die Deutschen, GW Ⅺ.

Mann, Thomas: Die Kunst des Romans, GW Ⅹ.

Mann, Thomas: Einführung in den >Zauberberg<, GW Ⅺ.

Mann, Thomas: Gerhart Hauptmann, GW Ⅸ.

Mann, Thomas: Goethe und Tolstoi, GW Ⅸ.

Mann, Thomas: Humor und Ironie, GW Ⅺ.

Mann, Thomas: Ironie und Radikalismus, GW Ⅻ.

Mann, Thomas: Lebensabriß, GW Ⅺ.

Mann, Thomas: Lübeck als geistige Lebensform, GW Ⅺ.

Mann, Thomas: Maler und Dichter, GW Ⅺ.

Mann, Thomas: Meerfahrt mit >Don Quijote<, GW IX.

Mann, Thomas: Meine Zeit, GW XI.

Mann, Thomas: Nietzsche's Philosophie im Lichte unserer
　　　Erfahrung, GW IX.

Mann, Thomas: Schopenhauer, GW IX.

Mann, Thomas: Tischrede im Wiener PEN-Club, GW XI.

Mann, Thomas: Tonio Kröger, GW VIII.

Mann, Thomas: Über die Kunst Richard Wagners, GW X.

Mann, Thomas: Versuch über das Theater, GW X.

Mann, Thomas: Vom Geist der Medizin, GW XI.

Mann, Thomas: Von Deutscher Republik, GW XI.

Mann, Thomas: Zu Wagners Verteidigung, GW XIII.

II. Sekundärliteratur

Allemann, Beda: Ironie als literarisches Prinzip, in: Ironie und
　　　Dichtung, hrsg. v. Albert Schaefer, München 1970.

Anton, Herbert: Die Romankunst Thomas Manns, Paderborn
　　　1972.

Baumgart, Reinhard: Das Ironische und die Ironie in den
　　　Werken Thomas Manns, München 1964.

Beddow, M.: The Fiction of Humanity. Studies in the Bildu-
　　　ngsroman from Wieland to Thomas Mann, Cambridge

1982.

Behler, Ernst: Ironie und literarische Moderne, Paderborn 1997.

Blanckenburg, Friedlich von: Versuch über den Roman. Faksimiledruck der Originalausgabe von 1774. Mit einem Nachwort von Eberhard Lämmert, Stuttgart (Sammlung Metzler 39) 1965.

Bruford, W. H.: The German Tradition of Self-Cultivation. »Bildung« from Humboldt to Thomas Mann, Cambridge 1975.

Böckmann, Paul: Der Widerstreit von Geist und Leben und seine ironische Vermittlung in den Romanen Thomas Manns, in: Ironie und Dichtung, hrsg. v. Albert Schäfer, München 1970.

Böhm, Karl Werner: Die homosexuellen Elemente in Thomas Manns "Der Zauberberg", in: Hermann Kurzke (Hrsg.): Stationen der Thomas- Mann-Forschung. Aufsätze seit 1970, Würzburg 1985.

Ders.: Zwischen Selbstzucht und Verlangen. Thomas Mann und das Stigma Homosexualität, Würzburg 1991.

Choi, Kaung-Eun: Fremdwörter und Fremdsprachen bei Thomas Mann, Christian-Albrechts-Universität 1993.

Clarke, M. L.: Quintilian, A Biographical Sketch, in: Greece and Rome 14, Cambridge: Harvard University Press 1967, S. 24-37.

Curtius, Mechthild: Erotische Phantasien bei Thomas Mann,

Königstein 1984.

Dierks, Manfred: Der Wahn und die Träume. Eine fast wahre Erzählung aus dem Leben Thomas Manns, Düsseldorf 1997.

Ders.: Die Aktualität der positivistischen Methode - am Beispiel Thomas Mann, in: Stationen der Thomas-Mann-Forschung, hrsg. v. Hermann Kurzke. Würzburg 1985.

Ders.: Studien zu Mythos und Psychologie bei Thomas Mann (Thomas-Mann-Studien II), Bern 1972.

Diersen, Inge: Thomas Mann. Episches Werk, Weltanschauung, Leben, Berlin(DDR) 1985.

Ders.: Untersuchungen zu Thomas Mann. Die Bedeutung der Künstlerdarstellung für die Entwicklung des Realismus in seinem erzählerischen Werk, 4. Aufl., Berlin 1960.

Durzak, Manfred: Zitat und Montage im deutschen Roman der Gegenwart, in: Die deutsche Literatur der Gegenwart. Aspekte und Tendenzen, hrsg. v. Manfred Durzak, Stuttgart 1976.

Eichner, Hans: Thomas Mann und die deutsche Romantik, in: Wolfgang Paulsen (Hrsg.): Das Nachleben der Romantik in der modernen deutschen Literatur, Heidelberg 1969, S. 152-173.

Epp, Peter: Die Darstellung des Nationalsozialismus in der Literatur. Eine vergleichende Untersuchung am Beispiel von Texten Brechts, Thomas Manns, Seghers' und Hochhuths, Frankfurt am Main 1985.

Fertig, Ludwig: VOR-LEBEN. Bekenntnis und Erziehung bei Thomas Mann, Darmstadt 1993.

Fichte, Johann Gottlieb: Grundlage der gesamten Wissenschaftslehre, Hamburg 1979.

Fritz, Horst: Instrumentelle Vernunft als Gegenstand von Literatur, München 1982.

Frizen, Werner: Zaubertrank der Metaphysik. Quellenkritische Überlegungen im Umkreis der Schopenhauer-Rezeption Thomas Manns, Frankfurt am Main, Bern 1980.

Gallmeister, Petra: Bildungsroman, in: Formen der Literatur, hrsg. v. Otto Knörich, Stuttgart 1981.

Gemoll, Wilhelm (Hrsg.): Griechisch-Deutsches Schul- und Handwörterbuch, München 1991.

Hamburger, Käte: Der Humor bei Thomas Mann. Zum Joseph-Roman, München 1965.

Hansen, Volkmar: Thomas Mann, Stuttgart 1984.

Ders.: Thomas Manns Heine-Rezeption, Hamburg 1975.

Harpprecht, Klaus: Thomas Mann - Eine Biographie, Reinbek bei Hamburg 1995.

Hass, Hans-Egon/Mohrlüder, Gustav-Adolf: Ironie als literarisches Phänomen, Köln 1973.

Hauser, Arnold: Sozialgeschichte der Kunst und Literatur, Bd. II, München 1953.

Heftrich, Eckhard: Vom Verfall zur Apokalypse über Thomas Mann, Frankfurt am Main 1982.

Ders.: Wagner - Nietzsche - Thomas Mann, Frankfurt am Main 1993.

Ders.: Zauberbergmusik. Über Thomas Mann, Frankfurt am Main 1975.

Heilbut, Anthony: Thomas Mann. Eros and Literature, New York 1996.

Heimrich, Bernhard: Der Begriff der Parekbase in der Ironie-Terminologie F. Schlegels, in: Ironie als literarisches Phänomen, hrsg. v. Hans-Egon Hass/ Gustav-Adolf Mohrlüder, Köln 1973.

Heller, Erich: Thomas Mann. Der ironische Deutsche, Frankfurt am Main (suhrkamp taschenbuch 243) 1975.

Heller, Erich: Thomas Mann. Der ironische Deutsche, Frankfurt am Main 1959.

Hillebrand, Bruno: Theorie des Romans, München 1980.

Hollweck, Thomas: Thomas Mann, München 1975.

Jacobs, Jürgen: Wilhelm Meister und seine Brüder. Untersuchungen zum deutschen Bildungsroman. 2. Aufl., München 1983.

Japp, Uwe: Theorie der Ironie, Frankfurt am Main 1983.

Jendreiek, Helmut: Thomas Mann. Der demokratische Roman, Düsseldorf 1977.

Kang, Tou-Shik: Ein Forschungsbericht über die Entfaltung der Ironie-Konzeption bei F. Schlegel, Diss. Seoul National University 1973.

Karst, Roman: Thomas Mann oder Der deutsche Zwiespalt,

Wien-München-Zürich 1970.

Karthaus, Ulrich: Thomas Mann. Der Zauberberg, in: Deutsche Romane des 20. Jahrhunderts, hrsg. v. Paul Michael Lützeler. Königstein/Ts.: Athenäum 1983.

Knox, Norman: Die Bedeutung von »Ironie«: Einführung und Zusammenfassung, in: Ironie als literarisches Phänomen, hrsg. v. Hans-Egon Hass und Gustav-Adolf Mohrlüder, Köln 1973.

Koopmann, Helmut: Vom Epos und vom Roman, in: Handbuch des deutschen Romans, Düsseldorf 1983.

Ders.: Der klassisch-moderne Roman in Deutschland. Thomas Mann. Alfred Döblin, Hermann Broch, Stuttgart·Berlin· Köln·Mainz 1983.

Ders.: Der Zauberberg als Initiationsroman, in: Der klass- isch-moderne Roman in Deutschland, Stuttgart 1983.

Ders.: Die Entwicklung des <intellektualen Romans> bei Thomas Mann. Untersuchungen zur Struktur von »Bu- ddenbrooks«, »Königliche Hoheit« und »Der Zauberb- erg«, Bonn 1980.

Ders.: Humor und Ironie, in: Thomas-Mann-Handbuch, Alfred Kröner Verlag, Stuttgart 1995.

Ders.: Thomas Mann. Konstanten seines literarischen Werks, Göttingen 1975.

Ders.: Thomas Mann. Theorie und Praxis der epischen Ironie, in: H. Koopmann: Thomas Mann, Darmstadt (Wege der Forschung 335) 1975.

Korff, Hermann August: Geist der Goethezeit. Versuch einer ideellen Entwicklung der klassisch-romantischen Literaturgeschichte, III. Teil, Leipzig 1949.

Kristiansen, Börge: Thomas Manns Zauberberg und Schopenhauers Metaphysik, Bonn 1986.

Krüger, Hermann Anders: Der neuere deutsche Bildungsroman. in: Westermanns Monatshefte, 51. Jahrgang, 101. Band, 1. Teil(1906), S. 257-272.

Kurzke, Hermann: Auf der Suche nach der verlorenen Irrationalität. Thomas Mann und der Konservatismus, Würzburg 1980.

Ders.: Tendenzen der Forschung seit 1976, in: Stationen der Thomas-Mann-Forschung, Würzburg 1985.

Ders.: Thomas Mann Forschung 1969-1976, Frankfurt am Main 1977.

Ders.: Thomas Mann. Epoche-Werk-Wirkung, München 1985.

Köhn, Lothar: Entwicklungs- und Bildungsroman. Ein Forschungsbericht, in: Zur Geschichte des deutschen Bildungsroman, hrsg. v. R. Selbmann, Darmstadt 1988.

Lang, Candace D.: Irony/Humor. Critical Paradigms, The Johns Hopkins University Press. Baltimore and London 1988.

Lubich, Frederick Alfred: Die Dialektik von Logos und Eros im Werk von Thomas Mann, Heidelberg 1986.

Lukács, Georg: Die Theorie des Romans. Ein geschichtsphilosophischer Versuch über die Formen der großen Epik, Luchterhand Literaturverlag. Frankfurt am Main 1988.

Ders.: Thomas Mann, Aufbau-Verlag Berlin 1957.

Man, de Paul: The Concept of Irony, in: Aesthetic Ideology, Published by the University of Minnesota Press 1996, S. 163-184.

Mann, Thomas: Aufsätze zum Zauberberg. hrsg. v. Rudolf Wolff. Bonn 1988.

Martini, Fritz: Der Bildungsroman. Zur Geschichte des Wortes und der Theorie, in: Zur Geschichte des deutschen Bildungsromans, hrsg. v. R. Selbmann, Darmstadt 1988.

Mayer, Gerhart: Der deutsche Bildungsroman. Von der Aufklärung bis zur Gegenwart, Stuttgart 1992.

Mayer, Hans: Thomas Mann, Frankfurt am Main 1980.

Meyer, Theo: Nietzsche und die Kunst, Tübingen und Basel 1993.

Morgenstern, Karl: Zur Geschichte des Bildungsromans, in: Zur Geschichte des deutschen Bildungsromans, hrsg. v. R. Selbmann, Darmstadt 1988.

Ders.: Über das Wesen des Bildungsromans, in: Zur Geschichte des deutschen Bildungsromans, hrsg. v. R. Selbmann, Darmstadt 1988.

Ders.: Über den Geist und Zusammenhang einer Reihe philosophischer Romane, in: Zur Geschichte des deutschen Bildungsromans, hrsg. v. R. Selbmann, Darmstadt 1988.

Muecke, D. C.: The Compass of Irony, The Chaucer Press. Great Britain 1989.

Nietzsche, Friedrich: Also sprach Zarathustra, in: Werke in

drei Bänden, hrsg. v. Karl Schlechta, Bd. Ⅱ, 8. Aufl., München 1977.

Ders.: Aus dem Nachlass der Achtzigerjahre, in: Werke in drei Bänden, hrsg. v. Karl Schlechta, Bd. Ⅲ, 8. Aufl., München 1977.

Ders.: Die Geburt der Tragödie, in: Werke in drei Bänden, hrsg. v. Karl Schlechta, Bd. Ⅰ, 8. Aufl., München 1977.

Nündel, Ernst: Die Kunsttheorie Thomas Manns, Bonn 1972.

Nünning Ansgar (Hrsg.): Metzler Lexikon Literatur- und Kulturtheorie. Ansätze-Personen-Grundbegriffe, Stuttgart· Weimar 1998.

Papiór, Jan: Ironie. Diachronische Begriffsentwicklung, Poznań 1989.

Peter Biltz, Karl: Das Problem der Ironie in der neueren deutschen Literatur, insbesondere bei Thomas Mann, Frankfurt am Main als Inaugural - Dissertation 1932.

Petersen, Jürgen: Die Rolle des Erzählers und die epische Ironie im Frühwerk Thomas Manns, Köln 1977.

Prang, Helmut: Die romantische Ironie, Darmstadt 1980.

Prater, Donald A.: Thomas Mann - Deutscher und Weltbürger. Eine Biographie, München 1995.

Preisendanz, Wolfgang: Humor als dichterische Einbildungskraft. Studien zur Erzählkunst des poetischen Realismus, München 1985.

Pütz, Peter: Kunst und Künstlerexistenz bei Nietzsche und Thomas Mann, Bonn 1963.

Ders.: Thomas Mann und Nietzsche, in: Nietzsche und die deutsche Literatur, hrsg. v. Bruno Hillebrand, Band 2, Tübingen 1978.

Regen, Arnim und Meyer, Uwe (Hrsg.): Wörterbuch der philosophischen Begriffe, Hamburg 1998.

Reich-Ranicki, Marcel: Thomas Mann und die Seinen, Stuttgart 1987.

Ders.: Was halten Sie von Thomas Mann?, Frankfurt am Main 1994.

Renner, Rolf Günter: Lebens-Werk. Zum inneren Zusammenhang der Texte von Thomas Mann, München 1985.

Rieckmanns, Jens: Der Zauberberg: Eine geistige Autobiographie Thomas Manns, Stuttgart 1979.

Sauereßig, Heinz: Die Entstehung des Romans Der Zauberberg, in: H. Sauereßig: Besichtigung des Zauberbergs, Biberach 1974.

Scharfschwerdt, Jürgen: Thomas Mann und der deutschen Bildungsroman, Stuttgart 1967.

Schlegel, Friedrich: Kritische Friedrich-Schlegel-Ausgabe, hrsg. v. E. Behler unter Mitwirkung von Jean-Jacques Anstett und Hans Eichner, Bd. II, München·Paderborn·Wien 1958.

Schopenhauer, Arthur: Die Welt als Wille und Vorstellung I. Zweiter Teilband, Zürich 1977.

Schröter, Klaus: Thomas Mann, Rowohlt Taschenbuch Verlag. Reinbek bei Hamburg (Überarbeitete Neuausgabe) 1995.

Schweikle, Günther und Irmgard (Hrsg.): Metzler Literatur Lexikon, Stuttgart 1984.

Schödlbauer, Ulrich: Kunsterfahrung als Weltverstehen. Die ästhetische Form von >Wilhelm Meisters Lehrjahre<, Heidelberg 1984.

Seiler, Bernd Wolfgang: Ironischer Stil und realistischer Eindruck bei Thomas Mann, in: Dvjs, 60. Stuttgart 1986, S. 459-483.

Selbmann, Rolf: Der deutsche Bildungsroman, Stuttgart 1984.

Sera, Manfred: Utopie und Parodie bei Musil, Broch und Thomas Mann, Bonn 1969.

Siefken, Hinrich: Thomas Mann. Goethe - >>Ideal der Deutschheit<<. Wiederholte Spiegelungen 1893-1949, München 1981.

Solger, Karl W. F.: Erwin. Vier Spräche über das Schöne und die Kunst, Berlin 1815.

Ders.: Vorlesungen über Ästhetik, hrsg. v. K. W. L. Heyse, Leipzig 1829.

Song, Dong-Zun: Das Erlebnis der Zeit und ihre Erlebnisformen im Roman "Der Zauberberg" von Thomas Mann, in: Seouldae Nonmunjip (Humanities & Social Sciences), 15 (1969), S. 173-204.

Sorg, Klaus-Dieter: Gebrochene Teleologie. Studien zum Bildungsroman von Goethe bis Thomas Mann, Heidelberg 1983.

Spiewok, Wolfgang: Der "Zauberberg" von Thomas Mann. Ein

Studienmaterial, Reineke-Verlag Greifswald 1995.

Steinecke, Hartmut: Romantheorie und Romankritik in Deutschland, Bd. 1, Stuttgart 1975.

Strohschneider-Kohrs, Ingrid: Zur Poetik der deutschen Romantik II. Die romantische Ironie, in: Die deutsche Romantik, hrsg. v. Hans Steffen, Göttingen 1978.

Ders.: Die romantische Ironie in Theorie und Gestaltung. Tübingen 1977.

Swales, Martin: Unverwirklichte Totalität. Bemerkungen zum deutschen Bildungsroman, in: W. Paulsen (Hrsg.): Der deutsche Roman und seine historischen und politischen Bedingungen, Berlin 1977, S. 90-106.

Tave, Stuart M.: The Amiable Humorist. A study in the comic theory and criticism of the eightteenth and early nineteenth centuries, Chicago & London 1967.

Ternes, Hans: Das Groteske in den Werken Thomas Mann. Stuttgart 1975.

Thirlwall, Connop: On the Irony of Sophocles, in: The Philological Museum II, 1833.

Touaillon, Christine: Artikel >Bildungsroman<, in: Reallexikon der deutschen Literaturgeschichte, hrsg. v. Paul Merker und Wolfgang Stammler, Bd. I, 1925/26.

Vierhaus, Rudolf: Bildung, in: Geschichtliche Grundbegriffe. Historisches Lexikon zur politisch-sozialen Sprache in Deutschland, hrsg. v. O. Brunner, W. Conze, R. Kosellek, Band I, Stuttgart 1972.

Voßkamp, Wilhelm: Der Bildungsroman als literarisch-soziale Institution. Zur Begriffs- und funktionsgeschichtliche Überlegungen zum deutschen Bildungsroman am Ende des 18. und Beginn des 19. Jahrhunderts, in: Christian Wagenknecht (Hrsg.): Zur Terminologie der Literaturwissenschaft. Stuttgart 1989, S. 337-352.

Ders.: Der Bildungsroman in Deutschland und die Frühgeschichte seiner Rezeption in England, in: Jürgen Kocka (Hrsg.): Bürgertüm im 19. Jahrhunderts, München (dtv 4482) 1988, Band 3.

Ders.: Romantheorie in Deutschland. Von Martin Opitz bis Friedrich von Blankenburg, Stuttgart 1973.

Walser, Martin: Ironie als höchstes Lebensmittel oder: Lebensmittel der Höchsten, in: Text und Kritik, Sonderband Thomas Mann, München 1976.

Ders.: Selbstbewußtsein und Ironie, Frankfurt am Main 1981.

Wessell, Eva: Der Zauberberg als Chronik der Dekadenz, in: Thomas Mann. Romane und Erzählungen. (Interpretationen). hrsg. v. Volker Hansen, Stuttgart 1993, S. 121-150.

Wilpert, Gero von: Sachwörterbuch der Literatur, 5. Aufl., Stuttgart 1969.

Wisskirchen, Hans: »Die Beleuchtung, die auf mich fällt, hat... oft gewechselt«. Neue Studien zum Werk Thomas Manns, Würzburg 1991.

Ders.: Zeitgeschichte im Roman. Zu Thomas Manns »Zauberberg« und »Doktor Faustus«, Bern 1986 (Thomas-Mann-Studien VI), S. 39-104.

Wolff, Hans M.: Thomas Mann. Werk und Bekenntnis, Bern 1975.

Wysling, Hans (Hrsg.): Dichter und ihre Dichtungen. Thomas Mann, Frankfurt am Main 1975.

Ders. (Hrsg.): Thomas Mann / Heinrich Mann. Briefwechsel 1900 - 1949, S. Fischer Verlag 1968.

Ders.: Briefwechsel mit Autoren, Frankfurt am Main 1988.

Ders.: Der Zauberberg, in: Thomas-Mann-Handbuch, hrsg. v. H. Koopmann, Stuttgart 1995.

Ders.: Probleme der Zauberberg-Interpretation, in: Thomas Mann Jahrbuch 1, 1988, S. 12-26.

Ders.: Thomas Mann heute. Sieben Vorträge, Bern 1976.

Ders.: Thomas Mann und seine Quellen, hrsg. v. Eckhard Heftrich und Helmut Koopmann, Frankfurt am Main 1991.

구기천: 토마스 만의 『Der Zauberberg』 연구 - 교양소설에 나타난 초월적 체험을 중심으로 -, 한국외국어대학교 대학원 박사학위 논문 1983.

김철자: 토마스 만에서 자연과 정신의 관계, 실린 곳: 토마스 만 총서, 문학과 지성사 1982, 88-116쪽.

김혜숙: 괴테의 『빌헬름 마이스터의 수업시대』와 토마스 만의 『마의 산』 연구 - 교양소설의 본질과 구조에 관한 試論 -, 계명대학교 대학원 박사학위 논문 1989.

김현진: 토마스 만의 후모어(Humor)와 『요제프와 그의 형제들』, 연세대학교 대학원 박 사학위 논문 1996.

김형효: 데리다의 해체철학, 민음사 1977.

듀란트, 윌 / 박상수 (옮김): 철학이야기 (The Story of Philosophy), 육문사 1995.

송민정: 토마스 만 作『마의 산』의 교양소설 구조, 고려대학교 대학원 석사학위 논문 1997.

슈탄첼, 프란츠 / 안삼환 (옮김): 소설형식의 기본유형, 탐구당 1990.

안삼환:『마의 산』의 반어성과 정치성, 실린 곳: 일청 강두식 박사 화갑 기념 논총, 민음사 1987, 620-648쪽.

안삼환: 토마스 만의 반어적 서술기법 -『부덴브로크 일가』을 중심으로, 실린 곳: 리얼리즘과 모더니즘 - 서구 근대문학론집, 백낙청 편, 창작과 비평사 1984, 221-245쪽.

오한진: 독일 교양소설 연구, 문학과 지성사 1989.

유창국: 토마스 만에 있어서의 이로니적 현상 - 그의 초·중기 작품을 중심으로 -, 경북대학교 대학원 박사학위 논문 1990.

이상섭: 문학비평용어사전, 민음사 1996.

임석진: 철학사전, 청사 1997.

임홍배: 괴테의『빌헬름 마이스터의 수업시대』에 나타난 사회의식, 서울대학교 대학원 박사학위 논문 1996.

지명렬 외: 독일문학사조사, 서울대학교 출판부 1986.

최문규: 자기 창조와 자기 파괴의 변화 - 독일 초기 낭만주의의 "아이러니(Ironie)" 개념에 관한 연구, 실린 곳: 뷔히너와 현대문학 8 (1995), 151-191 쪽.

최순봉: 토마스 만 연구, 삼영사 1981.

홍성광: 토마스 만의 소설 『마의 산』의 형이상학적 성격, 서
　　　울대학교 대학원 박사학위 논문 1992.
황현수: 토마스 만의 문학과 사상, 세종출판사 1996.

홍성광: 토마스 만의 소설 『마의 산』의 형이상학적 성격, 서
　　　울대학교 대학원 박사학위 논문 1992.
황현수: 토마스 만의 문학과 사상, 세종출판사 1996.

● **저자** ●

● 윤순식 (尹順植)

약력
서울대학교 인문대학 독어독문학과 졸업
서울대학교 대학원 독문학 석사
서울대학교 대학원 독문학 박사
공군사관학교 교수부 외국어과 전임강사
독일 마르부르크 대학 수학
신진연구인력장려금 수상(한국학술진흥재단)
독일 훔볼트 대학교 박사후 연수(Post-doc)
서울대학교 독어독문학과 비전임교수

주요 논저
『미의 신』의 반어성
『부덴브로크 일가』에 나타난 아이러니 연구
『교양 - 사람이 알아야 할 모든 것』(역서)
『역사의 지배자』
외 다수

아이러니
- 토마스 만의 「마의 산」에서

• 초판 인쇄	2004년 10월 1일
• 초판 발행	2004년 10월 4일
• 지 은 이	윤순식
• 펴 낸 이	채종준
• 펴 낸 곳	한국학술정보㈜
	경기도 파주시 교하읍 문발리
	파주출판문화정보산업단지 526-2
	전화 031)908-3181(대표)·팩스 031)908-3189
	홈페이지 http://www.kstudy.com
	e-mail(e-Book사업부) ebook@kstudy.com
• 등 록	제일산-115호(2000. 6. 19)
• 가 격	24,000원

ISBN 89-534-2104-7 93850 (paper book)
　　　 89-534-2105-5 98850 (e-book)